삼국지 1

삼국지 1

여진통일

이원호 지음

한결미디어

저자의 말

삼국지(三國志)는 난세의 영웅 후속 편이다.

조선과 왜(倭), 그리고 중국 대륙까지 포함된 삼사사(三國史)인 것이다.

조선의 무장 이산이 왜(倭)를 거쳐 대륙의 정복자가 된다는 역사 무협 소설이며 실록 대하소설이다.

중국판 삼국지(三國志)는 당양 장판파에서 장비가 한소리 외치자 조조의 백만 대군이 도망을 쳤다는 과장(誇張) 무협 소설이다.

일본판 대망(大望)은 오다 노부나가 도요토미 히데요시, 도꾸가와 이에야스로 이어지는 자화자찬의 일본사(日本史)이다.

여기, 왜(倭)와 대륙 사이에 끼어서 침탈만 당하던 조선인이 천하를 지배하는 조선사(朝鮮史)가 있다.

조선인(朝鮮人) 이산이 주인공인 삼국지(三國志)는 한국인의 삼국지인 것이다.

1899년, 일본인 니토베 이나조는 무사도(武士道)를 써서 미지의 나라 일본을 세계에 알렸다. 일본인의 관념이라고 온갖 것을 뜯어와 맞춰서 일본인의 폭력

성, 야만성을 합리화시킨 소설이다.

이 무사도(武士道)를 핑계 삼아 일본은 조선 침략, 만주 정벌, 그리고 진주만 기습으로 이어지는 전범 국가로 나아갔던 것이다. 지금은 일본의 5,000엔권 화폐에 니토베 이나조의 초상이 인쇄되어 있다. 그리고 일본 최고의 교양인, 지식인으로 추앙 받고 있다.

소설은 픽션이다. 하물며 실록도 동인, 서인이 제각각 다르게 기술해온 세상 아니던가?

이 삼국지(三國志)는 사실에 바탕을 둔 픽션 역사 무협 소설이다.
이 삼국지(三國志)를 읽고 한국인이 꿈을 키웠으면 하는 것이 내 바람이다.

2025년 저자 이원호

차례

저자의 말 | 4

1장 대영주 | 9

2장 하시바 이산 | 58

3장 이산과 이순신 | 108

4장 대륙 원정 | 158

5장 대륙의 불덩이 | 208

6장 이산과 누르하치 | 260

7장 여진 통일 | 313

1장 대영주

사이토 고잔의 머리는 소금 상자에 넣은 후에 오사카로 보내졌다.

소금 상자를 실은 쾌선이 떠나는 것을 본 이산은 산카쿠 성으로 돌아왔다. 그 사이에 아와노는 사다노 성으로 전령을 보내 성주 타오카의 할복을 지시했다.

이산의 명이다.

타오카는 놀랐지만 순순히 사이토와의 밀통을 자백하고 전령 앞에서 배를 갈랐다. 다음 날, 새 성주가 부임했으니 일사불란한 조치다.

"흥, 이산이 완전히 기반을 굳혔군."

아카마스 성의 청에서 영주 시타케 마사모리가 코웃음을 치면서 말했다.

"자식에 이어서 애비까지 직접 죽였구나. 잔인한 놈이다."

"사이토의 머리는 배에 실어 오사카의 관백께 보냈다고 합니다."

중신(重臣) 요시다가 말을 이었다.

"그리고 사이토와 내통한 혐의로 사다노 성주 타오카를 할복시켰습니다."

"타오카가 사이토의 인척이지?"

"6촌입니다."

"이산이 사이토의 딸을 내실로 삼았다고 했지?"

"예, 마사라고 측실 하쓰의 딸입니다."

시타케가 입을 다물었다.

이산의 영지에 군사를 투입했다가 싸움 한 번 안 하고 철수한 것이다. 이번 기회에 구(旧) 사이토 영지를 일부 떼어 받으려는 계획이 무너진 셈이다.

그때 뒤쪽에 앉아있던 가신이 말했다.

"주군, 쿠데섬에 선단 수십 척이 모여 있습니다. 옛 해적 선단보다 더 규모가 큽니다."

가신이 말을 이었다.

"선단장은 모토요라는 해적선 선장인데 아키츠 성주 스즈키의 관리를 받고 있습니다."

"이산이 내해(內海)의 주도권을 잡는군."

시타케가 잇새로 말하더니 요시다에게 지시했다.

"오사카의 관백께 보고서를 올려라."

"예, 주군."

"관백께선 사이토의 머리를 받고 흡족한 상태겠지."

쓴웃음을 지은 시타케가 말을 이었다.

"어디, 내해의 해적 선단을 다시 모은다는 보고에 어떻게 반응하는가 보자."

다나카가 소탕된 것은 해적 선단을 운용했기 때문이다.

조병기는 산카쿠 성의 내궁 정리를 했다.

사이토, 야스노리의 측실 가족 중 오갈 데가 없는 사람들은 근처의 마스다 성으로 옮겨 살게 한 것이다. 그래서 60여 명의 가족이 마스다 성으로 이전했고, 산카쿠 내성에는 하쓰 가족만 남았다.

하쓰의 딸 마사가 영주 이산의 측실로 선정되었기 때문이다.

유시(오후 6시) 무렵.

내궁의 별채에서 혼자 저녁을 먹고 있는 이산에게 조병기가 다가와 아래쪽에 앉았다.

이산은 항상 혼자 저녁을 먹는다.

저녁상은 간소했다. 콩을 섞은 쌀밥에 구운 생선 한 마리, 매실장아찌에 조갯국이다.

옆에서 시중을 드는 시녀가 이산이 내민 공기에 밥통의 밥을 퍼서 넘겨주었다. 이산이 세 공기째 밥을 먹고 젓가락을 내려놓았다. 그러고는 조갯국을 그릇째 마시고는 조병기를 보았다.

"무슨 일이냐?"

조병기가 이산이 밥을 다 먹기를 기다리고 있었기 때문이다. 조병기가 입을 열었다.

"주군, 엿새가 지났습니다."

"엿새라니?"

"내실이 엿새째 비어 있습니다."

"미친놈."

쓴웃음을 지은 이산이 조병기를 보았다.

"내가 여자를 가리더냐?"

"아닙니다."

"때가 되면 자연스럽게 간다."

"예, 주군."

"네 처자식은 잘 지내느냐?"

"주군의 은덕입니다."

"마사한테 가서, 오늘 밤에 갈 테니 술상을 차려놓으라고 해라."

"예, 주군."

벌떡 일어선 조병기의 얼굴에 활기가 떠올랐다.

"준비하겠습니다."

조병기가 바람을 일으키며 방을 나갔다.

밤.

술시(오후 8시)가 넘은 내궁은 조용하다.

이산이 청을 지나 내실로 들어서자 마사가 자리에서 일어섰다.

분홍색 기모노를 입은 마사는 시선을 내리고 있었는데 날씬한 몸매가 드러났다. 옅게 화장한 얼굴은 등불 빛을 받아 환하게 드러났고 손을 모으고 선 자세다.

마사 앞에는 술상이 놓였는데 찬이 수십 가지다.

마사가 인사를 했다.

"주군을 뵙습니다."

고개만 끄덕인 이산이 자리로 다가갔을 때 마사가 뒤로 돌아가 겉옷을 벗겼다. 자리에 앉은 이산이 옆에 앉은 미사를 보았다.

"내가 지난번 그대를 만났을 때 배다른 오빠를 죽였다고 하지 않았는가?"

이산이 묻자 마사가 술병을 들면서 고개를 끄덕였다.

"예, 주군."

"이번에는 내가 며칠 전 그대의 부친을 베어 죽였다. 알고 있는가?"

"들었습니다."

마사가 술을 따르면서 말을 이었다.

"주군께서 고다이 성까지 직접 가셨다는 것도 들었습니다."

술잔을 든 이산이 한 모금에 삼켰다. 쌀로 만든 독한 술이다. 다시 빈 잔을 내밀면서 이산이 말했다.

"기이한 인연이다, 그렇지 않은가?"

"예, 주군."

빈 잔에 술을 채우면서 마사가 말을 이었다.

"난세에는 중심을 잡기가 어렵습니다."

"옳지."

한 모금에 술을 삼킨 이산이 마사를 보았다.

"조선에서는 부모를 죽인 원수하고는 같은 땅에 서 있지도 않는다."

"일본에서는 다르죠."

마사가 정색하고 말을 잇는다.

"제 어머니는 사이토 가문에 인질로 잡혀 온 다이라 가문의 공주입니다."

술잔을 든 이산을 향해 마사가 입술 끝만 올리고 웃었다.

"제 외조부는 오다군(軍)의 기습을 받아 목이 잘렸지요. 그리고 나서 어머니는 사이토의 자식 둘을 낳았습니다. 저하고 요시코죠."

"……."

"그리고 지금 저는 사이토를 죽인 주군의 내실이 되었지요."

"술 마시겠느냐?"

이산이 불쑥 잔을 내밀자 마사가 두 손으로 받았다. 마사에게 술을 따라주면서 이산이 말했다.

"네 말을 들으니 마음이 놓인다."

마사의 시선을 받은 이산이 말을 이었다.

"내가 없어도 잘 살겠구나."

이산이 옆에 앉은 마사의 몸을 훑어보았다.

거친 시선이다.

잠에서 깨었지만 이산은 눈을 뜨지 않았다.

먼저 향내가 맡아졌다. 숨을 들이켤 때마다 향내가 맡아졌다. 여체(女體)의 향기다. 어젯밤 격렬하게 부딪쳤던 마사의 체취가 온몸에 배어 있다.

그때 이산이 눈을 떴다.

옆자리가 허전하게 느껴졌기 때문이다. 고개를 돌린 이산은 옆자리가 비어 있는 것을 보았다.

창호지를 바른 창이 밝아 있지만, 방 안은 어둑하다. 이른 아침이다.

방의 불은 켜지 않은 것이다.

그때 시선을 돌린 이산이 벽 쪽에 단정히 앉아있는 마사를 보았다. 마사는 옷을 다 갖춰 입고 있다. 시선이 마주치자 마사가 얼른 고개를 숙이면서 인사를 했다.

"깨셨습니까?"

부끄러운지 말끝이 떨렸다.

그 순간 어젯밤의 장면이 머릿속을 스치고 지나갔다. 마사의 몸은 성숙했다. 처음에는 부끄러워서 굳어 있던 몸이 이산의 몸짓에 반응하더니 곧 뜨겁게 달아올랐다. 그러나 수동적이다. 열정을 억제하는 것이다.

이산이 누운 채로 손을 뻗었다.

"아직 이른 시간이다. 옷 벗고 다시 들어와."

그러자 마사가 당황한 듯 눈동자가 흔들리더니 곧 일어나 옷을 벗었다. 몸을 돌려 뒷모습을 보인 채 옷을 벗더니 곧 몸을 웅크리면서 옆으로 들어왔다.

내실 옆쪽 작은 방에서 이산이 아침 식사를 하고 있다.

처음으로 내실에서 정식 아침상을 받은 것이다. 옷을 갈아입은 마사가 옆에 앉아 시중을 들었다.

아침상도 다르다.

혼자 먹을 때는 이산의 지시로 1식 3찬을 엄격하게 지켰는데, 지금은 아니다. 찬이 10개가 넘는다. 이것도 이산의 눈치를 보고 줄인 것이다.

이산이 식사를 마치고 옷을 갈아입으려고 옆방으로 들어섰다. 따라 들어온 마사가 저고리 끈을 매주면서 말했다.

"주군, 드릴 말씀이 있어요."

"말해."

이산이 마사의 콧등을 내려다보았다. 마사가 시선을 내리고 있었기 때문이다. 그때 마사가 고개를 들었다. 시선이 마주치자 마사의 눈 밑이 금세 붉어졌다.

"제 여동생 요시코를 보셨죠?"

"응, 봤어."

"어머니도 말씀드리라고 했습니다."

마사가 똑바로 이산을 보았다.

"요시코도 내실로 삼아주세요."

"……."

"요시코도 바라고 있습니다."

"난 싫다."

"보셨지만 예쁘고 영리하고 착합니다."

"자매를 부인으로 삼을 수는 없다."

"일본에서는 흔한 일입니다."

마사가 두 손을 뻗쳐 이산의 옷자락을 움켜쥐었다. 두 눈이 번들거렸고 얼굴은 상기되었다. 필사적인 표정이다.

"요시코는 18세입니다. 둘이서 모시게 해주세요."

"……."

"제가 영주의 부인이 되었으니 요시코의 격에 맞는 배필은 찾기 어렵게 되었습니다."

숨을 들이켠 마사의 눈에 물기가 번졌다.

"솔직하게 말씀드리겠습니다. 어머니는, 그리고 저나 요시코도 더 이상 정략결혼으로 흩어지기 싫습니다. 나리를 함께 모시고 생을 끝내도록 해주세요."

이산이 길게 숨을 뱉었다. 그러고는 아직도 움켜쥐고 있는 마사의 손가락을 조심스럽게 떼어 내었다.

"허, 사이토가 돌아왔군."

멀찍이 놓인 머리 상자를 보면서 히데요시가 혀를 찼다.

오사카 성의 청 안.

2백여 명의 가신들이 도열해 앉은 중앙에 나무상자가 놓여 있다. 이산이 보낸 전령이 들고 온 것이다. 그때 미요시가 조심스럽게 물었다.

"전하, 뚜껑을 열고 확인해보시겠습니까?"

"네가 해라."

히데요시가 이맛살을 찌푸리고 말했다.

"향부터 피우고!"

"예!"

미요시의 지시를 받은 시동들이 허둥지둥 뛰어가는 바람에 청 안이 어수선해졌다. 그때 히데요시가 전령으로 온 다께우치에게 물었다.

"이산이 사이토의 딸을 내실로 들였다던데, 사실이냐?"

"예, 전하. 하쓰 님의 딸 마사 공주입니다."

"흥, 하쓰라면 다이라 가문의 딸이지. 다이라가 멸망할 때 사이토가 가로채 간 거야. 내가 알지."

눈을 가늘게 뜬 히데요시가 말을 이었다.

"그때가 20년도 더 전이었다. 25년쯤 되었나? 그때 나는 20만 석을 받았는데 사이토 놈의 애비 모토나리는 140만 석짜리였지. 미요시, 기억나느냐?"

"예, 전하."

대답한 미요시가 끼어들기 싫다는 듯이 외면했기 때문에 히데요시의 혼잣말이 이어졌다.

"내가 오다 님 심부름으로 다이라를 만났을 때 하쓰를 본 적이 있다. 그때 20살도 안 되었을 때인데."

"……."

"절색이었다. 입에서 손이 나올 정도로. 아니, 다리 사이에서 손이 튀어나올 정도였지."

미요시가 작게 헛기침을 했지만 히데요시의 혼잣말이 청을 울렸다.

"그때 다이라는 80만 석 영주였어. 오다 님을 애송이라고 부를 정도로 기고만장한 위인이었지. 그러다가 모토나리와 오다 님의 연합군에 궤멸당해 버렸지만 말이다."

"……."

"그래서 모토나리의 아들 사이토가 다이라의 딸 하쓰를 차지한 것이지."

히데요시의 목소리가 이야기꾼의 만담처럼 억양이 높아지면서 늘어졌다.

"그 하쓰가 이제는 딸을 이산한테 내놓았구나. 아, 인생이 무상하도다. 그 하쓰를 차지했던 사이토의 머리가 상자에 담겨 내 앞에 놓여 있구나."

그때 향 그릇을 든 시동들이 들어왔다. 넓은 청 안에 향냄새가 진동했다.

그 시간의 평양성.

광해군에게 순찰사 최경훈이 말했다.

"저하, 이산이 왜국 대영주가 되었습니다."

놀란 광해가 걸음을 멈췄다. 둘은 청에서 나와 숙소로 가는 중이다.

미시(오후 2시) 무렵.

선조는 평양성에서 행재소를 차려놓고 정사를 보는 중이다. 왜군은 한양성에서도 철군했으나 선조는 돌아가지 않았다. 궁이 모두 불에 타거나 훼손되었기 때문에 머물 곳도 마땅치 않다.

광해가 물었다.

"해적 소굴을 소탕했다더니, 대영주가 되었나?"

"예, 사이토 고잔이라는 영주를 토벌하고 그곳 영주가 되었다고 합니다."

"토벌을 해?"

"예, 왜군들은 다 안다고 합니다. 투항한 향도한테서 들었습니다."

"그것이 잘된 일인가?"

"잘된 일이지요."

최경훈이 바로 대답했다.

"이산은 왜국 땅에 침투한 조선 무장이나 같습니다. 혼자서 왜국 영토를 차지했다고 봐도 됩니다."

광해군이 잠자코 시선만 주었다.

엄청난 비유다.

"그렇다면 이산에게 밀서를 보내도록 하지."

광해가 다시 발을 떼면서 말했다.

"왜국 깊숙이 들어가게 될 테니 밀사로 갈 사람을 찾아보도록 하게."

"예, 전하."

"왜국의 대영주가 되었다니……."

앞쪽을 바라보는 광해의 시선이 흐려졌다.

"이산이 좋은 세상으로 간 것 아닌가?"

"……."

"이산에게 조선은 답답한 땅이었을 거야."

"……."

"나는 왜국에 보내진다면 농사나 짓고 살 거다. 그런 역량밖에 안 되지."

"저하."

마침내 최경훈이 입을 열었다.

"마음 상하실 것 없습니다. 인간은 모두 제각기 소명을 갖고 태어납니다."

광해가 이제는 입을 다물었다.

이산의 소식에 만감이 교차한 것이다.

그때 가토 기요마사는 상주성에 내려와 있었는데 왜군은 한양성에서 철수한 후에 한강 이남에 분포된 상태다.

각 영주가 이끄는 1번대에서 9번대까지의 병력은 약 15만 8천여 명. 예비대가 14만여 명이었다. 그중 왜국에서 대기하던 예비대는 아직 다 투입되지는 않았지만 1년이 넘자 절반 이상의 병력이 손실되었다.

가토군도 2번대로 처음에 2만여 명이었는데 지금은 1만 5천여 명이 남았다. 영지에서 데려온 군사들이었기 때문에 가토 입장에서는 살점이 떨어진 것 같다.

신시(오후 4시) 무렵.

상주성 관아의 청에서 가토가 본국에서 온 가신 오타니를 맞는다. 오타니는 3천 석을 받는 중신으로 구마모토의 영지에서 온 것이다.

"그래, 이산의 이야기를 듣자."

가토가 소리치듯 말했지만 눈동자가 흔들렸다.

이때 가토 기요마사는 32세. 구마모토의 45만 석 영지를 보유하고 있다. 한 달에 한 번 정도 영지에서 오는 가신은 본국의 정세를 세밀하게 보고했다.

오타니가 입을 열었다.

"사이토 영지가 하시바 이산의 영지가 되었습니다."

"핫핫핫."

짧게 웃던 가토의 얼굴이 금세 일그러졌다. 모두 숨을 죽였고 가토의 목소리가 청을 울렸다.

"이산이 나보다 큰 대영주가 되었구나. 내가 전쟁하는 사이에 도둑한테 집을 털리는 것 같다."

아무도 입을 열지 않았다.

가토의 시선이 말석에 앉은 기노에게 옮겨졌다. 남장(男裝)한 기노는 행재소가 있는 평양성에 있다가 보고차 내려온 참이다.

"이것 봐, 기노. 네 생각은 어떠냐?"

가토가 묻자 기노는 고개를 들었다.

"너무 빨리 출세한 것 같습니다."

"핫핫."

다시 웃은 가토가 또 금세 정색했다.

"사이토 고잔의 영지는 67만 석이야. 거기에다 다나카의 영지 9만 석을 합하면 76만 석인가?"

"……."

"대영주야. 그 영지에서는 군사 10만은 만들 수 있을 것이다."

"……."

"대군이지. 그렇지 않으냐?"

기노가 외면하고 있었기 때문에 가토의 시선이 흐려졌다.

"코다 영감한테 연락을 해봐야겠군."

혼잣소리다.

이윽고 눈의 초점을 잡은 가토가 다시 오타니를 보았다.

"자, 말을 계속해라."

청에서 나온 기노가 건물 모퉁이에서 기다리고 있을 때 사내 하나가 다가왔다.

오타니와 함께 온 다케시마다. 옆으로 다가선 다케시마가 주위를 둘러보더니 앞장서서 뒤쪽 담장으로 다가갔다. 다케시마는 150석 녹봉을 받는 무사로 기노와 조선에서 함께 일한 적이 있다.

담장 앞에 멈춰 선 다케시마가 먼저 입을 열었다.

"이산 님은 관백 전하의 신임을 받고 있어. 하시바 성(姓)에다 가문의 휘장을 바가지로 만든 것까지 허락하셨어."

다케시마가 말을 이었다.

"사이토 가문의 신하들이 모두 복속했고 가신들의 신망을 받고 있다는 거야."

"……"

"옆쪽 아카마스 영주 시타케가 이제는 전전긍긍하고 있는 상황이라구."

"조선으로 돌아오지는 않는 건가?"

"대영주가 되었으니 조선은 잊겠지?"

40대쯤의 다케시마가 지그시 기노를 보았다. 다케시마는 이산과 기노와의 사이를 아는 몇 명 중의 하나다.

"사이토의 공주인 마사를 내실로 정했어. 절세미녀라는 소문이야."

"잘되었군."

"주군이 펄펄 뛸 만도 하지. 단숨에 70만 석이 넘는 대영주가 되었으니."
기노가 입을 다물었다. 눈이 흐려져 있다.

가토는 생포한 임해군과 순화군을 아직 풀어주지 않았다.
남쪽으로 후퇴하면서도 끌고 다녔다. 인질이라기보다도 전리품으로 과시하고 다닌 셈이다. 자주 두 왕자를 불러 술을 마셨는데 오늘 밤도 가토는 둘을 불렀다.
"왕자, 재미있는 이야기를 해드리지."
술잔을 든 가토가 둘을 번갈아 보면서 말을 이었다.
상주성의 청 안이다.
가토를 중심으로 임해군, 순화군과 중신 세 명이 둘러앉았다. 제각기 앞에 작은 상을 받아놓고 술을 마시고 있다.
"두 분은 이산이라는 자를 모르시겠지."
옆의 통역의 말을 들은 임해군이 고개를 비틀었다.
"모릅니다."
"그자가 세자 광해의 직속 무장으로 선전관을 지냈소."
통역의 말이 끝나기를 기다렸다가 가토가 말을 이었다.
"그자, 이산은 조선왕 전하가 소환했지만 도망친 자요. 그럼 아실 거요."
"아!"
임해군이 고개를 끄덕였다.
임해군은 세자 광해의 동복형이다. 광해에게 밀려 세자 자리를 넘긴 것에 심사가 좋을 리 없다.
그때 가토가 술잔을 들면서 말했다.
"그 이산이 지금 일본으로 건너가 대영주가 되었소. 이것은 조선을 위해서도 좋은 일이 아니겠소?"

임해군은 잠자코 술잔을 들었다. 좋은 일인지는 구분이 안 되었지만, 충격적이다.

그날 밤, 숙소로 돌아왔을 때 임해군이 함께 포로로 잡혀있는 영중추부사 김귀영에게 말했다.

"대감, 오늘 가토한테서 기막힌 말을 들었소."

김귀영이 고개만 들었다.

이때 김귀영은 75세. 영중추부사로 임해군을 수행하고 함경도로 왔다가 포로가 된 것이다. 김귀영은 12년 전인 선조 14년에 우의정까지 지낸 원로대신이다.

임해군이 말을 이었다.

"대감, 광해를 따라 이천 분조(分朝)에서 선전관을 지내던 이산이라는 자를 아시오?"

"예, 들은 것 같습니다."

김귀영이 흐린 눈으로 임해군을 보았다. 포로 생활을 한 지 해를 넘겨서 노쇠한 몸이 지쳐있는 것이다.

깊은 밤, 해시(오후 10시)가 훨씬 넘었다.

그때 임해군이 말을 이었다.

"대감, 그자가 지금 왜국으로 건너가 왜국 대영주가 되었다고 합니다. 광해의 선전관이었던 자가 말이오."

"……"

"히데요시가 광해하고 밀통하는 것 같지 않소? 그 말이 사실이면 말이오."

"그럴 리가 있습니까?"

"광해는 선전관이 왜국 대영주가 되었으니 이제는 마음 놓고 왜국 출입을 해도 되지 않겠소?"

"확인을 해봐야지요."

김귀영이 정색하고 임해군을 보았다.

"가토가 이간질을 하는 것 같습니다."

다음 날 오전.

밖에 나갔다 온 김귀영의 하인 용돌이 허겁지겁 달려와 말했다.

"대감, 이산이 왜국 대영주가 된 것은 사실인 것 같습니다. 왜군들은 다 알고 있습니다. 이름도 히데요시가 성(姓)을 내려줘서 '하시바 이산'이라고 짓고 가문 문장도 히데요시의 호리병과 비슷한 바가지로 만들었다고 합니다."

용돌이가 숨을 돌리고 나서 말을 이었다.

"내해(內海) 위쪽의 영토가 경상도만 하다는데요, 거기 다녀온 군사한테서 직접 들었습니다."

그때 김귀영이 길게 숨을 뱉었다.

"야단났구나."

말고삐를 챈 이산이 달리던 말을 속보로 걸렸다.

뒤를 위사장 곤도가 이끄는 1백 기의 위사대가 따르고 있다.

사시(오전 10시) 무렵.

오늘은 이산이 아래쪽 옛 다나카의 영지로 내려가는 중이다. 산카쿠 성에서 아키즈 성까지는 6백여 리(300킬로) 정도였기 때문에 아침 일찍 출발했으나 저녁에야 도착할 것이다.

"저것이 무엇이냐?"

이산이 앞쪽을 가리키며 묻자 곤도가 소리쳐 위사들을 불러 지시했다. 곧 기마군 3기가 전속력으로 달려갔다.

앞쪽 산기슭에 수십 명의 남녀가 모여 있는 것이다. 거리는 1리 반(750미터) 정도. 농민들 같다.

이산이 속보로 걷는 사이에 달려갔던 위사들이 돌아왔다.

"주군, 가족 셋이 죽어서 장례를 치르고 있습니다."

위사 하나가 소리쳐 보고하자 이산이 물었다.

"가족 셋이?"

"예, 부모와 아들이 죽었고 딸 하나만 살아남았다고 합니다."

"왜 죽었다느냐?"

"그것이."

잠깐 숨을 들이켰던 위사가 말을 이었다.

"굶어 죽었다고 합니다."

"굶어 죽어?"

"예, 외딴집에 살았는데 한동안 연락이 없어서 마을 사람들이 가보았더니 7살짜리 딸만 살아있었다고 합니다."

"무엇하던 가족인가?"

"남자는 군사로 나갔다가 다리 병신이 되고 나서 요즘 병이 난 것 같다고 합니다."

"……."

"밭이 조금 있었는데 흉작이어서 여자가 이곳저곳에 양식을 얻으러 다녔다고 합니다."

"이곳이 누구 봉지인가?"

"하야마입니다."

옆에 있던 곤도가 대답했다.

"사이토의 가신으로 그대로 봉지를 이어받았습니다. 3천5백 석 봉지를 갖고 있지요."

고개를 끄덕인 이산이 말머리를 산기슭으로 돌리면서 박차를 넣었다.

놀란 마을 사람들이 엎드려서 이산을 보았다.

말에서 내린 이산이 주민들에게 물었다.

"누가 원로인가?"

"제가 마을 수좌 하타입니다."

늙수그레한 사내가 납작 엎드려서 대답했다. 남녀노소 30명 가까운 주민이 등만 보인 채 엎드려 있었는데 모두 숨을 죽이고 있다.

다가선 이산이 다시 물었다.

"굶어 죽도록 내버려두다니, 마을 인심이 이렇게 야박한가?"

"마을 수좌로 죽을죄를 지었습니다."

"내막을 말하라."

"외딴집이어서 왕래가 드물었습니다. 애 엄마가 밭일을 거들었지만, 요즘은 모두 곤궁해서 일이 없었습니다."

"굶어 죽으려면 며칠이 걸린다. 그 안에 살길이 없었을까?"

"부모가 딸을 살리려고 병약한 아들은 놔두고 딸만 먹인 것 같습니다."

"……."

"그러다 부모와 아들이 기름 떨어진 등처럼 숨이 끊어진 것 같습니다."

"딸은 어디 있느냐?"

"여기 있습니다."

수좌가 엎드린 채 손으로 옆쪽을 가리켰다. 가냘픈 체격의 아이가 남루한 옷을 걸친 채 엎드려 있다가 고개를 들었다. 땟국이 덮인 얼굴이었지만 눈에는 생기가 있다.

그것을 본 이산이 숨을 들이켰다. 그러고는 저도 모르게 다가가 아이를 두 팔로 들어 안았다. 놀란 아이가 몸을 굳혔기 때문에 이산이 껴안으면서 달랬다.

"괜찮다. 너는 이제 내가 키워주마."

이산이 아이를 안은 채 주민들을 내려다보았다.

"주민이 굶어 죽는다는 것은 봉지를 관리한 가신 책임이다."

이산의 목소리가 울렸다.

"하야마한테 가자."

곤도가 다가와 아이를 받아 안았다. 아이를 데려가려는 것이다.

하야마의 저택은 10자(3미터)가 넘는 돌담에 둘러싸인 작은 성(城) 같았다.

둘레가 1리(500미터) 정도가 되는 데다 내성(內城) 구실을 하는 안채도 돌담에 둘러싸였고 망루까지 세워졌다. 유사시에 하야마는 군사 150명을 동원할 수가 있는 것이다.

미리 전령이 갔기 때문에 하야마는 대문 앞에서 기다리고 있었는데 얼굴이 하얗게 굳어 있다. 처자식과 하인들까지 모두 나와 무릎을 꿇고 앉아있다.

이산이 왜 왔는지 아는 것이다.

"신(臣), 하야마가 주군을 뵙습니다."

하야마가 소리쳐 이산을 맞는다.

하야마는 42세. 대를 이은 사이토의 가신이었다가 이번에 서약서를 쓰고 이산의 가신이 되었다.

성인이 된 아들 셋은 이미 성혼했고 저택 안에서 함께 산다. 딸이 셋인데 하야마의 소실이 둘이었기 때문이다. 본처까지 셋이다.

이산이 말에서 내리면서 말했다.

"일어나라."

"예, 주군."

땅바닥에서 일어선 하야마가 이산을 안으로 안내했다.

지방 토호의 대저택이다. 정원도 잘 가꾸어졌고 집 안 장식도 화려했다. 청의 마루는 기름칠을 해서 반들거렸고 기둥에는 은장식이 붙어 있다.

청에 자리 잡고 앉았을 때 곧 옻칠을 한 상에 물 잔을 놓고 시녀가 다가왔다.

그때 이산이 뒤쪽에 선 곤도에게 말했다.

"아이를 데려와라."

곤도가 곧 아이를 안고 있는 위사와 함께 청으로 들어섰다. 이산이 이번에는 하야마에게 말했다.

"네 봉지에서 굶어 죽은 가족 중에 살아난 아이다. 우선 씻기고 옷을 입히고 음식을 먹여라."

이산의 목소리가 청을 울렸다.

"예, 주군."

당황한 하야마가 서둘러 일어서더니 아이를 받았다. 하야마의 하인들이 다가와 함께 청을 나갔다. 청 안이 수선스러워졌다.

잠시 후 밖에 나갔던 하야마가 다시 청으로 돌아와 이산 앞에 무릎을 꿇고 앉았다.

"모두 제 불찰입니다. 벌을 받겠습니다."

하야마가 고개만 들고 이산을 보았다.

"제가 아이를 키우도록 해주십시오."

이산은 대답하지 않았고 하야마의 말이 이어졌다.

"아오미 마을을 담당한 집사 오타치를 처벌하겠습니다만 제가 소홀한 점도 있으니 제 녹봉을 삭감해주시기 바랍니다."

합리적이다. 미리 대비한 것이다.

이산이 잠자코 청을 둘러보았다.

이제 청에는 하야마와 세 아들, 그리고 측근 대여섯 명이 둘러앉아 있다.

이산이 불쑥 물었다.

"창고에 양곡이 얼마나 있나?"

"예? 그것은……."

숨을 들이켠 하야마의 눈동자가 흔들렸다. 하야마가 뒤쪽으로 고개를 돌렸을 때 사내 하나가 대답했다.

"양곡이 3천8백 석쯤 됩니다."

"창고에는 그것뿐이냐?"

"아닙니다. 다른 물품도 많습니다."

사내가 쩔쩔매면서 대답했다. 청 안에 무거운 적막이 덮였고 하야마의 이마가 번들거렸다. 진땀이 나는 것이다. 그때 이산이 말했다.

"주민이 굶고 있다. 양곡을 풀어서 주민들을 구제하도록 해라."

"예, 주군."

이산이 고개를 돌려 곤도를 보았다.

"아이는 산카쿠 성으로 보내도록."

곤도가 잠자코 고개를 숙였을 때 이산이 자리에서 일어섰다. 앞에 놓인 물잔을 들지도 않았고 하야마의 말에 대답도 하지 않았다.

하야마가 뒤를 따라 나왔으나 얼굴이 굳은 채 입을 열지 못했다.

말에 오른 이산이 위사대와 함께 저택을 나왔다.

아직 한낮이다.

"코다에게 전령을 보내라."

말에 박차를 넣으면서 이산이 곤도에게 지시했다.

"아와노와 상의해서 하야마의 봉지를 교체시키라고 해라."

"예, 주군."

"아이도 산카쿠 성에 데려가 내성에서 기르도록."

"예, 주군."

곤도가 말 머리를 돌려 뒤로 돌아갔다.

봉지의 주민이 굶어 죽은 것이 관리를 맡은 무사의 책임이기는 하다. 그러나 어쩔 수 없는 사정이 있을 수도 있는 것이다.

모든 죽음에 책임을 진다면 누구도 견딜 수가 없다. 그래서 하야마를 직접 만나 이야기를 들었다. 인물을 보고 판단하려고 했다.

그런데 하야마의 첫인상과 말은 그럴듯했지만, 창고에 양곡이 3천8백 석이나 쌓여 있다는 말을 듣고 생각이 바뀌었다.

말과 내심이 다른 인물이다.

영주가 주민에게 선정을 베푼다는 것이 쉬운 일이 아니다.

시간이 지날수록 어렵게 느껴진다.

주민은 직접 관리할 수가 없으니 가신들에게 영지를 나눠주는 방식으로 간접 관리를 하는 것이다.

가신들이 봉지 내의 주민을 굶어 죽지 않도록 잘 관리하는지 아닌지는 영주가 세밀하게 볼 수가 없는 상황이다.

이산이 아키츠 성에 도착했을 때는 술시(오후 8시) 무렵이다.

성문 밖에는 스즈키가 나와 기다리고 있었는데 이산이 다가오자 꿇어앉아 맞는다.

"주군을 뵙습니다."

"오, 스즈키."

이산의 얼굴에 웃음이 떠올랐다.

그동안 스즈키하고는 이틀에 한 번씩 전령을 통해 보고를 받았지만 대면은 하지 못했다.

"밤늦게까지 기다리고 있었구나."

"고생하셨습니다, 주군."

"오다가 영지 한 곳을 들렀기 때문에 늦었다."

스즈키와 함께 성으로 들어선 이산이 수행원과 늦은 저녁을 먹는다.

저녁상을 물리고 이산은 스즈키와 독대했다. 청 안쪽의 밀실에 켜놓은 등의 불꽃이 흔들리면서 그림자가 흔들렸다. 그때 스즈키가 입을 열었다.

"모토요가 함선 52척을 모았습니다. 그중 아다케(安宅船)가 41척, 중선이 7척, 쾌속선이 4척입니다."

스즈키가 말을 이었다.

"선원은 모두 6백여 명, 배를 부리는 놈들은 모두 확보했습니다."

"지금 건조되는 배는 몇 척인가?"

"3척을 만들고 있습니다만 시험 항해를 한 후에 보완하고 본격적으로 만들어야 합니다."

"내가 내일 볼 수 있겠지."

"예, 모토요가 대기하고 있습니다."

고개를 든 스즈키가 이산을 보았다.

"주군, 관백께서 허락하셨습니까?"

"그렇다."

정색한 이산이 말을 이었다.

"내가 명(明)으로 간다고 한 것이 관백의 마음을 움직였을 것이다."

"그렇습니까?"

"관백을 대신해서 나서줄 용병으로 인정해주신 것 같다."

이산이 얼굴을 펴고 웃었다.

"그래서 나를 대영주로 만들어주셨겠지."

스즈키가 숨을 골랐다.

앞에 앉은 이산이 거인처럼 느껴졌기 때문이다. 자신의 생각을 뛰어넘는 인간인 것이다.

다음 날 오전 이산이 바닷가에서 모토요를 만났다.

맑은 날씨다.

지금 이산은 거대한 조선소 앞에 서 있다. 이산 옆에 선 모토요가 앞쪽을 가리키며 말했다.

"아다케(安宅船)보다 3배쯤 큽니다. 길이가 200자(60미터), 폭은 40자(12미터)이고 높이가 60자(18미터)여서 500명을 태울 수 있습니다."

거대한 함선을 건조하고 있다. 아다케(安宅船)는 150명 정도가 승선할 수 있다.

새 함선의 돛은 2개, 노가 양쪽에 20개쯤 있지만, 대양(大洋) 항해용이어서 필요할 때 외에는 사용하지 않는다.

모토요가 말을 이었다.

"흘수가 깊어서 5백 명이 두 달 동안 먹을 양식도 배에 실을 수 있습니다."

그때 옆에 서 있던 스즈키가 말했다.

"주군, 모토요는 대선(大船)을 건조하는 한편으로 아다케(安宅船)를 2척 연결해서 쌍둥이 선(船)으로 만들면 대양(大洋) 항해에 이롭다고 합니다."

고개를 돌린 이산이 모토요를 보았다.

"그것도 가능하느냐?"

"예, 주군."

모토요의 두 눈이 반짝였다.

"제가 명에서 돌아올 때 키가 부서지는 바람에 배 한 척과 배를 붙이고 왔지요. 풍랑도 거뜬하게 견디었고 오히려 수부들이 손이 덜 갔습니다."

이산이 고개를 끄덕였다.

대선(大船) 건조 계획은 20척이다.

20척이면 병사 1만을 승선시킬 수 있다. 거기에다 기존의 아다케를 포함해서 3만 병력을 실을 계획인 것이다.

성으로 돌아오면서 스즈키가 말했다.

"주군께서 보내주신 자금이 금세 바닥이 났습니다."

이산의 눈치를 본 스즈키가 말을 이었다.

"목재를 다른 영지에서 사와야 하는 데다가 인부들의 임금을 줘야 해서."

"해적질로 자금을 모을 수 없나?"

이산이 스즈키를 보았다.

"명(明)에서 말이야."

"알겠습니다."

스즈키가 바로 대답했다.

"놀고 있는 해적선이 수십 척입니다. 수부와 병사는 며칠이면 모을 수 있습니다."

"내가 이 통제사한테 서신을 보내겠다. 밀사를 골라놓도록."

33

"예, 주군."

스즈키의 얼굴이 환해졌다.

"모두 만세를 부를 것입니다. 조선 수군이 가로막지 않으면 절반은 성공한 겁니다."

"그리고 관백께서도 자금 지원을 받아야겠다."

이산이 말을 이었다.

"이미 내가 선단을 건조하고 있는 것도 알고 계실 테니까."

"알겠습니다."

스즈키가 고개를 끄덕였다.

숨길 이유가 없는 것이다.

산카쿠 성으로 돌아온 것은 이틀 후다.

청에서 이산의 말을 들은 코다가 먼저 말했다.

"제가 오사카로 가겠습니다."

그러자 옆에 앉은 아와노가 말을 이었다.

"이 통제사께 보내는 밀사는 정세를 보고 천천히 준비해도 될 것입니다."

이산이 고개를 끄덕였다.

"명(明)의 지도와 각 지역의 상황도 조사해야 할 거야. 명(明)에 다녀온 해적들한테서 자료도 수집해야 한다."

"스즈키가 적임자입니다."

코다가 말했을 때 아와노가 거들었다.

"신지가 대군(大軍)을 이끌 재목입니다. 신지를 중용해주시지요."

신지가 누구인가?

사이토의 중신(重臣)이었다가 이산의 가신이 된 무장(武將)이다. 녹봉은 그대로 8천 석, 지금은 봉지에서 은둔 중이다.

이산이 고개를 끄덕였다.

"신지를 불러오도록."

산카쿠 성에서 1백여 리(50킬로) 떨어진 봉지에서 은거하던 신지는 다음 날 오전에 달려왔다.

신지는 45세. 건장한 체격에 수염이 짙었고 눈빛이 강했다. 신지는 장남 오하라를 대동했는데, 25세, 오하라도 무장(武將)이다.

"주군, 부르셨습니까?"

청에 엎드린 신지가 이산을 보았다. 신지는 사이토가 죽었다는 소식을 듣자 집에 불상을 모셔놓고 향을 피워 극락왕생을 기원했다는 보고를 받았다.

이산이 고개를 끄덕였다.

"그래, 네 옆의 사내는 누구냐?"

"제 아들입니다. 이참에 주군께 인사를 드리도록 데려왔습니다."

그때 사내가 고개를 들었다.

"오하라입니다."

"네 녹봉은 얼마나 되느냐?"

"아버님 녹봉에서 6백 석을 떼어 받았습니다."

"전장에 나간 적이 있느냐?"

오하라가 고개를 들었다.

"오사카에 있을 때 4번대 시마즈군(軍)에 자원해서 파병되었다가 반년 만에 돌아왔습니다."

"공(功)은 세웠느냐?"

"조선인 코 17개를 베어 왔습니다."

그때 신지가 시선을 내렸고 청 안이 조용해졌다. 이산이 고개를 끄덕였다.

"네가 직접 떼었느냐?"

"예, 주군."

"장하다."

이산의 목소리가 청을 울렸다.

"사내답구나."

"주군."

신지가 고개를 들고 이산을 보았다.

"아직 미숙한 놈입니다. 하지만 성품만은 곧은 놈이어서."

"알겠다."

말을 자른 이산이 둘을 번갈아 보았다.

"신지, 그대가 영지의 군사 조련을 맡아라. 영지에서 군사를 얼마나 모을 수 있을 것 같으냐?"

"예?"

놀란 신지가 숨을 들이켰다가 곧 대답했다.

"예. 본래 3만 명 정도였는데 4만까지 모을 수 있을 것입니다."

"3만을 추려서 정병으로 양성하도록."

"주군. 그러면……."

입의 침을 삼킨 신지가 고개를 들었다.

"조선으로 출병하는 것입니까?"

"아니다."

이산이 숨을 고르고 나서 신지를 보았다.

"아직 결정은 되지 않았어."

"그러시다면."

"관백의 허락이 나면 명(明)으로 간다."

"명(明)으로 말씀입니까?"

"그렇다."

청 안에 잠깐 부스럭거리는 소리가 일어났다가 그쳤다. 그때 이산이 말을 이었다.

"지금 배를 짓고 있는 것도 그 때문이야."

"아아!"

신지가 신음했다.

주민들은 물론이고 신지도 배를 짓는 것은 조선 원정군을 지원하려는 의도인 줄 알고 있었다. 스즈키도 그렇게 소문을 냈기 때문이다.

이산이 말을 이었다.

"네가 원정군의 부사령이야. 너한테 군(軍)의 모집과 훈련을 맡긴다."

"술상을 차려올까요?"

다가선 마사가 웃음 띤 얼굴로 물었다.

술시(오후 8시) 무렵.

고개를 저은 이산이 안쪽 보료에 앉았다.

침실 안이다. 왜국은 조선과 달리 방바닥이 마루 위에 다다미를 깐 구조다.

그때 마사가 옆으로 다가와 앉았다.

"오후에 이에야스 님의 측실인 아야메 님이 저한테 선물을 보내주셨습니다."

마사가 이산 앞에 붉은색 상자를 내려놓았다.

손바닥 크기의 나무상자다. 상자를 열자 금으로 된 귀걸이, 반지, 팔찌, 목걸이 등이 가득 차 있다. 금붙이가 불빛을 받아 눈이 부셨다.

고개를 든 이산에게 마사가 말을 이었다.

"상인 사카이의 집사라는 사람이 가져왔습니다. 보고 들으셨지요?"

"들었어."

"아야메 님은 어머니의 친척이에요. 그분도 정략결혼으로 이에야스 님께 출가하신 것이지요."

이산이 고개를 끄덕였다.

"받아도 되겠어."

"관백께 말씀드리지 않아도 될까요?"

"그렇게까지 할 필요는 없어."

그때 마사가 상자를 집더니 가슴에 안았다. 얼굴에 웃음이 떠올라 있다.

"이런 귀물은 처음 보았어요. 어머니와 요시코하고 나눠 갖겠어요."

그날 밤.

침실의 불이 꺼지고 나서 마사가 옆방으로 들어가 옷을 벗고 나왔다.

방 안은 조용하다.

마사가 다가오는 기척을 들었지만 이산은 눈을 뜨지 않았다. 마사가 이불을 들더니 이산의 옆으로 누웠다. 그러고는 반듯이 누운 채 가만있었기 때문에 이산이 눈을 떴다. 이럴 때는 마사가 이산의 품에 안겨 왔기 때문이다.

고개를 든 이산이 마사를 보았다. 그러고는 숨을 들이켰다.

마사가 아니다.

요시코다.

"누구냐?"

반듯이 누운 채로 이산이 묻자 바로 대답 소리가 울렸다.

"요시코입니다."

요시코가 맞다.

이산이 고개를 돌려 요시코를 보았다. 요시코의 얼굴이 한 자(30센티) 거리다. 방의 불은 꺼놓았지만, 요시코의 눈이 선명하게 보였다.

"내가 쫓아내면 어떻게 할 테냐?"

"그 생각은 안 했습니다."

"무모한 년이군."

"잘못했습니다. 그냥 받아주세요."

"네가 원한 것이냐?"

"예, 주군."

"왜?"

"언니하고 같이 모시고 싶습니다."

"네 어머니가 가라고 그러더냐?"

"저도 원했습니다."

이산이 고개를 돌려 천장을 향해 누웠다. 숨을 들이켰더니 요시코의 냄새가 맡아졌다.

언니 마사도 당돌한 편이기는 했다. 그러나 요시코는 어린 나이인데도 두려운 기색이 없다. 목소리도 또랑또랑했고 바로 눈앞의 이산의 시선을 받으면서도 위축된 것 같지 않다.

그때 이산이 입을 열었다.

"내가 네 언니도 데려오지 않으려고 했다. 그 이유를 말해주마."

요시코가 숨을 죽였고 이산이 말을 이었다.

"나도 내일 일을 알 수 없는 사람이야. 그리고 나는 이곳에 정착할 생각이 없다."

고개를 돌린 이산이 요시코를 보았다.

"내 말, 들었느냐?"

"예, 주군."

"지금 무슨 생각을 하느냐?"

"안아주세요, 주군."

순간 숨을 들이켰던 이산이 쓴웃음을 지었다.

"네가 정직하구나."

"말씀이 귀에 들리지 않습니다."

그때 이산이 팔을 뻗어 요시코의 허리를 당겨 안았다.

눈을 뜬 이산이 옆자리가 빈 것을 느끼고는 고개를 들었다.

동녘 종이창이 밝아져 있다. 아직 해가 뜨지 않았으나 방 안의 사물 윤곽이 드러났다.

그때 요시코가 다가와 옆쪽에 무릎을 꿇고 앉았다. 요시코는 상큼한 얼굴이다.

"주군, 이제 인시(오전 4시)가 조금 지났습니다. 더 주무시지요."

"넌 왜 일어났느냐?"

"옷 갈아입고 왔습니다."

시선을 내린 요시코가 물었다.

"다시 옆에서 모실까요?"

"추우니까 들어오너라."

요시코가 잠자코 옷을 벗더니 이산의 옆에 눕는다. 이제는 몸을 딱 붙였다. 그때 요시코가 말했다.

"언니하고 번갈아서 모시기로 했어요."

이제는 요시코가 새처럼 재잘거렸다.

"제가 오늘 모셨으니까 다음에는 언니가 모시는 거죠."

"이것들이 제멋대로군."

이산이 쓴웃음을 지었다.

"다음 순서도 너야, 요시코."

"주군, 그러시면 안 돼요."

금방 표정이 굳어진 요시코가 이산을 보았다.

"그럼 그다음에는 언니가 두 번 계속 모시게 해주세요."

"아니, 그다음도 너야."

이산이 요시코의 허리를 당겨 안았다.

"앞으로 1년 동안 계속해서 네가 와야 한다."

"……."

"1년이 되었을 때 다시 생각해보지."

"언니가 싫으세요?"

"너보다는 못하지."

"……."

"명심해라. 나는 너희들이 나눠 갖는 노리개가 아니다."

"주군, 잘못했습니다."

요시코가 몸을 웅크리며 말했기 때문에 이산이 쓴웃음을 지었다.

농담하려는 의도는 아닐 것이다. 그러나 가볍게 입을 놀리는 잘못을 저질렀다. 서로 아껴주는 자매간의 배려가 거슬린 것도 아니다.

어느덧 창문이 더 밝아 있다.

히데요시의 사신이 온 것은 미시(오후 2시)경이다.

관백의 사신이었기 때문에 이산이 청 끝에 나가 정중하게 맞는다.

사신은 가로(家老) 야쿠노.

코다도 잘 아는 사내다.

청에는 이미 가신들이 도열해 앉아있었기 때문에 이산은 야쿠노와 함께 안쪽 상석으로 다가가 마주 보고 앉았다.

인사를 마쳤을 때 야쿠노가 고개를 들고 이산을 보았다.

"관백 전하의 지시를 받고 왔습니다."

이산은 시선만 주었고 야쿠노가 말을 이었다.

"관백 전하께서 영주님을 모시고 오라고 하셨습니다."

"허어."

아래쪽에 앉아있던 코다가 탄성부터 뱉더니 물었다.

"이보시오, 야쿠노 님. 갑자기 모시고 가겠다니, 그게 무슨 말씀이오?"

야쿠노가 고개를 돌려 코다를 보았다.

야쿠노는 63세, 코다보다 연상으로 백발이다. 그러나 혈색이 붉고 눈은 맑다. 히데요시의 가로(家老) 중에서 상급자로 코다의 선배뻘이다.

"코다 님, 관백께선 나한테 어용선까지 내주셨소. 내해(內海)의 영주 중에 어용선을 내주신 분은 하시바 이산 님뿐이오."

야쿠노의 목소리가 청을 울렸다.

"관백께선 영주님과 대사(大事)를 논의하신다고 하셨소. 이런 광영이 어디 있단 말이오?"

"그렇다고 해도 갑자기 영지를 비울 수는 없으니 며칠 말미를 주셔야겠소."

"사흘 후에 떠났으면 좋겠소."

야쿠노와 코다가 주고받는 동안 이산은 듣기만 했다. 가신들도 술렁대지 않는다. 그때 코다가 이산에게 물었다.

"주군, 지시를 내려주시지요. 언제 떠나시겠습니까?"

"야쿠노 님 말씀대로 사흘 후에 떠나기로 하지."

이산이 웃음 띤 얼굴로 야쿠노를 보았다.

"관백 전하를 뵌 지도 오래되었으니 잘되었어."

내궁으로 함께 들어온 코다가 이산에게 말했다.

"그동안 제가 내막을 알아보지요."

"내막이 무엇이건 나도 관백께 드릴 말씀도 있으니 잘되었어."

이산이 말을 이었다.

"위사장 곤도와 위사 다섯만 데려간다."

"저도 수행하지요. 그동안 번은 아와노하고 신지에게 맡기겠습니다."

코다가 목소리를 낮췄다.

"선물로 금화를 1만 냥쯤 가져가겠습니다. 번의 재정이 풍족한 상황도 아니지만 관백의 내궁에 선물을 먹여야 합니다."

걸음을 멈춘 이산이 코다를 보았다.

"내궁에?"

"예, 주군."

내궁 복도에서 마주 보고 선 이산에게 코다가 말을 이었다.

"요도기미 마님께서 공자를 낳은 후에 재물을 밝힙니다. 공자 히데요리 님의 불사에 쓸 재물이 끝없이 필요하다고 합니다."

이산이 눈만 껌벅였다.

히데요시는 3년 전에 요도기미한테서 아들을 낳았는데 후계자인 셈이다.

현재 히데요시는 58세. 후계자가 세 살이니 눈에 넣어도 아프지 않을 자식이다. 그러니 요도기미는 아들 히데요리를 위해서 별짓을 다 하는 것이다.

"마사를 불러라."

침실로 들어가기 전에 이산이 조병기에게 말했다.

내궁에서 코다와 아와노까지 불러 회의를 마친 후다. 해시(오후10시)가 되어갈 무렵이어서 내궁 안은 조용하다.

침실로 들어선 이산이 저고리를 벗었을 때 문이 열리더니 마사가 들어섰다. 시선이 마주치자 마사가 눈웃음쳤다.

"주군, 부르셨습니까?"

다가선 마사가 앞에서 이산의 옷을 받아들면서 말을 잇는다.

"주군, 요시코가 경솔하게 처신했습니다. 용서해주십시오."

"형제간 우애는 좋더구나."

"아직 어립니다."

"이제야 어리다는 핑계를 대는군."

이산이 쓴웃음을 지었다.

"겪어보니 성숙한 여인이었다."

몸을 돌린 이산이 마사를 보았다.

"명심해라. 내궁(內宮)은 네가 주도해서 잡사를 처리하도록."

형제간에도 질서가 있어야 한다.

이산 일행이 야쿠노와 함께 오사카로 떠난 것은 사흘 후 아침이다.

날씨는 쾌청했고 동북풍이 부는 날씨다. 돛을 활짝 편 쾌선이 나는 듯이 바다 위를 항진했다.

쾌선의 2층 누각에 선 이산에게 야쿠노가 말했다.

"조선 전황이 어렵습니다. 아군은 남쪽에 12개 성에 들어가 방어하고 있는데 고니시 님이 주도권을 쥐고 명(明)과 교섭하는 중입니다."

다가선 야쿠노가 말을 이었다.

"그런데 도무지 진전이 없습니다. 전하께서는 그것을 상의하시려는 것 같습니다."

이제야 야쿠노가 히데요시의 의중을 밝히고 있다.

그 시간의 평양성.

선조가 내전에서 인빈의 시중을 받으면서 늦은 수라상을 받고 있다. 요즘은 늦잠 자는 버릇이 들어서 사시(오전 10시)가 되어서야 아침을 먹는다.

인빈이 입을 열었다.

"주상, 광해의 선전관이었던 이산이란 자를 아시지요?"

선조가 고개를 들었다. 음식을 삼킨 선조가 고개를 끄덕였다.

"들었어. 그놈 아직 잡지 못했지?"

"예. 그자가 어디 있는지 아십니까?"

"내가 어떻게 아나?"

"그자가 왜국 영주가 되었답니다. 이것은 왜군 군사는 물론 향도들까지 알고 있답니다."

"왜국 영주가 돼?"

"예, 70만 석이 넘는 대영주가 되었다고 합니다. 히데요시가 제 옛 성(姓)까지 하사해서 하시바 이산이 되었다네요."

선조는 씹는 것을 멈추고 시선만 준다. 인빈의 눈빛이 강해졌다.

"이것은 광해가 왜국과 내통하고 있다는 증거가 아니겠습니까?"

"……"

"가토가 두 왕자를 잡아두고 있는 것도 모두 히데요시와 광해가 꾸민 짓입니다. 히데요시가 광해의 경쟁자들을 제거해주는 것이지요."

"……"

"다음 순서는 이곳에 남아있는 다른 왕자가 되겠지요."

"그럴 리가."

혼잣소리처럼 선조가 말했을 때 인빈이 바짝 다가앉았다.

"전하, 광해를 폐위시켜야 합니다. 광해가 조정 내막을 히데요시한테 빼돌리고 있을지도 모릅니다."

"……."

"광해 주위에 대신들이 모이고 있지 않습니까? 이렇게 되다가는 조선이 왜국에 병합될 것입니다."

"……."

"싸우지도 않고 병합되는 것이지요."

그때 선조가 젓가락을 내려놓았다.

얼굴이 굳어 있다.

기노가 가토에게 불려갔을 때는 미시(오후 2시) 무렵이다.

이번에도 평양에서 보고차 내려온 참이다.

가토와 기노가 독대하고 있다. 배석자는 가토의 중신 마쓰다 하나뿐이다. 가토가 지그시 기노를 보았다.

"기노, 구마모토를 떠난 지 얼마나 되었느냐?"

"3년이 좀 넘었습니다."

"꽤 오래되었구나."

눈을 가늘게 뜬 가토가 말을 이었다.

"구마모토에 가서 집정 마쓰무라를 만나고 오너라."

"예, 주군."

기노의 눈에 생기가 돌았다.

구마모토 번은 가토의 영지다. 구마모토에 가면 어머니와 동생들을 만날 수 있다. 아버지 다케우치는 가토군 본진에서 병참 일을 맡고 있었기 때문에 자주 만났다.

그때 가토가 고개를 들었다.

"호위역 둘만 데리고 내일 떠나거라. 떠나기 전에 내가 너한테 전해줄 것이 있으니까."

"예, 주군."

"구마모토에 가기 전에 먼저 하시바 이산의 번에 들러야겠다."

"……."

"가서 이산을 만나거라. 만나서 내 밀서를 전해. 알겠느냐?"

"예, 주군."

"그리고 대답을 듣고 오거라. 회신을 받아도 좋고."

"예, 주군."

"그리고 나서 번에 들러서 마쓰무라한테 내 서신을 주고."

"예, 주군."

"그리고 바로 돌아와야 할 것이다. 알겠느냐?"

"예, 주군."

"그럼 내일 이 시간에 다시 오너라. 그때 준비한 것을 줄 테니까."

그러고는 가토가 고개를 끄덕였기 때문에 기노는 자리에서 일어섰다.

기노가 청에서 나왔을 때 뒤쪽에서 마쓰다가 불렀다.

"기노, 나 좀 보자."

멈춰 선 기노 앞으로 다가온 마쓰다가 주름진 얼굴을 펴고 웃었다.

"기노, 주군의 의도를 알겠나?"

"압니다."

쓴웃음을 지은 기노가 마쓰다를 보았다.

"바로 이산 님을 만나고 오라고 하셨으면 되었을 텐데요."

"네가 이산의 정부 아니냐고 말씀하시기가 어색하셨던 거지."

"마쓰다 님처럼 능글대시는 것보다는 순수하십니다."

"거친 것 같으면서도 속은 부드러운 것이 주군의 장점이지."

"왜 부르셨습니까?"

정색한 기노가 묻자 마쓰다가 쓴웃음을 지었다.

"이산한테 내 말을 전하라고 불렀어."

마쓰다가 말을 이었다.

"이건 밀서에 적지 않은 내용이니까, 잘 들어."

"오, 왔느냐?"

이산을 본 히데요시가 얼굴을 펴고 웃었다.

청 안쪽의 접견실에서 기다리던 이산이 자리에 엎드려 절을 했다.

"관백 전하를 뵙습니다."

"잘 왔다."

상석에 앉은 히데요시가 고개를 끄덕였다.

히데요시는 중신(重臣) 미요시와 이산을 데려온 야쿠노만 대동하고 있다. 이산은 코다와 둘이다.

접견실에 자리 잡고 앉았을 때 히데요시가 웃음 띤 얼굴로 이산을 보았다.

"네가 대영주가 되었다고 시기하는 놈들이 많을 게다."

이산은 눈만 껌벅였고 히데요시가 말을 이었다.

"한때 주군으로 모셨던 가토보다도 더 큰 영지를 갖게 되었으니 말이다."

"과분합니다."

이산이 정색하고 히데요시를 보았다.

"소신은 영지에 미련이 없습니다."

"그것을 곧 알게 될 것이다."

어느덧 정색한 히데요시가 말을 이었다.

"이산, 요즘 배를 얼마나 건조했느냐?"

"대선(大船) 2척이 다음 달이면 진수합니다, 전하."

"오, 한 척에 6백 명을 실을 수 있다고 했지?"

"예, 아다케(安宅船)의 3배 병력을 실을 수 있습니다."

"장관이겠다. 대선(大船)은 몇 척 만들 작정이냐?"

"20척입니다."

"그럼 1만 병력을 실을 수 있겠구나."

"아다케(安宅船)와 중선(中船) 60여 척에는 2만 명을 태울 수 있습니다."

"그래서 말인데."

허리를 편 히데요시가 이산을 보았다. 눈빛이 강해져 있다.

"이번 조선전쟁에서 대전환이 필요하다."

모두 숨을 죽였고 히데요시가 말을 이었다.

"다섯 달 후에 명(明)으로 출진하도록 해라."

"다섯 달 후에 말씀입니까?"

"그렇다. 1만 명을 데려가라."

"1만 명입니까?"

"그 병력이면 지금이라도 배는 준비가 되겠지?"

"예, 전하. 하지만."

"안다."

히데요시가 손까지 저었다. 넓은 소매에서 마른 장작개비 같은 팔목이 드러났다.

"1만 병력이면 모래밭에 물 한 그릇 붓는 것 같겠지. 그러나 명(明) 조정은 대경실색할 것이다."

히데요시의 목소리가 열기를 띠었다.

"요동 땅에 너희들이 상륙한다면 명(明) 황제는 기절초풍한다. 1만이 10만, 1백만으로 보일 테니까."

"……"

"조선에 출병시킨 이여송을 불러들일 것이다. 어떠냐?"

히데요시의 시선이 이산의 뒤쪽에 앉은 코다에게 옮겨졌다.

"네가 이산의 전략가 행세를 한다고 들었다. 네 생각을 듣자."

"과분하신 말씀이옵니다."

"잔소리 치우고 말해."

"예, 전하."

고개를 든 코다가 히데요시를 보았다.

"말씀하신 대로 조선전쟁의 대전환이 될 것이옵니다."

"계속해."

"본래 일본군은 명(明)으로 가려고 조선 땅을 지난 것이었습니다. 조선군(軍)이 가로막았기 때문에 전쟁이 일어난 것이지요."

"이산이 여진족을 모아서 대군(大軍)을 만들 수가 있어."

"조선에 있던 일본군이 합류할 수도 있겠지요."

"그때는 이산이 대영주가 된 것을 어느 놈도 시기하지 못하게 될 것이다."

"참으로 신출귀몰한 전략이옵니다."

"다섯 달 후다."

고개를 돌린 히데요시가 이산에게 말했다.

"다섯 달 후에 출항해서 일곱 달 후에는 요동 땅에 닿아야 한다."

이산의 시선을 받은 히데요시가 입술 끝을 올리며 웃었다.

"그동안 조선 땅에 있는 놈들은 저희끼리 치고받고 물고 뜯겠지. 놔둬라."

히데요시의 눈빛이 흐려졌다.

"하시바 이산, 네가 난세의 영웅이 되어라."

오사카 성 안의 객사로 돌아왔을 때다.

방에 둘이 남았을 때 코다가 고개를 들고 이산을 보았다.

"주군, 신출귀몰은 개나 먹으라고 합시다."

이산의 시선을 받은 코다가 어깨를 치켰다가 내렸다.

"옛날 관백께서 히데요시 님이었을 때 자주 저런 신출귀몰한 꾀를 만들어 내놓았다가 오다 님한테 귀싸대기도 맞았지요."

"……"

"10개 중 하나 정도가 쓸 만했고 100개 중 하나가 노다지를 터뜨리긴 했습니다."

"……"

"지금 이 꾀는 귀싸대기감이오."

"……"

"일시적으로 시선을 돌릴 수는 있지만, 전세에 전혀 영향을 끼치지 못할 것입니다."

코다의 두 눈이 번들거렸다.

"관백께선 이제 주군을 버려도 되는 패로 생각하신 것입니다."

"……"

"그러니 주군께서도 대응하실 때가 되었습니다."

그때 이산이 빙그레 웃었다.

"내가 바란 일이었어, 영감."

"1만 병력으로 뭘 하란 말입니까? 본래 3만, 저는 5만을 계획하고 있었소. 그래야 얼마간이라도 버틸 수가 있을 것 아닙니까?"

코다가 고개를 절레절레 흔들었을 때 이산이 말했다.

"영감, 아직 시간이 있어. 다섯 달은 긴 시간이야."

이산이 말을 이었다.

"그동안 충분히 준비해 놓는 거야."

코다가 입을 다문 채 시선만 주었다.

이산의 결심이 굳어 있다는 것을 깨달은 것이다.

기노가 찾아왔을 때는 이산이 오사카에 머문 지 나흘째가 되는 날이다.

코다가 허겁지겁 들어와 저녁을 먹고 있는 이산에게 말했다.

"주군, 기노가 왔습니다."

"기노가?"

놀란 이산이 젓가락을 내려놓았다. 코다가 말을 이었다.

"아키츠 성에 들렀다가 주군이 오사카에 가셨다는 말을 듣고 곧장 쾌선으로 왔다고 했습니다."

"날 만나려고 왔어?"

"가토 님이 보내셨다는군요."

기노는 가토의 가신인 것이다.

이산이 고개를 끄덕였다.

"만나기로 하지."

옆쪽 방에서 기다리던 기노가 이산을 보더니 자리에서 일어섰다.

눈이 반짝이고 있다.

"영주님을 뵙습니다."

무릎을 꿇은 기노가 이마를 방바닥에 붙였다가 고개를 들었다.

"여기까지 왔구나."

이산이 부드러운 시선으로 기노를 보았다.

"가토 님이 널 보냈어?"

"예, 영주님."

자리에 앉은 이산이 지그시 기노를 보았다. 만감(萬感)이 교차했기 때문이다. 그때 기노가 저고리 안에서 보자기에 싼 밀서를 꺼내 이산 앞에 놓았다.

"가토 님이 보내신 밀서입니다."

고개를 끄덕인 이산이 손을 뻗어 보자기를 집었다. 보자기를 풀자 곧 접힌 종이가 드러났다.

밀서다.

'이산 공(公), 영주가 되심을 축하하오.'

편지는 이렇게 시작되었다.

'이곳은 전황이 여의치 않아서 전선이 남쪽으로 내려왔고 나도 상주성에서 재정비 중이오.'

고개를 든 이산이 기노를 보았다. 시선을 받은 기노의 눈동자가 흔들렸다. 이산이 다시 읽는다.

'내가 그대에게 전해 줄 이야기가 있소. 고니시 유키나가가 명(明)과 강화회담을 주도하고 있는데 내 정보원의 보고에 의하면 모두 조작된 것이오. 고니시가 명(明)의 가짜 사신과 공모하여 관백 전하를 속이고 있는 것이오. 고니시가 일본군의 1번대장으로 선봉을 맡고 전쟁을 주도하게 된 이유는 조선과 명을 잘 안다는 이유 하나뿐이었소. 그런데 고니시는 주도권을 빼앗기지 않으려고 명의 하급관리인 심유경이 명 황제의 특사인 것처럼 꾸며 온갖 거짓말로 관백께 보고하고 있소. 그래서 나는 이 공(公)께 밀사를 보내 부탁하오.'

다시 고개를 든 이산의 눈빛이 흐려져 있다. 편지 내용에 빠져든 때문이다. 이산이 다시 읽는다.

'곧 명(明) 사신을 실은 쾌선이 내해로 들어가 이 공의 영지 앞을 지날 것이니 그 배를 나포하고 사신을 잡아주시오. 이 공께서 사신을 심문하면 진위가 밝혀질 것이오. 그것이 관백 전하와 일본군, 거기에다 조선 백성에게도 좋은 일이 될 것이외다.'

그러고는 끝말이 이어져 있다.

'이 공, 나는 이 전쟁을 빨리 끝내고 싶소. 전쟁은 이미 끝난 것이오. 농간을 부려서 이어가려는 고니시의 수작을 참을 수가 없소. 그러니 조선인의 피를 받은 그대에게 부탁하는 것이오.'

이산이 편지를 코다에게 건네주었다.

다시 기노와 시선이 마주쳤다.

다 읽고 난 코다가 힐끗 기노를 보고 나서 입을 열었다.

"기노가 있어도 상관없겠습니다. 가토 님이 주군과 기노와의 관계를 알고 밀사로 보내셨을 테니까요."

그러자 기노가 얼굴을 붉혔지만 코다는 말을 이었다.

"이것은 중대사(重大事)입니다. 일국의 사신, 그것도 특사를 잡아다가 문초까지 한다는 것은 머리가 1백 개라도 감당 못 할 중죄입니다. 지금 가토 님은 그런 일을 주군께 맡긴 것입니다. 고니시 님이 명(明) 사신과 공모하고 있다는 이유를 들었지만, 우리가 나설 일이 아닙니다."

이산은 듣기만 했고 코다가 말을 이었다.

"가토 님은 주군이 조선인이라는 것을 이용해서 빠른 종전이 조선 백성한테도 이롭다고 합니다만, 거짓말도 서투십니다. 조선인 코를 제일 많이 뗀 부대가 가토군입니다."

"……."

"심유경이 믿을 만한 놈이 아니라는 것은 여러 곳에서 들었습니다. 그놈은 떠도는 장사꾼으로 세상 견문이 좀 있다는 것뿐입니다. 병부상서 석성한테 찾아가 일을 달라고 사정해서 겨우 수하도 없는 '경영첨주유격' 벼슬을 받은 놈입니다. 이 기회에 장사 길을 터보자는 심보겠지요."

"……."

"가토 님이 무리한 부탁을 하셨습니다."

그때 기노가 작게 헛기침을 했기 때문에 둘의 시선이 모였다. 고개를 든 기노가 이산을 보았다.

"제가 주군을 뵙고 나왔을 때 마쓰다 님이 따로 불러서 은밀히 말해주더군요."

기노가 말을 이었다.

"이산 님이 밀서를 읽으신 후에 이렇게 말씀드리라고 했습니다."

"……."

"이번에 가는 사신은 고니시 님과 심유경이 만든 가짜로 아다케(安宅船) 3척에 조선에서 빼앗은 금붙이, 비단 등 재물을 싣고 있다고 합니다."

기노가 반짝이는 눈으로 이산을 보았다.

"그 3척의 재물이면 군자금으로 충분할 것이라고 했습니다."

"잠깐, 군자금이라고 했나?"

코다가 끼어들어 물었다. 그러자 기노가 고개를 끄덕였다.

"예, 가토 님도 영주님께서 대선(大船)을 만들고 원정 준비를 하고 계신다는 것을 아십니다."

"그렇군."

입맛을 다신 코다가 다시 물었다.

"마쓰다가 그렇게만 말하던가?"

"예, 그 3척에 실린 재물은 명(明)이 보내는 선물이라고 했지만 고니시 님이 약탈한 재물일 뿐입니다. 그렇게 말씀드리면 된다고 하셨습니다."

이산의 시선이 멀어졌다.

히데요시는 명의 선물을 받고 우선 흡족할 것이다.

이번에 고니시, 심유경이 조작한 명(明) 사신은 강화사다. 휴전을 상의하려는 것이다.

히데요시는 한양성에서 철군하라는 지시를 내린 후에 조선에 진주한 왜군을 철수하려는 마음을 굳히고 있는 중이었다.

그것을 안 고니시가 명(明)과의 협상에서 공(功)을 세우려는 의도다.

그때 이산이 고개를 끄덕였다.

"수고했어."

그날 밤.

객사의 침실에서 이산이 기노에게 물었다.

"지금도 임금 주변에 있는 거야?"

"응."

이산의 가슴에 얼굴을 묻은 기노가 말을 이었다.

"한 달에 한 번쯤 가토 님께 보고하러 내려가. 지금은 조선 물정을 살살이 아는 터라 혼자서도 다녀."

"네가 공신이다."

"산카쿠 성에 마님이 둘 있다면서, 그것도 절색의 자매를."

"그 소문이 조선까지 퍼졌더냐?"

"금방이지. 매일 수십 척의 배가 일본과 조선을 오가니까."

"내가 다섯 달 후에는 명(明)으로 간다. 관백의 지시야."

이산이 기노의 벗은 몸을 당겨 안았다.

"그때는 마님도 다 떠나는 것이지."

"그때는 내가 가장 자유롭게 님을 만날 수 있겠네."

"영주님한테 그게 무슨 말버릇이냐?"

"난 날아다니는 새야."

기노가 이산의 몸 위에 오르면서 말했다.

"내 마음이 가는 곳으로 날아가는 거야."

2장 하시바 이산

이산의 가슴에 얼굴을 붙인 기노가 말했다.

"조선 전쟁은 이미 끝났어. 이 상태 그대로 시간을 끌 거야."

기노의 숨결이 가슴을 훑고 지나갔다.

"가토 님도 이젠 군사력의 한계가 왔다고 했어. 조선의 의병이 점점 규모가 커지는 데다 수군(水軍)에 막혀서 더 이상 북상할 수 없다는 거야."

이것은 최고 기밀에 해당된다.

히데요시는 물론 조선 왕도, 명 황제도 듣지 못하는 현실인 것이다. 중간 과정에서 모두 자르고 살을 붙여서 보고를 받기 때문이다.

기노가 말을 이었다.

"고니시 님과 가토 님은 이제 돌이킬 수 없는 관계야. 그러나 문제는 고니시 님이 관백 전하를 속이고 이 전쟁을 이긴 전쟁으로 둔갑시키는 것이지."

"철수하고 나면 논공행상이 있겠군. 그때 고니시가 벌을 받을까?"

"그래서 이번에 가짜 책사를 보내 관백 전하를 일본 왕으로 봉하려는 것이지."

"일본 왕이라."

"관백은 좋아할 것이고."

기노가 몸을 붙이며 웃었다.

"그렇게 만들어준 고니시는 1등 공(功)으로 영지가 늘어나겠지."

이산이 고개를 끄덕였다.

조선만 왕 주위에 아첨꾼, 간신들이 있는 게 아니다.

왜국도 마찬가지다.

이산은 오사카에서 열흘을 묵고 영지로 돌아왔다.

히데요시는 더 묵고 가라고 붙들었지만, 이산이 사양했다.

먼저 아키츠 성에서 스즈키를 만난 이산이 히데요시의 지시를 전했다.

"다섯 달 동안 준비를 끝내야 한다."

이산이 말을 이었다.

"1만 병력으로 출동하라는 지시야."

"1만입니까?"

스즈키가 숨을 들이켰다.

"그 병력으로 대륙에서 뭘 한단 말씀입니까? 이것은 마치……."

"됐다."

말을 막은 이산이 쓴웃음을 지었다.

"다섯 달 후에는 상황이 달라질 테니까, 지금은 출전 준비만 하면 된다."

"대선(大船)은 10척까지는 만들 수 있습니다. 아다케(安宅船)와 중선은 120척 정도까지 준비가 될 것입니다."

고개를 끄덕인 이산이 지시했다.

"모토요를 부르라."

잠시 후에 청으로 들어선 모토요가 엎드렸을 때 이산이 말했다.

"모토요, 해적선은 몇 척을 동원할 수 있느냐?"

고개를 든 모토요가 눈동자를 굴리더니 대답했다.

"움직일 수 있는 배는 20척쯤 됩니다, 주군."

"수부와 군사까지 포함하면 몇 척이냐?"

"10척쯤 됩니다."

"사신선(使臣船) 5척이 우리 영해 앞바다를 지날 것이다. 사신이 탄 아다케(安宅船) 1척, 경호선 1척, 그리고 수송선 3척이다. 모두 아다케(安宅船)이다."

모토요가 눈을 치켜떴다.

"주군, 그놈들을 다 잡습니까?"

"사신선(使臣船)은 나포하고 경호선은 격침해라. 그리고 수송선 3척도 나포해야 한다."

"그렇군요."

눈을 가늘게 뜬 모토요가 고개를 끄덕였다.

"큰 작전입니다, 주군."

"어렵겠지."

"멀리서부터 따라가다가 밤에 기습해야 할 것 같습니다."

"그런가?"

"쾌선을 10척쯤 준비해야겠습니다."

모토요의 두 눈이 번들거렸다.

"아다케(安宅船) 6척에 각각 쾌선 2척씩을 달고 가다가 밤에 쾌선에 나눠 타고 기습하는 것입니다."

"옳지."

"우리 영지 앞에서 탈취하면 의심받을 테니까 이곳에서 2백 리(100킬로)쯤 아래쪽 단바 섬 앞에서 덮치겠습니다."

"그렇다면 지금 당장 준비를 해서 떠나야겠다."

"사신선은 언제 옵니까?"

"부산진에서 6월 20일에 출발한다고 했으니 네 계산으로는 어떠냐?"

"그럼 단바 섬 앞바다에는 앞으로 7, 8일 후에는 지날 것입니다."

모토요가 상반신을 세우면서 말을 잇는다.

"내일 출발하면 딱 맞습니다."

"좋아."

고개를 돌린 이산이 스즈키를 보았다.

"스즈키, 네가 지휘해라."

이산이 말을 이었다.

"사신 놈들만 산 채로 잡고 나머지는 다 죽여라."

오사카에서 이산과 함께 온 코다는 아키츠 성에 들르지 않고 곧장 산카쿠 성으로 갔다.

이산이 아키츠 성에서 할 일이 있었기 때문이다.

"주군은 아키츠 성에 언제까지 계시오?"

기다리던 아와노가 묻자 코다가 물었다.

"무슨 일이 있소?"

"시타케 마사모리가 아무래도 욕심을 버릴 수가 없는 모양이오."

"왜 그렇소?"

"시타케 영지와 붙어 있는 우리의 다카세 성(城)이 지난번 영지 분할 때 이쪽으로 잘못 편입되었다면서 군사를 보내 무혈점령해버렸소."

아와노의 얼굴에 쓴웃음이 번졌다.

"물론 병사 20, 30명 정도의 산성(山城)이고 주민은 없소. 군사들을 포로로 잡았다가 모두 돌려보냈는데, 성(城)의 수비장인 도리가 성문 앞에서 할복해 버렸소."

"……."

"성을 뺏기고 포로가 되었다가 풀려난 것을 사죄한 것인데, 군사들이 도리의 머리만 베어 들고 왔습니다."

"성을 뺏어야지."

코다가 이맛살을 찌푸리고 말했다.

"주군은 일 때문에 당분간 아키츠 성에 계실 테니까, 그대가 가보시오."

"그럼 오늘 밤에 출발해야겠구만."

아와노가 자리에서 일어서며 말했다.

"그놈의 작은 성 때문에 주군께 면목이 없어서 며칠 밤을 새웠소."

"영주로 사는 건 쉬운 일이 아니군."

밤.

아키츠 성에서 이산이 스즈키에게 말했다. 이산과 스즈키는 청에서 술을 마시는 중이다. 이산과 스즈키, 위사장 곤도까지 제각기 작은 술상을 앞에 놓고 둘러 앉아있다.

"영지 안의 백성을 돌봐야 하는 책임이 맡겨진 것 아니냐? 소유 영지가 클수록 어깨가 더 무거워진다."

"주군, 주민들은 주군을 따르고 있습니다. 주군은 잘하고 계십니다."

스즈키가 말을 이었다.

"그런 생각을 하지도 않는 영주들도 많습니다."

"나도 그렇게 될까 두렵다."

이산이 쓴웃음을 지었다.

"이곳도 난세(亂世)다."

"시타케군(軍)이 북서쪽 변경의 다카세 성(城)을 빼앗습니다. 손바닥만 한

성이고 군사들 피해는 없었지만, 수비장이 할복했지요. 주군이 오셨으니 곧 아와노 님이 보고하러 올 것입니다."

이산이 고개를 들고 스즈키를 보았다.

"영지 욕심을 부리는 인간이 바로 옆에 있는 것을 잊었군."

"이번에 이곳을 떼어 가려다가 좌절되어서 실망했겠지요."

이산의 눈빛이 흐려졌다.

떠날 때는 떠나더라도 지킬 것은 지켜야 한다.

아와노와 신지가 찾아온 것은 다음 날 오전이다.

인사를 마친 둘이 청에 앉았을 때 먼저 아와노가 들고 온 지도를 청 바닥에 펼치면서 말했다.

"다카세 성(城)을 시타케에게 빼앗겼습니다. 모두 제 불찰입니다."

아와노가 손끝으로 국경선이 그려진 한 곳을 짚었다.

"산성(山城)으로 망루 구실을 해오던 성입니다. 수비장 도리가 25명 군사를 데리고 주둔했는데, 밤에 기습을 받아 군사 셋이 죽고 모두 포로가 되었다가 풀려났습니다."

고개를 든 아와노가 이산을 보았다.

"풀려난 후에 도리가 성문 앞에서 배를 갈랐고 군사들이 도리의 머리만 들고 돌아왔습니다."

그때 신지가 거들었다.

"다카세 성(城)은 본래 시타케 영지였다고 군사들 편에 전해왔습니다만 억지 주장입니다."

이산이 고개를 끄덕였다.

"시타케 영지의 큰 성(城) 하나를 빼앗기로 하지."

순간 모두 숨을 죽였고 이산의 말이 이어졌다.

"시타케는 공존할 수 없는 자다. 이번 일로 증명되었다."

"아키츠 성에서는 누가 시중을 들죠?"

마사가 묻자 조병기가 고개를 들었다.

산카쿠 성의 내궁(內宮) 안.

조병기는 마사의 호출을 받고 달려왔다.

"성주(城主) 스즈키 님이 시녀를 배정한 것 같습니다."

조병기가 말을 이었다.

"아키츠 성도 제법 큰 성이니 불편하시지는 않을 겁니다. 하지만 제가 오늘 아키츠 성으로 갈 예정입니다."

"그럼 나도 가겠어요."

"마님."

당황한 조병기가 마사를 보았다.

"저는 내궁(內宮) 관리자여서 당연히 주군 시중을 들기 위해 가야 합니다만 마님은 곤란합니다."

"난 당신보다 주군께 가까운 내실이에요. 내가 할 일이기도 하고요."

"제가 가서 주군의 허락을 받도록 하지요."

조병기도 물러서지 않는다.

"주군께서 공무를 보시는 데 방해될 수도 있습니다."

"사이토 시대를 말하는 건 그렇지만."

잠깐 주춤했던 마사가 말을 이었다.

"사이토가 변두리 성에 머물렀을 때 내궁의 측실이 옮겨가서 시중을 들었어요. 그것은 주군의 허락을 받지 않고 내궁에서 보냈습니다."

"주군은 사이토가 아닙니다."

조병기가 정색하고 마사를 보았다.

"사이토를 제거하신 분입니다."

마사가 시선을 내렸기 때문에 조병기는 몸을 돌렸다.

산카쿠 성에서 아키츠 성까지는 기마로 나흘 거리다.

이산은 스즈키와 모토요를 떠나보내고 나서 아키츠 성에 머물고 있다가 조병기를 맞았다.

해적선단이 떠난 지 사흘째가 되는 날이다.

이제 아키츠 성은 하시바 이산 영주의 임시 거성(居城)이 되었다.

"오, 왔느냐?"

"예, 주군. 조병기가 뵙습니다."

조병기가 이마를 청 바닥에 붙이면서 인사를 했다.

조병기가 누구인가?

이산이 산에서 나왔을 때 처음으로 수하가 된 인물이다. 가장 먼저 이산을 주인으로 모신 부하인 것이다.

청 안에는 아와노도 있었지만 조병기가 고개를 들고 말했다.

"주군, 불편하실 것 같아서 내궁의 식품과 주방 하인들을 데리고 왔습니다."

이산이 아키츠 성에서 당분간 기거한다고 했기 때문이다.

이산이 고개만 끄덕였을 때 조병기가 말을 이었다.

"마사 마님께서 시중을 드시겠다고 같이 오셨습니다."

이산의 시선을 받은 조병기가 시선을 내렸다.

"잘 왔다."

이산의 말에 조병기가 자리에서 일어섰다.

한숨 돌린 표정이다.

이곳은 시타케 영지 동쪽의 이쿠노 성.

하시바 이산 영지와 20리(10킬로)쯤 떨어진 석성(石城)으로 둘레가 5리(2.5킬로)쯤 되는 중성(中城)이다.

성에는 주민 1천여 명이 거주하고 있는 데다 성주 아오야마는 5천 석을 받는 시타케의 중신으로 성안에 군사 6백여 명을 주둔시키고 있다.

아오야마는 38세, 6척 장신의 거구다.

"지금 이산이 아키츠 성에 있지?"

아오야마가 묻자 부장 센다이가 대답했다.

"예, 오사카에서 돌아온 후부터 아키츠 성에 머물고 있답니다."

"관백 전하한테서 무슨 지시를 받은 모양이군."

"아키츠 성주로 부임해온 스즈키가 만드는 거선(巨船)은 1천 명을 실을 수 있다고 합니다."

아오야마가 고개를 끄덕였다.

이미 이곳 시타케 영지까지 소문이 퍼졌다. 이산이 거선(巨船)을 만들어 군사들을 싣고 조선 전쟁에 출전한다는 소문이다.

"어쨌든 오사카에서 돌아온 후에 다카세 성에 대한 보고는 받았을 거다."

센다이가 고개를 끄덕였다.

"주군께선 그것을 바라고 있을 것입니다. 도발하신 것이니까요."

술시(오후 8시) 무렵이다.

저녁을 마친 아오야마가 성을 순시하다가 남문(南門)의 문루에서 센다이와 나란히 서서 아래쪽을 내려다보는 중이다.

"하긴 지금 이산이 손바닥만 한 성을 되찾으려고 대응할 입장은 아닐 거다."

아오야마가 말을 이었다.

"곧 조선으로 떠나갈 입장 아닌가? 다카세는 보고를 받고 나서 곧 잊었을 것 같다."

그 순간이다.

옆에 서 있던 센다이가 뒤로 넘어졌기 때문에 아오야마는 고개를 돌렸다.

어둠 속이어서 잘 보이지 않았지만, 센다이는 아래쪽 계단 밑까지 굴러떨어져 있다. 발을 헛디딘 것 같다.

"센다이!"

아오야마가 불렀을 때다.

"퍽!"

날아온 화살이 아오야마의 목에 박혔다.

"억!"

화살이 성대를 뚫고 들어간 바람에 입에서 외침 대신 피가 뿜어졌다.

그때 다시 날아온 화살 한 대가 이마에 박혔고, 아오야마도 성루의 계단 밑으로 굴러떨어졌다.

이쿠노 성(城)을 기습한 장수는 이산의 가신(家臣) 가쓰하라.

기마군 5백을 이끌고 왔다.

그러나 말을 성에서 3리(1.5킬로)쯤 떨어진 골짜기에 매어놓고 도보로 접근해서 성을 기습한 것이다.

열린 3개 성문으로 물밀 듯이 진입해온 가쓰하라군(軍)은 닥치는 대로 시타케군을 도륙했다. 이미 성주 아오야마와 부장 센다이가 사살된 상황이다.

머리 잃은 뱀 꼴이 된 시타케군(軍)은 한 식경도 안 되어서 제압되었다. 그때는 이미 절반은 사상자를 낸 상태다. 나머지 3백여 명은 투항했다.

주민 1천여 명은 겁에 질려 집 밖으로 나오지도 못한 상태로 성문은 굳게 닫혀있다.

"빠져나간 놈들이 있을 거다."

가쓰하라가 이를 드러내고 웃었다.

36세인 가쓰하라는 사이토 가신으로 2,200석 녹봉을 받아왔다. 그러다가 이산이 영주가 되자 서약서를 제출하고 봉지를 유지했다.

이번에 이산한테서 이쿠노 성을 기습 탈취하라는 지시를 받자 가문 중흥의 기회를 잡았다고 믿은 것이다.

옆에 선 동생 쓰마모토가 주위를 둘러보며 말했다.

"형, 우리도 22명이 죽고 45명이 부상자요. 이제 450명이 남았소."

"사흘만 견디면 지원군이 온다."

그때 먼 쪽에서 말굽 소리가 울렸기 때문에 성루에 선 둘은 긴장했다.

해시(오후 10시)가 되어가고 있다.

달도 뜨지 않은 깊은 밤이다.

성을 탈취하자마자 골짜기에 숨겨둔 말을 가지러 보낸 것이다. 그때 어둠 속에서 외침 소리가 울렸다.

"가와지요! 말 떼를 몰고 왔소!"

아군이다.

고개를 돌린 쓰마모토가 가쓰하라를 보았다.

"형, 아군이오."

곧 성문이 열리더니 말 떼가 쏟아져 들어왔다.

사경문과 홍보성은 저녁을 마치고 술을 마시는 중이다.

아다케(安宅船)의 3층 누각 안.

술시(오후 8시)가 지난 바다는 잔잔하다.

"열흘이면 도착하겠지?"

홍보성이 묻자 사경문이 고개를 끄덕였다.

둘은 심유경이 보낸 사신으로 제각기 안남장군(安南將軍), 동방총독특사라는 직함을 내걸고 있지만 모두 조작한 것이다.

고니시와 심유경만이 둘의 본색을 알고 있을 뿐 명(明)의 총지휘관인 이여송이나 송응창도 모르는 자들이다.

주위를 둘러본 사경문이 입을 열었다.

"히데요시가 입을 떡 벌리도록 만드는 거야. 배에 실린 재물보다 일본 왕에 봉한다는 칙서와 왕관, 곤룡포를 받으면 정신없겠지."

"비밀이 지켜져야 돼."

"그건 걱정할 것 없어. 역관 왕면도 믿을 만해."

"왕면이 심유경의 외조카라고 하더군."

홍보성이 말하자 사경문이 쓴웃음을 지었다.

"나도 알고 있었어. 믿을 놈은 친척뿐이니까."

"그렇다면 이 배에 탄 일행 중에 우리 둘하고 왕면까지 셋이 비밀을 아는 셈이구만."

술잔을 든 홍보성이 웃음 띤 얼굴로 사경문을 보았다.

"일본 왕에 봉해진다는 말을 들은 히데요시의 얼굴이 보고 싶군."

"이봐, 우리는 황제의 특사야. 정2품 대신이라고. 배를 내밀고 거드름을 피우면 다 알아서 모시게 되어있어."

사경문이 말했을 때다.

아래쪽에서 뭔가 넘어지는 소리가 났다. 이어서 신음이 울렸기 때문에 둘은 서로의 얼굴을 보았다. 3층 누각의 기둥에 걸린 등불이 조금 흔들렸다.

"누구 없느냐?"

사경문이 소리쳐 불렀으나 대답이 없다. 누각 아래쪽에는 시중드는 하인이 기다리고 있어야 한다.

그때다.

"아앗, 습격이다!"

아래쪽에서 외침이 울렸고 비명 소리가 울렸다. 이어서 칼날 부딪치는 소리가 났다.

"해적이다!"

다시 외침이 울렸고 비명 소리가 이어졌다.

사경문과 홍보성은 이미 자리에서 일어서 있었으나 휘장을 걷고 아래쪽으로 내려가지 못했다.

아래쪽 소음은 더 거칠어졌다.

이제는 비명 소리가 사방에서 울리고 있다.

이윽고 소음이 줄어들기 시작하더니 비명 소리도 약해졌다.

소란이 일어난 지 반 식경도 되지 않는다. 밥을 절반 정도쯤 먹을 시간이다.

계단을 딛고 올라오는 발소리가 들렸기 때문에 둘은 구석으로 비켜섰다. 곧 휘장이 거칠게 걷히면서 사내들이 들어섰다.

모두 손에 칼을 쥐고 있다.

"누구냐!"

사경문이 버럭 소리쳤다. 한어다.

"이놈들! 우리가 누군지 아느냐!"

이번에는 홍보성이 고래고래 악을 썼다. 그 순간 앞으로 다가온 사내가 칼을 휘둘러 사경문의 어깨를 쳤다.

"으악!"

누각이 떠나갈 것 같은 비명이 울렸다. 칼등으로 쳤는데도 펄떡 주저앉은 사경문의 비명이 이어졌다.

"아이고! 사람 죽이네!"

그 시간에 아카마스 성에서 시타케가 보고를 받는다.

마당에 엎드린 사내는 이쿠노 성에서 탈출해온 군사다.

늦은 밤이어서 마당 주위에 화톳불을 밝혀 놓았고 가신들이 어수선하게 둘러서 있다. 급하게 모여들었기 때문이다.

청 아래쪽에 앉은 가로(家老) 요시다가 소리쳐 말했다.

"덤벙대지 말고 순서대로 말해라! 이쿠노 성주는 어떻게 된 거냐?"

"기습받자마자 전사했습니다. 성루에 서 있다가 부장 센다이와 함께 살에 맞아 죽었소."

군사는 서문을 지키던 10인장이다. 고개를 든 군사가 말을 이었다.

"성안의 주민까지 모두 포로로 잡혀있습니다. 저는 겨우 성벽을 넘어서 탈출해왔습니다."

"놈들의 병력은?"

"1천여 명 정도였습니다. 기마군이었는데 성에 진입할 때는 말을 두고 기습해왔습니다."

그때 고개를 돌린 요시다가 시타케를 보았다. 물으실 말씀이 있느냐는 시늉이다.

시타케가 고개를 저었다.

청에 중신들이 모인 것은 잠시 후다.

시타케가 중신들을 둘러보았다.

"이산이 관백을 만나 조선 원정을 지시받았다. 오사카 내성에 이미 소문이 다 퍼진 상황이야."

시타케가 말을 이었다.

"오사카에서 아키츠 성으로 바로 가서 그곳에 머무는 것이 그 증거다."

"하지만, 주군."

중신 이마가와가 고개를 들었다.

"이산은 사이토의 전력(戰力)을 그대로 흡수해서 4만 병력을 보유하고 있습니다. 다카세 성에 대한 보복으로 그 50배도 넘는 이쿠노 성을 기습 점령한 것은 전면전도 불사하겠다는 표시 같은데요."

청 안이 조용해졌다.

다카세 성을 기습할 때 시타케 측은 이산이 다카세를 되찾으려고 군사를 보내거나 항의할 줄 알았기 때문이다. 그런데 예상하지 못한 반격이 일어났다.

그때 중신 요시다가 입을 열었다.

"이쿠노 성 주변의 성이 불안해하고 있습니다. 조처해야 할 것 같습니다."

"그렇다."

시타케가 고개를 끄덕였다.

"요시다, 네가 가도록."

"예, 주군."

예상했기 때문에 요시다가 바로 대답했다.

요시다는 7천 석 봉지를 받은 중신으로 이미 5천 병력과 함께 대기하고 있던 참이다.

"내일 출동할 수 있습니다."

요시다가 말을 이었다.

"기마군 1천을 먼저 보내고 보군은 뒤를 따르도록 하지요."

거성인 아카마스 성에서 이쿠노 성까지는 450리(225킬로), 기마군으로 이틀 길이다.

그때 시타케가 말했다.

"내가 도중까지 같이 가겠다."

청 안의 중신들을 돌아본 시타케가 말을 이었다.

"당분간은 하마마쓰 성에서 정무를 볼 작정이야."

하마마쓰 성은 시타케 영지 서쪽의 대성(大城)으로 교통의 중심지다.

성주는 모리.

시타케의 노중(老中)으로 중신들의 우두머리다. 녹봉은 1만 2천 석.

하마마쓰 성은 둘레가 8리(4킬로). 성벽 높이가 20자(6미터)에 성안의 군사가 3천인데, 전시(戰時)에는 인근 성의 군사를 모아 1만까지 기동할 수 있다.

요시다가 고개를 들고 말했다.

"그럼 내일 주군을 모시고 가지요."

내일 시타케와 함께 출동하는 것이다.

바닷가의 석성(石城)은 본래 감시 초소 목적으로 세워졌다가 증축을 거듭하여 지금은 군사 3백 명을 수용할 수 있는 기지로 변모했다.

성벽 높이는 30자(9미터).

성벽 위에 군사들이 돌아다닐 수 있는 통로까지 만들어 놓아서 난공불락이다.

다나카가 해적질을 하면서 조선과 명의 성을 겪은 터라 흉내를 낸 것이다.

사시(오전 10시) 무렵.

성의 청에 이산과 아와노, 신지와 스즈키까지 넷이 둘러앉았고 앞에는 셋이 꿇어앉았다.

셋은 명(明)의 사신 사경문과 홍보성, 그리고 역관 왕면이다.

그리고 그 뒤쪽에 이번에 공을 세운 모토요와 서너 명의 두목이 둘러서 있다.

그때 스즈키가 사신들에게 물었다.

"뭘 하러 가는 거냐?"

그러자 뒤쪽에 선 소두목이 바로 명어(明語)로 통역했다. 그러자 사경문이 고개를 들었다.

"우리는 명(明)의 특사다. 황제 폐하의 특명을 받아 히데요시 님을 만나러 가는 중이다."

사경문의 목소리가 점점 높아졌다. 통역이 끝나기를 기다렸다가 사경문이 말을 이었다.

"우리를 놔주지 않으면 너희들은 온전하게 살지 못할 것이다!"

그때 홍보성이 이어서 소리쳤다.

"히데요시 님을 일본 왕으로 책봉하려고 가는 거야! 황제 폐하의 칙서도 있고 히데요시 님에게 드릴 왕의 곤룡포도 갖고 가는 것이다! 너희들 큰일 났어!"

소두목이 억양까지 비슷하게 높이면서 그대로 통역을 했기 때문에 모두 고개를 돌려 이산을 보았다.

그때 이산이 천천히 고개를 끄덕이더니 물었다.

"곤도, 어디 있느냐?"

"예, 주군."

옆쪽에 서 있던 곤도가 마당 복판으로 나왔다. 이산이 눈으로 홍보성을 가리켰다.

"저놈의 목을 베어라."

"예, 주군."

곤도가 허리에 찬 장검의 손잡이를 쥐더니 홍보성을 향해 한 걸음 다가섰다. 홍보성과의 거리는 두 발짝으로 좁혀졌다.

주위가 순식간에 조용해졌고 사경문, 홍보성, 왕면은 숨을 죽였다.

눈치를 챈 것이다.

그때 곤도가 한 걸음을 더 떼더니 칼을 후려치듯 뽑았다.

발도(拔刀).

다음 순간 홍보성의 머리가 툭, 땅바닥으로 떨어졌다. 그러나 몸통은 꿇어앉은 채다. 그 순간 홍보성의 목에서 피가 분수처럼 솟아올랐다. 핏줄기는 석 자(90센티) 높이까지 치솟았다.

"으악!"

비명은 옆에 앉았던 사경문의 입에서 터졌다.

피를 뒤집어쓴 사경문이 마치 칼을 맞은 것 같다.

그때 이산이 말했다.

"다 털어놓으면 살려준다."

그러자 소두목이 소리쳐 통역했다.

한 시진쯤이 지났을 때 진실이 밝혀졌다.

사경문과 왕면이 다 털어놓은 것이다.

둘이 경쟁하듯 털어놓았기 때문에 이해가 더 빨리 되었다. 더구나 왕면은 역관으로 일본어도 유창하다. 그래서 직접 일본말로 이실직고했다.

가짜 사신들을 생포한 셈이었다.

가짜 사신들이 가져가던 재화까지 모두 수중에 들어왔다.

성 안쪽 마루방에 이산과 중신들이 둘러앉았다.

말석에 모토요까지 불려와 있다.

이산이 입을 열었다.

"다 죽이도록. 가짜 사신은 존재하지 않았던 것으로 하지."

"예, 주군."

아와노가 바로 대답했다.

가짜 사신은 고니시와 심유경의 조작품인 것이다.

아와노가 말을 이었다.

"고니시가 관백 전하를 속인 것은 벌을 줘야 마땅하지만 이렇게 차단하는 것도 충성한 것입니다."

그러자 스즈키가 덧붙였다.

"가짜 사신 행차가 실종되었다고 해도 고니시와 심유경은 속을 끓일 뿐입니다. 누구한테 하소연할 수도 없을 것입니다."

이산이 고개를 끄덕였다.

"그렇다면 입막음이나 잘하도록."

"예, 주군."

모두 함께 대답했을 때 이산이 고개를 돌려 모토요를 보았다.

"모토요, 네가 공을 세웠다."

"아닙니다, 주군."

당황한 모토요가 납작 엎드렸을 때 이산이 아와노에게 지시했다.

"모토요가 해적 선장으로 육지에 봉지가 없어. 녹을 줘서 육지에 기반을 갖춰주도록."

"지당하신 말씀입니다, 주군."

그때 스즈키가 말했다.

"모토요가 사는 지역을 봉지로 주셨으면 합니다."

"곧 선단을 이끌 선단장이다. 선단장에 걸맞는 봉지를 줘라."

"예, 주군."

중신들이 대답했을 때 이산이 말을 이었다.

"이번에 나포한 배에 실린 재물은 전선(戰船) 건조에 사용한다. 가짜 사신 덕분에 건조 비용을 얻었다."

"일거양득입니다."

아와노가 대답했을 때 이산의 시선이 신지에게 옮겨졌다.

"이제 시타케를 처리할 순서가 되었다."

"명군(名君)이야."

청을 나온 아와노가 옆을 따르는 중신들에게 말했다. 낮게 말했지만 옆쪽의 중신들은 다 들었다.

"영지에 머물고 계신다면 우리 이산 가문은 명문(名門)이 될 것이다."

그때 중신 하나가 아와노에게 물었다.

"가로(家老)님, 시타케와의 전쟁은 어떻게 될 것 같습니까?"

"어떻게 되다니?"

멈춰 선 아와노의 주위에 중신들이 둘러섰다. 아와노가 말을 이었다.

"주군이 오시자마자 전광석화처럼 이쿠노 성을 기습 탈취할 줄은 예상하지 못했을 거야."

아와노가 쓴웃음을 지었다.

"기껏해야 다카세 성 점거를 항의하거나 군사를 보내 성을 공략할 줄 알았겠지."

"시타케가 반격해 오지 않겠습니까?"

중신 하나가 묻자 아와노는 고개를 끄덕였다.

"이미 엎질러진 물이야. 당황한 시타케는 전장(戰場)으로 나올 거다."

"전쟁이군요."

"우리 주군은 거침없이 나서시겠지만 시타케는 뱀 굴을 밟은 느낌일 거야."

다시 발을 뗀 아와노가 힐끗 청 쪽을 보고 나서 말했다.

"그대들은 하시바 이산의 가신이라는 것에 자긍심을 갖게 될 것이다."

그날 저녁 술시(오후 8시)가 되었을 때 아키츠 성을 출발한 일단의 기마대가 있다.

1백 기 정도의 기마대는 한 덩어리가 되어서 어둠 속을 달려 사라졌다.

기마대의 중심에서 이산과 신지가 달리고 있다.

신지는 사이토의 중신이었다가 이산에게 서약서를 쓰고 주인을 바꿨다.

이산이 고개를 돌려 신지를 보았다.

"신지, 나는 이 영지의 기반을 굳혀놓고 떠날 거다."

말굽 소리에 묻혔기 때문에 이산이 소리쳐 말을 이었다.

"하시바 이산의 영지를 건드린 놈은 어떤 꼴을 당하는지 천하에 알릴 테니까."

"주군, 다섯 달 후에는 떠나시게 되지 않습니까?"

신지가 묻자 이산이 이를 드러내고 웃었다.

"내가 조선 원정군으로 간다는 소문이 났을 테니 시타케는 마음이 급해졌을 것이다."

"비열한 놈입니다."

신지가 소리쳤다.

"이 기회에 뿌리를 뽑아야 합니다."

"마님, 주군께선 떠나셨습니다."

조병기가 말하자 마사는 외면했다.

아키츠 성의 내실 안.

내실이 좁았기 때문에 마사는 세 칸짜리 안채에서 기다리는 중이었다.

조병기가 말을 이었다.

"주군께서 마님은 거성(居城)으로 돌아가 기다리라고 하셨습니다."

"지금 어디 가셨는데요?"

"전쟁하러 가셨습니다."

준비한 듯 조병기가 바로 대답했다.

"이 기회에 시타케를 요절낼 것입니다."

내실의 청에는 둘뿐이었지만 마사가 목소리를 낮췄다.

"이봐요, 집사장."

"예, 마님."

"소문을 들었는데, 주군께서 조선으로 출정하시는 거죠?"

"예, 마님."

"언제 가시는 거죠?"

"정확히는 알 수 없습니다."

"배를 다 만들면 떠나신다는 소문이 났어요."

"글쎄요."

"돌아오시는 것인가요?"

"그럼요."

어깨를 편 조병기가 마사를 보았다.

"저도 이곳에 처자식이 있습니다. 주군과 함께 돌아와야지요."

처는 맞지만 자식은 친자식이 아니다.

마사가 흐린 눈으로 앞쪽만 보았고 방 안에 정적이 덮였다.

시타케가 거느린 군사는 1만 7천.

거성(居城)인 아카마쓰 성에서 나왔을 때는 5천 남짓이었는데, 도중에 군사들이 모인 것이다.

목표로 삼은 하마마쓰 성까지는 350리(175킬로).

하마마쓰 성에서 하시바군(軍)이 기습 점거한 이쿠노 성까지 250리(125킬로), 기마군으로는 하룻길이다.

유시(오후 6시) 무렵.

시타케군(軍)은 혼지 골짜기에서 숙영 준비를 했다.

혼지 골짜기는 유수하라 산맥의 큰 줄기에서 뻗어 나간 골짜기로 넓고 길어서 대군(大軍)의 숙영지로 적당하다.

"주군, 해시(오후 10시) 무렵에 하카마스가 도착할 것입니다."

중신 나리마가 보고했다.

보군까지 모아서 가는 터라 진군 속도는 하루에 1백 리(50킬로) 정도로 줄어들었다.

고개를 끄덕인 시타케가 옆에 선 전령장수에게 말했다.

"장수들을 모두 부르라."

"예, 주군."

서둘러 몸을 돌린 전령장수가 진막을 나갔을 때 시타케가 나리마에게로 고개를 돌렸다.

"이곳에서 이틀 더 묵으면 다 모일 수 있겠지?"

"모레까지는 4개 군(軍)이 더 모입니다. 호리의 군사 3천5백만이 사흘 후에 도착한다니까, 그것까지 기다릴 필요는 없겠지요."

"그럼 사흘 후 아침에 기마군 6천으로 먼저 출발한다."

시타케가 뒤쪽에 선 시동에게 손짓하면서 말했다.

모레까지 골짜기에 모일 군사는 2만 4천여 명. 기마군 8천에 보군 1만 6천이다.

그중에서 기마군 6천을 직접 인솔하고 하마마쓰로 직진하려는 것이다. 하마마쓰에 가면 시타케의 전군(全軍)이 집결하게 된다.

뒤로 다가온 시동이 어깨를 주무르기 시작하자 시타케는 만족한 신음을 뱉었다.

이산과 신지가 이끄는 기마군은 그 시간에도 달리고 있다.

"주군, 전령이 왔습니다."

옆에 붙어서 달리던 신지가 소리쳐 보고했다.

아키츠 성에서 출발한 지 사흘째.

지금 이산은 기마군 2천5백을 이끌고 달리는 중이다. 말을 달리면서 군사를 모은 것인데, 모두 기마군이다.

기마군은 제각기 여분의 말 3필씩을 끌고 달린다. 한 필에는 식량과 장비를 싣고 두 필은 갈아탈 말이다. 그래서 사흘 동안 550리(275킬로)를 달려왔다.

이산의 영지를 동쪽으로 횡단해서 시타케 영지의 서쪽으로 다가가는 중이다.

그때 옆쪽으로 전령이 말을 몰아 달려왔다.

전령은 2명이다.

"보고 드립니다!"

앞장선 전령이 옆으로 달리면서 소리쳤다.

전령이나 그 옆쪽의 신지, 그리고 이산의 말 장식, 입고 있는 갑옷도 모두 경장(輕裝)이다. 말에는 안장만 채웠을 뿐이고 기수는 어깨와 허리 갑옷, 그리고 무기를 들었을 뿐이다.

깜짝 놀랄 만한 차림이다.

이산과 신지가 아키즈 성에서 1백여 기의 기마군을 이끌고 나왔을 때는 중무장한 기마군이었다.

말의 가슴과 옆구리, 엉덩이까지 쇠사슬 갑옷을 입혀서 기수 한 명이 더 탄 것 같은 무게가 되었다. 그리고 기수 또한 쇠투구와 쇠사슬 갑옷으로 몸무게 하나만큼 되었으니 기수 셋이 말에 탄 것과 같았다.

그것을 이산이 모조리 떼라고 한 것이다.

각 성(城)에서 속속 달려온 기마군도 장비를 떼라고 했기 때문에 이제 기마군 2천5백은 모두 경장(輕裝) 차림이다.

전령이 말을 이었다.

"시타케도 지금 군사를 모으면서 하마마쓰 성으로 가는 중입니다! 하마마쓰를 거점으로 삼아서 이쿠노 성을 탈환할 계획이라고 합니다!"

"지금 위치가 어디냐!"

옆쪽의 신지가 소리쳐 묻자 전령이 대답했다.

"보군과 함께 이동하기 때문에 하루에 1백 리(50킬로) 정도 전진합니다. 어제까지는 하마마쓰 성에서 서남쪽으로 420리(210킬로) 떨어진 지점이었습니다!"

그때 이산이 신지에게 지시했다.

"이제는 쉬자."

술시(오후 8시)가 되어가고 있다.

히데요시에게 이산과 시타케의 '전쟁'이 알려졌을 때는 이 시점이다.

이산 영지에서 오사카까지 쾌선으로 엿새 거리였기 때문에 아직 이쿠노 성이 함락 전이지만 시타케 성 탈취 사건은 보고되었다.

"마침내 시타케가 참지 못하고 나섰군."

히데요시가 쓴웃음을 지으며 말했다.

"내가 이산한테 조선 출병을 하라고 권했다는 정보를 들은 것이지."

"주군께서 예상하신 대로 움직입니다."

가로(家老) 야쿠노가 대답했다.

"지금쯤 전쟁이 시작되었을지 모르겠습니다."

고개를 든 야쿠노가 히데요시를 보았다.

"전하, 시타케는 전하를 믿고 있습니다."

"무슨 말이냐?"

"영지로 보낼 때 욕심을 품게 만드신 것이 전하 아닙니까?"

"내 용병술이지."

어깨를 편 히데요시가 눈을 가늘게 떴다.

"욕심을 품어야 의욕이 나는 법이니까."

"둘이 부딪치면 전쟁이 일어납니다."

"그럴까?"

고개를 기울인 히데요시가 흐린 눈으로 야쿠노를 보았다.

"여기서 이산이 당한다면 필요 없는 놈이다."

"시험해보신 것이군요."

"당연히."

히데요시가 고개를 끄덕였다.

"시험도 안 해보고 내가 명으로 보낼 것 같으냐?"

"어떻게 예측하십니까?"

"작은 산성 하나를 시타케가 빼앗았다고 했지?"

"서너 명은 죽이고 빼앗았답니다. 수비장은 할복했고요."

"이산은 그 몇 배로 되갚아 줄 것이다."

"시타케는 그 보복을 하겠지요."

"내 생각이지만 이번 전쟁은 간단하게 끝날 것 같다."

"어떻게 말씀입니까?"

"글쎄."

히데요시가 다시 눈을 가늘게 떴다.

"이산의 내력을 조사했더니 단신으로 기습을 잘했더군. 제 부모를 죽인 가토의 무장을 기습해서 죽였어."

"그렇습니까?"

"가토의 밀정단을 지휘하는 미모의 여인이 있어. 가신(家臣)의 딸인데, 그 여인하고 가까운 사이야."

"……"

"이산이 조선 원정으로 영지를 떠난다는 정보를 얻은 시타케가 이 기회에 영지를 확보하려는 의도다."

"주군께서 시타케에게 자신감을 심어주신 때문이기도 합니다."

"그러냐?"

어깨를 편 히데요시가 쓴웃음을 지었다.

"적자생존이야, 야쿠노."

"예, 주군."

"시타케한테 당할 정도라면 대업을 이룰 놈이 못 된다."

"주군께선 이산을 믿고 계시는군요."

"그렇다."

히데요시가 눈을 치켜떴다.

"어디, 두고 보자."

밤.

진막 안에서 이산이 신지와 곤도 등 무장들과 둘러앉아 있다.

이곳은 영지의 서쪽 끝으로 시타케의 영지와 2리(1킬로)밖에 떨어지지 않았다.

이산이 입을 열었다.

"이곳에서 시타케가 숙영하고 있는 골짜기까지는 350리(175킬로)야. 우리는 지금 전령보다 빨리 달려온 거다."

이산의 눈이 진막 안에 매단 등불을 받아 반짝였다.

모두 이산을 응시한 채 숨을 죽이고 있다.

그렇다.

왜국 전사상(戰史上) 이런 기마군 이동은 처음이다. 그래서 무장 자신들도 놀라고 있다.

오늘은 하루에 4백 리(200킬로)를 달렸다. 영지의 서북을 횡단하여 서쪽 끝까지 달려온 것이다.

이산이 말을 이었다.

"내일은 시타케 영지를 횡단, 시타케 숙영지 근처까지 간 후에 본진을 기습할 예정이야. 각오하도록."

"주군, 사상 초유의 기습전입니다."

신지가 웃음 띤 얼굴로 이산을 보았다.

"시타케는 어제부터 혼지라는 골짜기에서 군사가 모이기를 기다리고 있습니다. 내일까지 기다려줘야 할 텐데요."

고개를 끄덕인 이산이 앞쪽에 앉은 전령을 보았다.

전령은 혼자 골짜기 근처에서 이곳까지 만 하루에 달려왔다. 350리(175킬로)를 주파한 것이다. 예비마 3필을 끌고 갈아탔기 때문이다.

"네가 길 안내를 할 수 있겠느냐?"

"예, 주군."

30대 중반쯤의 전령이 어깨를 치켜올렸다. 눈이 번들거리고 있다.

"오늘 밤 자고 나면 다시 달릴 수 있습니다. 해내지요."

진막에 이산과 둘이 남았을 때 신지가 말했다.

"주군, 2천 병력으로 3만 가까운 병력이 운집한 적진으로 달려가는 상황입니다."

신지가 정색하고 이산을 보았다.

신지는 44세. 지금까지 수백 번 대소 전투를 치른 사이토의 중신이었다. 사이토의 무장 중 가장 뛰어난 인물이었다. 작달막한 체격이지만 팔이 굵고 길어서 칼을 쥐면 무적이다.

"주군을 위해 모두 목숨을 내놓고는 있지만 사기는 높지 않습니다."

"과연."

신지의 시선을 받은 채 이산이 고개를 끄덕였다.

"당연한 일을 말해주었어. 하지만 말하기 힘들었겠지."

"예, 주군. 그것이 주군을 보좌하는 소신의 임무라고 믿습니다."

"그대가 무장들에게 전해라."

"예, 주군."

"혼지 골짜기까지는 가되 시타케의 본진으로 잠입하는 것은 10명 남짓이야."

이산이 말을 이었다.

"내가 지휘하는 10명이 시타케의 진막을 기습하는 것이다."

놀란 신지가 숨을 들이켰다.

눈도 치켜뜨고 있다.

"주군, 그러시면 안 됩니다."

신지가 말까지 더듬었다.

"주군은 뒤로 물러나 지휘를 하셔야 합니다. 주군께 무슨 일이 일어나면 가신은 물론 영지의 백성까지 주인을 잃게 되는 것입니다."

"옳다."

이산이 고개를 끄덕였다.

"네 말이 맞다. 그러나 영주가 직접 나서야 할 일이 꼭 있다. 이번이 그런 경우야."

정색한 이산이 신지를 보았다.

"내가 직접 시타케의 목을 베겠다. 그래야만 이 영지의 기반이 굳혀진다."

"주군, 만일 실패하면 어떻게 됩니까?"

"관백이 저지할 거야."

이산이 말을 이었다.

"시타케가 이 영지를 독식하도록 놔두지 않을 테니까."

"영지가 분할되고 가신과 주민들은 주인을 잃고 혼란 상태가 되지 않겠습니까?"

"이보게, 신지."

이산이 불렀기 때문에 신지가 숨을 들이켰다. 이산의 얼굴에 웃음이 떠올라 있었기 때문이다. 그때 이산이 말을 이었다.

"관백은 내 운(運)을 시험해보는 거야."

"그, 그렇습니까?"

"시타케는 내가 떠나면 오히려 이 영지를 더 건드릴 수 없어. 내 대신 관백이 관리하게 될 테니까."

이산의 눈이 번들거렸다.

"내가 죽으면 관백이 즉시 상황을 정리할 거야. 영지의 가신과 주민은 그대로 보전된다."

"주군."

부르고 난 신지가 길게 숨을 뱉었다.

"그렇다면 조건이 있습니다."

"뭐냐?"

"저를 그 10인의 무사에 포함해 주시지요."

"내가 위사장 곤도를 데리고 간다. 넌 뒤를 책임져라."

"주군."

"뒤처리가 얼마나 중요한지 모르느냐?"

"압니다."

"네가 뒤에 있어야만 내가 제대로 일을 성사시킬 수가 있어."

이산이 말을 이었다.

"자, 가서 무장들에게 이야기를 해줘라."

이산이 턱을 들고 말했기 때문에 신지가 자리에서 일어섰다.

아와노가 산카쿠 성 청으로 들어섰을 때 코다가 맞았다. 아와노는 아키츠 성에서 돌아온 참이다.

"주군은 이제 시타케를 처리하러 가셨소."

자리에 앉자마자 아와노가 상반신을 기울이며 말했다.

청 안에는 둘뿐이다. 중신들도 출입시키지 않았기 때문이다.

아와노가 말을 이었다.

"명 황제의 특사는 고니시와 심유경이 조작한 가짜라고 자백했소. 역관으로 따라온 놈은 심유경의 외조카로 감시자 역할이었고."

"저런."

"모두 베어 죽였소."

"그래야지요."

"그리고."

아와노의 얼굴에 쓴웃음이 번졌다.

"가짜 특사가 배 3척에 재물을 가득 싣고 있었소. 그것을 전선(戰船) 건조에 사용할 예정이오."

"일거양득이로군."

어깨를 부풀렸다가 내린 아와노가 길게 숨을 뱉었다.

"주군이 지금 어디 계신지 모르겠소."

"아와노 님이 모르시오?"

"전광석화처럼 움직이고 계신다는 것만은 알고 계시오."

코다도 한숨을 뱉었다.

그 시간에 히데요시는 고니시가 보낸 사신 오카모토를 맞는다.

오카모토는 고니시 유키나가의 중신으로 52세. 히데요시도 아는 인물이다.

오사카의 청 안.

이곳은 4층 누각이어서 청 밖의 오사카 성이 내려다보인다.

청 안에는 관백의 가신 1백여 명이 정연하게 늘어앉아 있었는데 엄숙한 분위기다.

오카모토가 고개를 들고 히데요시를 보았다.

"전하, 지금 명(明)의 특사가 오는 중입니다. 제가 열흘쯤 먼저 온 것입니다."

"음, 그러냐?"

히데요시가 고개를 끄덕였다.

오카모토와의 거리는 10보 정도로 가까워져 있다. 가깝게 다가오라고 했기 때문이다.

"특사는 어떤 놈이냐?"

"황제가 보낸 안남장군 사경문과 동방총독인 홍보성입니다."

오카모토가 말을 이었다.

"두 특사는 명 황제의 선물과 칙서를 갖고 올 것입니다."

"선물이라고?"

"예, 전하. 배 세 척에 실려 있습니다."

"칙서 내용이 무엇이냐?"

"전하를 일본 왕으로 봉한다는 내용인 것 같습니다."

"흠."

쓴웃음을 지은 히데요시가 팔걸이에 몸을 기댔다.

"지가 뭔데 날 왕으로 봉해? 봉하지 않으면 내가 왕이 안 된단 말인가?"

"아니올시다."

당황한 오카모토의 눈동자가 흔들렸다.

"인정한다는 것이지요."

"인정 안 하면 어쩔 건데?"

"전하께 왕관까지 가져온다고 들었습니다."

"왕관을?"

"예, 곤룡포까지 가져오는 것으로 알고 있습니다."

그러자 히데요시가 고개를 들고 아래쪽에 벌려 앉은 가신들을 보았다.

"그것 참. 명 황제가 나를 회유하려는 수작인가?"

그때 가로(家老) 야쿠노가 입을 열었다.

"전하, 먼저 만나보시지요."

야쿠노의 얼굴에 웃음이 떠올랐다.

"왕관에 선물까지 있다고 하지 않습니까? 손해 보실 것이 없습니다."

"하긴 그렇다."

히데요시의 얼굴에도 웃음이 번졌다.

"어디, 선물이나 보자."

시타케가 진막으로 들어선 나리마에게 물었다.

"기마군은 6천만 선발해라. 그 정도가 적당해."

"예, 주군."

앞쪽에 앉은 나리마가 쓴웃음을 지었다.

"모두 선발되기를 바라고 있어서 경쟁이 심합니다."

현재까지 집결한 기마군은 1만여 명, 그중에서 6천만 이끌고 먼저 하마마쓰 성으로 직진하려는 것이다. 시타케가 나리마에게 물었다.

"이산의 동향은 어떠냐?"

"아키츠 성에서 떠난 것은 확실합니다. 아직 산카쿠 성에 도착하지는 않았습니다."

"그놈이 가만있을 리는 없어."

"사방에 첩자를 띄웠는데 군사들의 이동은 없습니다."

시타케가 고개를 끄덕였다.

이곳에 모인 군사는 이제 3만여 명. 이곳에서 정비를 마치고 기마군과 함께 시타케는 이쿠노 성으로 직진할 예정이다.

그때 시타케가 옆에 앉아있는 요시다에게 말했다.

"요시다, 네가 나흘 후에는 하마마쓰에 도착해야 한다. 차질 없도록."

"예, 주군."

시타케의 시선이 옆쪽 가쓰라에게로 옮겨졌다.

"가쓰라, 잘 들어라."

"예, 아버님."

몸을 굳힌 가쓰라가 시타케를 보았다.

가쓰라는 3남, 27세.

장남인 사이토는 오사카 성의 사택에서 근무하고 있다.

"요시다가 널 보좌하겠지만 군율을 엄격하게 집행해야 한다. 그래야 군주의 권위가 서는 거야."

"예, 아버님."

"이번 기회에 대군을 지휘하게 되었으니 군사들과 무장들에게 너를 드러내게 될 기회다. 명심해라."

"명심하겠습니다."

요시다가 고개를 들고 시타케를 보았다.

이 기회에 시타케는 가장 아끼는 셋째 아들 가쓰라를 가신들에게 부각하려는 것이다. 노련한 시타케는 이 상황에서도 자식을 단련시키고 있다.

한낮.

시타케의 영지로 한 무리의 기마군이 달려가고 있다.

황무지를 달리는 기마군의 뒤로 자욱한 먼지구름이 일어났다.

"여긴 어디야?"

기마대 중간 부분을 달리던 다카시가 옆쪽의 신빠치로에게 소리쳐 물었다.

"아오리 성 동쪽을 지나는 중이야!"

신빠치로가 대답했다.

"여기서 아오리 성이 50리(25킬로)쯤 떨어져 있어!"

"그럼 절반쯤 온 셈인가?"

"그런 셈이지!"

둘은 기마군 대장(隊長)으로 각각 3백여 기씩을 지휘하고 있었는데, 신빠치로는 시타케 영지를 잘 안다. 신빠치로가 말을 이었다.

"전령도 우리 속도를 따를 수 없을 거야."

그렇다.

그래서 반나절 만에 2백여 리(100킬로)를 달려온 것이다. 전령도 말을 타지만 이 속도는 안 나온다.

오후가 되면서 골짜기에 바람이 불기 시작했기 때문에 시종이 진막의 휘장을 내렸다.

신시(오후 4시) 무렵이다.

"이나가와에게 전령을 보내라."

시타케가 나리마에게 지시했다.

"하마마쓰 성으로 군량 5천 석을 더 보내라고 해라. 모리가 비축한 군량을 소진할 수는 없으니까."

"예, 주군."

나리마가 자리에서 일어서며 물었다.

"이 기회에 군량을 걷는 것이 낫지 않겠습니까? 봉지당 배분을 정해서 통지하지요."

"그러는 게 낫겠다."

나리마가 휘장을 젖히고 나갔을 때 진막 안으로 바람이 휘몰려 들어왔다.

"이런."

등불이 흔들렸기 때문에 시타케가 이맛살을 찌푸렸다.

"지진이 날 것 같군."

그때 옆쪽에 앉아있던 요시다가 대답했다.

"비가 올 것 같습니다."

"마른 바람이 아니냐?"

"바람이 습기를 몰고 옵니다."

그때 시타케가 고개를 들고 요시다를 보았다.

"이산과 지구전을 벌이면 우리가 유리하다, 요시다."

"알고 있습니다."

"이산은 한 번도 대군(大軍)을 운용한 적이 없어. 신지가 있지만, 그놈도 마찬가지야. 사이토 휘하에서 시킨 대로만 했을 뿐이다."

요시다가 고개만 끄덕였을 때 시타케가 물었다.

"요시다, 무슨 일 있느냐?"

"아닙니다. 왜 그러십니까?"

"아까부터 대답이 건성이고 딴생각을 하는 것 같다. 내 눈은 못 속인다."

그때 요시다가 눈의 초점을 잡았다.

"주군, 저도 60입니다. 주군을 모신 지 45년이 되었습니다."

"그렇지. 네가 시동으로 왔을 때 15살이었지."

"주군께선 수많은 싸움을 하셨지만 한 번도 어긋난 적이 없었습니다."

"맞다. 고이소 가문을 멸망시킬 때가 가장 힘들었지."

"히데요시 관백께 재빠르게 호응하신 것도 모든 사람들의 허를 찌른 수단이었습니다."

"시바다 측에 붙을 수는 없었지."

고개를 끄덕인 시타케가 똑바로 요시다를 보았다.

"요시다, 나한테 할 말이 있느냐?"

"이번 싸움은 잘못 시작하신 것 같습니다, 주군."

요시다가 필사적인 시선으로 시타케를 보았다.

"주군께선 여러 이유를 대셨으나 불안합니다. 이산은 다른 영주와 다릅니다."

"……."

"이산을 너무 얕보신 것 같습니다."

"결국은 그 말이군. 내가 이산을 얕보았다는 말 아니냐?"

"예, 주군. 이산이 대뜸 이쿠노 성을 기습 탈취한 것이 심상치 않습니다."

"닥쳐라."

낮게 꾸짖은 시타케가 팔 받침에 몸을 기대더니 쓴웃음을 지었다.

"너도 절에 자주 다니더니 헛것이 보이는 모양이다. 나이가 들면 더 심해진다고 하더군."

유시(오후 6시)가 되었을 때 기마군은 유수하라 산맥의 경사진 황무지에 도착했다.

이곳은 평탄한 땅이 드문 산지다.

무수한 골짜기 사이로 물줄기가 흘렀고 황무지는 가파르고 골짜기가 길다. 그래서 길도 골짜기와 물줄기를 따라 이어지고 있다.

"혼지 골짜기가 20리(10킬로) 거리입니다."

안내원 고하스가 손으로 앞쪽을 가리키며 말했다. 주위는 이미 어두워져서 앞쪽의 산세만 보일 뿐이다.

"유수하라 산맥에서 혼지 골짜기가 가장 크지요. 길고 넓어서 대군의 숙영지로 적당한 곳입니다."

고하스는 이곳 태생이었기 때문에 지리를 잘 알았다.

그때 이산이 신지에게 말했다.

"우리가 이곳까지 접근해왔다는 건 절반은 성공한 셈이다."

"그렇습니까?"

맨땅에 앉은 신지가 이를 드러내며 웃었다.

그때 바람이 불어 마른 풀 냄새가 났다.

"동남풍이니 골짜기 아래에서 솟는 바람이군."

고개를 든 이산이 혼잣소리처럼 말하자 신지가 숨을 들이켰다.

"주군, 어떻게 아십니까?"

"내가 산에서 수련했어."

"지금 화공(火功)을 생각하십니까?"

"시타케가 골짜기에 주둔하고 있다는 말을 들었을 때부터다."

"과연."

신지의 눈이 번들거렸다.

"준비하지요, 주군."

"허술하구나."

산마루에 선 이산이 아래쪽을 내려다보면서 말했다.

자시(밤 12시) 무렵.

이곳은 혼지 골짜기가 내려다보이는 왼쪽 산마루다.

바람이 불면서 옷자락이 날렸다. 골짜기 아래쪽에서 불어오는 바람이다.

"주장 진막은 왼쪽입니다."

곤도가 가리키는 곳은 화톳불이 드문드문 켜진 골짜기 중심 부분이다. 금세 표시가 난 것이다. 화톳불이 둥그렇게 놓인 중심에 진막 3곳에 불이 켜져 있다.

이산의 말이 맞다.

넓고 긴 골짜기가 내려다보였는데 경계초소가 구분되지 않는 것이다.

아래쪽 진막과의 거리는 대략 2리(1킬로) 정도.

이산이 옆에 선 부하들을 둘러보았다.

모두 10명.

위사장 곤도와 위사 중에서 선발한 무사(武士)들이다.

이산이 입을 열었다.

"곧장 주장 진막으로 간다."

앞장선 위사는 이카타.

바람이 부는 흐린 날씨였지만 칼날에 진흙을 발라 빛을 죽여 놓았다.

날렵한 동작으로 산비탈을 내려간다. 경사가 심한 산비탈이다.

울창한 나무 사이로 11명의 기습조가 산짐승처럼 움직였다.

산을 내려가면서 이산이 손으로 나무를 잡아 균형을 잡았다.

잡초와 잔 나무가 빽빽하게 들어찬 산이다.

"주군, 이쪽으로 오시지요."

이산의 앞장을 선 곤도가 낮게 말했다.

장애물이 많았지만 내려가는 속도는 빠르다.

위에서는 보이지 않았지만 본진의 경비는 철저했다.

시타케의 진막 좌우의 막사가 위사 숙소다. 그리고 사방에 초소를 세워 불침번을 서고 있다.

축시(오전 2시) 무렵.

진막 서쪽의 초소 앞에 서 있던 곤베가 먼저 앞쪽의 인기척을 들었다. 곧 어둠 속에서 사내 둘이 다가왔다.

"누구냐?"

곤베가 낮게 물었는데 이것은 주군의 진막이 50보 거리였기 때문이다. 곤베의 옆으로 동료 도리이가 다가와 섰다.

둘은 각각 창을 세워 들었다. 영주 위사대의 특징이다.

창날 끝에 작은 삼각 깃발이 붙은 것이 낮에는 선명하게 보인다.

그때 다가온 두 사내 중 하나가 대답했다. 둘은 허리 갑옷만 찬 군사 차림이다.

"하마마쓰 성에서 온 전령이야."

"이봐, 늦은 시간이야. 바쁜 일 아니면 기다려."

도리이가 낮게 말했을 때다.

사내 하나가 한 발짝 다가서더니 허리에 찬 칼을 후려쳐 뽑았다.

"악!"

짧은 신음을 뱉은 도리이가 몸을 꺾으면서 쓰러졌다. 후려친 칼이 배를 가른 것이다.

다음 순간 사내가 껑충 뛰면서 치켜든 칼로 곤베의 목을 쳤다. 곤베가 신음도 뱉지 못하고 뒤로 쓰러졌다.

갈라진 목에서 피가 솟구쳐 올랐다.

둘을 벤 검사(劍士)는 이산이다.

이산이 곤도와 함께 맨 앞으로 나선 것이다.

둘을 베자마자 곤도와 이산은 곧장 중앙의 진막을 향해 다가갔다.

진막 앞뒤에도 위사가 둘씩 서 있다. 둘은 창을 쥐고 서 있었는데 아직 눈치를 챈 것 같지 않다.

이번에는 곤도가 앞장서서 다가갔다.

거리가 30보로 가까워졌을 때다.

진막 앞쪽의 위사 하나가 목을 움켜쥐면서 쓰러졌다.

화살이 박힌 것이다.

놀란 위사 하나가 영문도 모른 채 옆쪽 위사에게로 한 걸음 다가갔을 때다.

"턱!"

낮은 충격음이 울리더니 위사의 이마 복판에 화살이 박혔다.

위사가 입만 떡 벌리면서 뒤로 반듯이 넘어졌다. 머리가 진막의 끝부분에 닿았다.

그때는 곤도가 칼을 휘두르면서 진막 앞까지 다가갔다.

그 뒤를 활을 쥔 이산이 따랐다.

그때 진막 뒤쪽의 위사 둘이 앞쪽의 기척을 들은 것 같다. 위사 하나가 진막을 돌아오고 있다.

진막은 폭과 길이가 20자(6미터), 40자(12미터) 규모여서 큰 편이다. 안에 시타케의 침실과 거실이 붙어 있는 것이다.

뒤를 따라서 기습대가 소리 없이 달려왔다.

이곳까지 단 한 명의 손실도 없는 것은 곤도와 이산이 앞장서서 처리했기 때문이다.

"이게 무슨 소리냐?"

침상에서 상반신을 일으킨 시타케가 가쓰라에게 물었다.

반대쪽 침상에 누워있던 가쓰라가 부스럭대면서 일어났다. 오늘은 가쓰라까지 진막에서 자고 있었다.

가쓰라는 못 들었는지 눈만 껌벅였다.

그때 시타케가 불렀다.

"누구 없느냐?"

그때 진막 문이 젖히면서 사내 둘이 들어섰다.

"앗!"

진막 안에는 두 사내가 있었는데, 둘 다 침상에서 일어나 앉은 상태였다.

그중 오른쪽 침상에 앉아있던 젊은 사내가 이산을 보더니 펄떡 뛰어내렸다. 침상 옆에 놓인 칼을 어느덧 쥐고 있다.

그때 옆쪽의 곤도가 사내에게 달려갔다.

거리는 다섯 걸음밖에 되지 않는다.

곤도가 젊은 사내를 맞은 것이다. 젊은 사내 옆의 노인이 시타케가 분명했기 때문이다.

시타케를 이산에게 맡긴 것이다.

이산이 시타케를 향해 발을 떼었다.

"네 이놈!"

진막 안에서 외침이 울렸다.

시타케가 팔을 뻗어 장검을 쥐고는 몸을 세웠다.

시타케가 다시 소리쳤다.

"네놈들은 누구냐!"

"나는 이산."

이산이 대답했다.

"네 목을 베러 왔다."

그때 고개를 돌린 시타케가 숨을 들이켰다.

어느새 가쓰라가 반듯이 넘어져 있었기 때문이다. 어깨에서 허리까지 잘린 몸통에서 피가 뿜어지고 있다. 눈이 까뒤집어져 있는 것이 치명상이다.

순간 시타케가 이를 악물었다.

"네가 이산이라고?"

"그렇다. 네가 시타케 마사모리?"

"그렇다."

시타케가 대답했을 때 밖에서 소음이 일어났다.

"막아라!"

"쳐라!"

어지러운 외침.

칼날 부딪치는 소리.

부르는 소리.

그때 시타케가 칼을 치켜들었다.

다시 외침.

"주군이 진막에 계신다!"

그때 이산이 한 걸음 다가섰다.

"에잇!"

시타케가 칼을 내려쳤다.

노인이지만 필살의 검(劍).

위력적인 검세다.

이산은 칼을 받아치지도 않고 어깨를 비틀어 피했다.

다음 순간 이산이 올려친 칼날이 시타케의 목을 베었다.

진막 밖으로 나온 이산이 소리쳤다.

"됐다! 철수!"

그 순간 밖에서 싸우던 위사들이 일제히 좌측으로 몸을 돌렸다.

이미 계획된 것이다.

모두 이산의 주위에 붙은 채 내달리고 있다.

그 순간이다.

골짜기 아래쪽에서 말발굽 소리가 울리면서 외침이 울렸다.

"적이다!"

모두의 시선이 그쪽으로 옮겨졌다.

"아앗. 불이다!"

다시 외침이 일어났다.

불이다.

불길이 일어나고 있다.

이산과 한 덩이가 된 기습대는 좌측으로 내달리는 중이다. 말굽과 불길이 더 가까워지고 있다.

"불이다!"

"기습이다!"

외침과 함께 이쪽저쪽에 군사들이 어둠 속에서 뛰쳐나오는 바람에 기습대는 군중에 뒤섞였다.

"와앗!"

놀란 외침과 함께 군사들이 흩어졌다.

말들이 다가온 것이다. 그런데 기마군이 아니다.

말꼬리에 매달린 커다란 불덩이에서 불씨가 사방으로 흩어지고 있다.

1천 필이 넘는 말 떼가 불덩이를 매달고 골짜기 아래에서 올라온 것이다.

말 떼가 사방으로 흩어져 올라오는 데다 바람을 탄 불길이 점점 거칠어지고 있다.

"이쪽으로!"

앞장선 이카타가 내달리면서 소리쳤다.

그 뒤를 이산과 곤도, 나머지 기습대가 따랐다.

주위에 불길을 피해 군사들이 이리저리 뛰고 있었는데, 이쪽에 신경 쓰지 않는다.

짙은 어둠 속이었지만 사방으로 번진 불씨가 불길을 일으키고 있다.

"이럴 수가 있나?"

망연자실한 표정으로 요시다가 진막 안에 눕혀진 시신들을 보았다.

시타케와 가쓰라의 시신이다.

둘러선 가신들도 비슷한 분위기다.

밖에서의 외침은 더 높아졌고 불길은 거칠어졌다. 그러나 이곳은 공터가 넓었기 때문에 불길이 번져오지는 않았다.

그때 옆에 선 나리마가 버럭 소리쳤다.

"누가 나가서 군사들을 진정시키시오!"

가신 두어 명이 진막 밖으로 나갔을 때 요시다가 흐려진 눈으로 나리마를 보았다.

"나리마, 철수하세."

"그래야지요."

나리마가 고개를 끄덕이다가 주르르 눈물을 쏟았다.

"아카마스 성에 전령부터 보냅시다."

"내가 주군하고 가쓰라 님 시신을 챙겨서 먼저 떠날 테니 그대는 군사를 이끌고 뒤를 따르게."

"그러지요."

"놈들이 이곳까지 대군을 몰고 오지는 않았어. 기습대는 수천 명이야."
"압니다. 진막을 기습한 놈들은 수십 명이었습니다."
"사이토 님이 대를 이으면 돼."
"당연하지요."
그때 어깨를 편 요시다가 옆쪽의 가신에게 말했다.
"시신부터 정리하세."
그때는 밖의 소음이 줄어들었기 때문에 요시다의 목소리가 크게 울렸다.
피비린내가 갑자기 짙게 맡아졌다.

"이봐라, 네가 여기 온 지 며칠이 되었지?"
히데요시가 묻자 오카모토는 어깨를 움츠렸다.
"예, 9일 되었습니다."
"9일?"
눈썹을 모은 히데요시가 아래쪽에 앉은 미요시를 보았다.
"미요시, 9일 맞느냐?"
"오늘로 11일째 됩니다."
"저놈한테는 이틀이 하루인 모양이다."
"온 날은 빼고라도 10일입니다."
"저놈이 열흘 후에는 명(明)의 황제 놈이 보낸 개아들 놈들이 온다고 했지?"
"예, 전하."
히데요시의 기색을 알아챈 청 안의 가신들은 숨을 죽였다.
청은 가로세로가 200자(60미터)로 가신 3백여 명이 늘어앉아 있었지만 모두 긴장해서 밖의 새소리도 들렸다.
그때 히데요시가 말을 이었다.

"이순신이 부산포 앞까지도 오간다니 이순신에게 잡혔거나 가미가제(神風)를 만나 물고기 제삿밥이 된 것 같다."

오카모토는 몸을 웅크린 채 대답하지 못했고 히데요시가 고개를 돌려 미요시를 보았다.

"저놈을 내보내라."

오카모토가 쫓겨나듯 청에서 나간 지 얼마 되지 않았을 때다.

치바 우에노가 서둘러 들어섰다.

우에노는 오사카항 감독을 맡은 중신이어서 청 안의 가신들이 의아한 표정을 지었고 미요시는 이맛살을 찌푸렸다. 우에노가 허둥거렸기 때문이다.

"전하께 드릴 말씀이 있습니다."

1만 5천 석 봉지를 받는 영주급 중신 우에노가 다가서면서 말했기 때문에 히데요시가 이맛살을 찌푸렸다.

"우에노, 창고에 불이라도 났느냐?"

직접 물었더니 우에노가 10보 앞에서 무릎을 꿇었다. 달려왔는지 어깨를 부풀리면서 숨을 고르고 나더니 대답했다.

"아닙니다, 전하."

그러자 짜증이 난 히데요시가 이맛살을 찌푸렸다.

"그렇다면 네가 더 이상 오입질을 못 하도록 연장이 떨어진 것이냐?"

"아닙니다, 전하."

우에노는 47세, 오입쟁이다.

12년 전에 히데요시군(軍)의 부장이었을 때다.

전투 전(前)에 민가에서 납치한 여자를 막사에서 희롱했다는 사실이 발각되어 녹을 박탈당한 적이 있다. 그러다 또 공을 세워 지금은 영주급 중신이 된 것이다.

그때 우에노가 고개를 들고 히데요시를 보았다.

"시타케 영주가 셋째 아들 가쓰라와 함께 진막 안에서 참살되었습니다."

그 순간 청 안은 숨소리도 나지 않았다.

그러나 모두 분주하게 눈동자를 굴렸고 서로의 얼굴을 보다가 나중에는 모든 시선이 히데요시에게로 옮겨졌다.

그때 히데요시가 말했다.

"옳지."

모두의 시선을 받은 히데요시가 빙그레 웃었다.

"하시바 이산이냐?"

"예, 전하. 이산군(軍)이 기습했다고 합니다."

정신을 차린 우에노가 말을 이었다.

"장소는 시타케 영지 중심부인 유수하라 산맥의 혼지 골짜기였습니다."

"사신이 왔느냐?"

"예, 제가 데리고 왔습니다. 시타케의 장남 사이토가 보낸 가신입니다."

"직접 듣자."

히데요시가 상반신을 세우면서 말했다.

사신은 시타케의 중신 이마가와로 히데요시도 낯이 익은 인물이다.

영지에서 쾌선을 타고 왔지만 닷새가 걸렸고 그동안 잠도 설쳤는지 눈이 충혈되어 있다.

납작 엎드린 이마가와가 고개만 겨우 들고 히데요시를 보았다.

"이산이 시타케 영지 중심부까지 침입해온 것입니다."

"너희들이 먼저 이산의 성 하나를 점령했지 않느냐?"

"변두리의 산성이었습니다. 그런데 이산군(軍)은 그 1백 배도 더 되는 우리 영지의 성을 탈취했습니다."

"그러다가 시타케 마사모리와 셋째 아들이 죽었단 말이지?"

"예, 전하."

"이제 곧 하시바 이산군(軍)이 시타케 영지를 접수하겠구나."

히데요시의 목소리가 청을 울렸다.

"하시바 이산이 이제는 130만 석의 대영주가 되겠는데."

3장 이산과 이순신

순간 청 안에는 숨소리도 들리지 않는다.

히데요시의 한마디가 곧 법인 것이다. 그때 히데요시의 시선이 다시 이마가와에게 옮겨졌다.

"너, 들어라."

"예, 전하."

납작 엎드린 이마가와의 이마에서 배어난 땀방울이 번들거렸다. 히데요시가 물었다.

"시타케의 아들이 있었지? 장남이던가?"

"예, 전하."

"이름이 뭐였더라?"

"사이토입니다."

"그래서 너희들은 영지를 사이토에게 잇도록 하자는 것인가?"

"그, 그것은 나중에 전하께 말씀드릴 것이고 지금은 변고를 보고하러 온 것입니다."

"이산은 지금 어디 있느냐?"

"모, 모르겠습니다, 전하."

"아마 시치미를 딱 떼고 제 영지로 돌아가 있을 것이다."

히데요시가 웃음 띤 얼굴로 가신들을 보고 말을 잇는다.

"나 같으면 그럴 것이다."

그러고는 히데요시가 허리를 세웠다.

"사신, 들어라."

"예, 전하."

"사이토를 영주로 임명한다."

"황, 황공한 처사, 사이토 님께 즉시 알리겠습니다."

"그런데 그 영지는 서북쪽 하코리강에서 내해(內海)까지로 정한다. 사이토의 영지 말이다."

순간 입을 딱 벌린 이마가와가 히데요시를 보았다. 눈이 흐려져 있다.

"전하, 그, 그것은……."

"하코리강에서 내해까지는 아마 7만 석쯤 될 것이다. 사이토에게 식솔을 이끌고 그곳으로 옮겨가라고 해라."

히데요시의 목소리가 청을 울렸다.

"그리고 나머지 영지는 내 직할 영지가 된다. 무슨 말인지 알겠느냐?"

"예."

놀란 이마가와가 건성으로 대답했을 때 히데요시의 말이 이어졌다.

"너희들은 내 직속 가신이 되는 것이다. 그것이 불만이냐?"

"아, 아닙니다, 전하."

"너와 함께 고헤이타가 갈 것이다. 가서 내 명이 시행되는지 점검한다."

그러고는 히데요시가 자리에서 일어섰다.

청 안쪽의 긴 복도로 들어가면 맨 끝 방이 히데요시의 다실이다.

다실에 들어온 히데요시가 이시다 미쓰나리와 미요시, 고헤이타를 불렀다.

히데요시는 싱글벙글 웃는 모습이다.

셋이 앞에 앉았을 때 히데요시가 말했다.

"사이토 고잔에 이어서 시타케 가문도 이산이 말살시키는군. 그것도 자식까지 말이다."

히데요시가 말을 이었다.

"이산은 욕심이 없는 놈이어서 그것이 오히려 부하들의 신망을 얻는 모양이다. 이번 시타케 제거도 놈이 직접 나섰구나. 이제 동쪽에서 기반을 굳혔다."

"하지만, 전하."

미요시가 나섰다.

"결국 이산은 다섯 달 후에는 영지를 떠날 것 아닙니까?"

"그렇지."

히데요시가 다시 이를 드러내고 웃었다.

"내 대신 청소를 해주고 가는 것이지. 사이토, 시타케, 이놈들은 전쟁이 끝났을 때 정리를 할 예정이었다. 논공행상이 있어야 했거든."

"전하."

이번에는 미쓰나리가 나섰다.

"시타케 가신들이 받아들일까요?"

"받아들이지 않으면 더 좋지."

히데요시가 정색하고 미쓰나리를 보았다.

"그때는 이산군(軍)과 합동으로 시타케 영지를 조각내는 것이다. 기존 가신들은 싹 제거해버릴 테니 다들 생각이 있겠지."

그때 미요시가 말했다.

"각 봉지를 그대로 유지하고 관백 전하의 직속 가신이 되는 것인데 반발하는 놈은 미친놈이지요."

히데요시의 시선이 고헤이타에게 옮겨졌다.

"고헤이타, 네가 군사 5천을 데려가도록 해라."

"예, 전하."

"사이토를 새 영지로 보내고 시타케 가신들을 수습하되 반발하는 몇 놈은 시범적으로 처형해라."

"예, 주군."

그때 미쓰나리가 말했다.

"이산군(軍)도 영지 내로 진입해 시위하는 것이 이로울 것입니다."

"그것도 좋겠군."

"이산이 점령한 이쿠노 성은 어떻게 하는 것이 좋겠습니까?"

미쓰나리가 묻자 히데요시는 쓴웃음을 지었다.

"그냥 비우라고 할 수는 없지. 시타케가 점거했던 다카세 성 근처의 땅을 떼어주고 비우도록 하자."

"얼마쯤 떼어줄까요?"

고헤이타가 묻자 히데요시는 눈을 가늘게 떴다.

"어쨌든 시타케 영지는 이산 덕분에 갖게 되었으니, 그냥 물러나고 되찾으라고 할 수는 없겠군."

그때 미쓰나리가 말했다.

"다카세 근처의 시타케 영지 2만 석쯤을 떼어주는 것이 낫겠습니다."

그러자 히데요시가 혀를 찼다.

"미쓰나리, 너는 통이 좀 커야 한다. 손안에 쥔 것을 아끼면 그 대가가 돌아오는 법이다."

미쓰나리의 얼굴이 붉어졌고 히데요시가 고헤이타를 보았다.

"7, 8만 석쯤을 떼어줘라."

"예, 전하."

"그것도 이산의 중신들이 말하는 것을 듣고 들어주는 방식으로 해라."
그러고는 히데요시가 손바닥으로 팔걸이를 쳤다.
"자, 준비해라."
이것이 히데요시의 성품이다.

이곳은 고니시 유키나가의 진영이 자리 잡은 옥천성 안.
고니시가 청 안에서 앞에 앉은 심유경을 보았다.
"노중(路中)에 사고가 난 것 같은데, 조선을 떠난 것은 확실해요."
"이럴 수가."
심유경이 고개를 절레절레 흔들었다.
"그럼 일본 근해에서 사고가 났단 말입니까?"
"지금도 조사하고 있소."
"한 달 반이 지났으니 이미 사경문과 홍보성은 실종된 것이 분명합니다."
심유경이 외면한 채 말했다.
역관으로 따라간 외조카 왕면은 입 밖에 내지 않았다. 고니시가 고개를 돌려 옆쪽에 앉은 다무라를 보았다.
"다무라, 네가 내해(內海)까지 갔다가 돌아오지 않았느냐? 말해라."
"정보가 샜습니다."
다무라는 고니시의 정보책임자로 밀정단을 관리하는 역할도 한다. 45세로 3,500석 녹봉을 받는다.
다무라가 말을 이었다.
"가토 님도 알고 있다는 것이 확인되었습니다."
"방해했을까?"
"아직 확인은 못 했습니다."

다무라가 목소리를 낮췄다.

"하지만 가토 님의 밀정단 수괴인 기노가 본토에 들어갔다는 보고를 받았습니다."

고개를 끄덕인 고니시가 심유경을 보았다.

"전하께서 오카모토의 보고를 받고 기다리셨을 텐데, 다시 보내는 것이 어떻겠소?"

"특사를 다시 만들란 말씀이오?"

"오카모토가 관백께 보고를 해놓았기 때문에 어쩔 수 없을 것 같소."

심유경이 고개를 저었다.

"보낼 인물도 없습니다."

"유격께서 가시는 것이 낫지 않겠소?"

"내가 말씀이오?"

심유경이 눈을 부릅떴다.

"장군, 나를 사지(死地)에 밀어넣고 혼자 사시겠단 말씀이오?"

"뭐가 사지(死地)요? 그대는 명(明) 황제의 정식 사신 아니오? 관백도 함부로 손을 못 대십니다."

"하지만 난 거짓 칙서로 장난을 칠 생각은 없소. 내가 직접 나섰다가는 돌이킬 수 없게 된다는 것을 아셔야 하오."

"허, 이렇게 시간을 끌다가 황제 쪽도 가만있을 것 같소? 지금 아무것도 진전시키지 못하고 있지 않소?"

"그래도 내가 직접 가는 건 못 합니다."

그때 다무라가 헛기침을 했다.

"조금만 기다려보시지요. 기노 일행이 일본에서 돌아온 것 같으니 그 일행 중 한 명을 잡아서 내막을 알아보도록 하겠습니다."

가토 기요마사가 웃음 띤 얼굴로 기노를 보았다.

이곳은 상주성의 청 안.

"잘했어. 이산이 대공(大功)을 세웠다."

"더구나 며칠 사이에 시타케 님 부자를 베어서 시타케 가문을 멸망시켰습니다."

"이산이 조선에서 1개 군(軍)을 맡았다면 진즉 전쟁이 끝났을 텐데."

혼잣말을 한 가토가 기노를 보았다.

청 안에는 가토와 중신 마쓰다까지 셋뿐이다.

"기노, 이산은 다섯 달 후에 명(明)으로 가는 것이 확실하냐?"

"예, 주군. 본인한테서 직접 들었습니다."

"으음!"

신음한 가토의 시선이 마쓰다와 부딪쳤다. 기노가 이산과의 관계를 시인한 것이다. 가토가 넌지시 물었다.

"이산과 만났느냐?"

"예, 오사카에서 만나 거선(巨船)을 만드는 아키즈 성까지 같이 갔습니다."

"거선을 보았어?"

"예, 아타케의 3배나 되는 거선이었습니다. 배 한 척에 6백 명을 태울 수 있다고 합니다."

"저런."

"이번에 명(明)의 가짜 특사가 가져간 재물이 배 건조에 요긴하게 쓰일 것입니다."

"앗핫하."

소리 내어 웃은 가토가 열기 띤 눈으로 기노를 보았다.

"기노, 이산의 계획은 무엇이냐?"

"무슨 말씀이신지요?"

"관백 전하의 말씀대로 순순히 명(明)에 간다는 건 알겠다. 그럼 명(明)에 가서 무엇이 되겠다는 것인가? 전하께서 무슨 약속을 해주셨다고 하더냐?"

"그건 못 들었습니다."

"이산이 떠나면 그 영지는 그대로 이산령(領)으로 두신다고 하더냐?"

"그것도 듣지 못했습니다."

"이산이 이미 사이토의 딸 둘을 부인으로 맞았다던데, 너는 어떠냐?"

마침내 가토가 직설적으로 묻자 기노는 고개를 들었다.

"저는 이산의 상담역일 뿐입니다. 처가 되고 싶지는 않습니다."

"이산은 다르게 생각하고 있을지도 모르지 않느냐?"

"저는 주군의 가신입니다. 이산이 그렇게 생각하더라도 응할 생각은 없습니다."

"그러냐?"

숨을 들이켠 가토가 흐려진 눈으로 기노를 보았다.

"다케우치가 딸 교육을 잘했어."

청을 나온 기노에게 하라다가 다가왔.

하라다는 기노와 함께 오사카에 다녀온 심복이다.

"주군께서 나하고 이산 님 관계를 물으셨어."

기노가 쓴웃음을 지었다.

"그래서 처가 될 생각은 없다고 했지."

"그때는 가토 가문을 떠나야 할 테니까요."

외면한 채 하라다가 말을 이었다.

"주군도 눈치채고 계셨을 것입니다."

"난 앞으로 이산 님과의 관계는 끊을 예정이야. 주군께서 지시한다고 해도 받지 않겠다."

"그게 뜻대로 되겠습니까?"

하라다는 35세. 부하지만 기노에게는 아저씨 같은 존재다. 실제로 다케우치 집안의 종으로 기노를 업어 키웠기 때문이다.

하라다가 발을 떼면서 말을 이었다.

"이산 님은 이제 가토 님보다도 격이 높아지신 분입니다. 그리고 앞으로 또 어떻게 될지 잠재력이 출중한 분이시지요. 기노 님은 예단하시면 안 됩니다."

"이놈의 전쟁이 언제 끝나려나?"

한숨을 쉰 기노가 혼잣소리처럼 말했다.

"고향에 돌아가면 농사나 짓고 살겠어."

히데요시의 명령서를 갖고 온 사내는 미쓰나리의 가신 시마 사콘이다.

정중하게 명령서를 바친 사콘이 이산을 응시하면서 기다렸다.

산카쿠 성의 청 안.

가신들이 도열해 앉은 엄숙한 분위기다. 이윽고 명령서를 읽은 이산이 고개를 들고 사콘을 보았다.

"알았어. 전하의 말씀대로 군(軍)을 시타케 영지로 투입하겠다."

"예, 지금 고헤이타 님이 5천 병력으로 시타케 영지에 상륙하셨을 것입니다. 곧 고헤이타 님한테서 연락이 올 것입니다."

"전하께서 이쿠노 성을 반환하고 다카세 성과 근처의 영지를 우리에게 떼어 주신다고 했는데, 그대 생각은 어떤가?"

"그것은 고헤이타 님과 상의하시지요."

그때 이산이 고개를 돌려 코다와 아와노를 보았다.

"그대들 의견을 듣자."

아와노가 바로 대답했다.

"다카세 성 앞쪽에 고지강이 있습니다. 고지강까지의 땅을 이산령(領)에 포함시키는 것이 합당합니다."

고개를 끄덕인 이산이 사콘에게 말했다.

"그대가 고헤이타 님께 전해주게. 이쿠노 성에 있는 군사는 즉시 철수시키기로 하지."

"예, 그렇게 전하지요."

대답한 사콘이 이산을 보았다.

"영주님, 이것으로 시타케 마사모리 가문은 멸문되었습니다."

"오, 그런가?"

"관백께서는 내해(內海)의 중심에 이산의 영지가 있어서 든든하다고 하셨습니다."

이산의 시선을 받은 사콘이 말을 이었다.

"이번의 승전을 축하드립니다."

고개를 끄덕인 이산이 지그시 사콘을 보았다.

"이보게, 시마."

"예, 영주님."

"오사카 이야기를 듣고 싶네."

사콘과 이야기를 하고 싶다는 말이다.

산카쿠 성 내궁에는 전(前)에 사이토가 애용하던 다실이 있다.

10평쯤 되는 방이었는데, 빈방으로 방치되었다가 지금은 이산과 코다, 아와노가 시마 사콘과 앉아있다. 이산이 먼저 사콘에게 물었다.

"이보게, 사콘. 코다와 아와노는 관백께서 그대를 보낸 건 다른 의도가 있다고 하네."

코다, 아와노는 시선만 주었고 이산이 말을 이었다.

"그쯤의 전갈이면 다른 사람을 보낼 수도 있었다는 생각도 들고."

"그렇게 생각하셨습니까?"

"그대가 온다는 전갈을 받았을 때부터 나온 말이야."

"노인들께서 현명하십니다."

그때 코다가 말했다.

"경험이지."

그러자 사콘이 몸을 바로 잡더니 이산을 보았다.

"전하께서 저에게 영주님의 대륙 원정을 보좌하라고 지시하셨습니다."

"그렇지."

아와노가 손바닥으로 무릎을 쳤지만 코다는 지그시 시선을 주었다.

"감시역이구만."

"제가 병법과 전략 공부를 오래 했습니다."

사콘이 정색하고 이산을 보았다.

"대륙에서 운용해보는 것이 제 소원이었습니다."

"행주성에서는 실패했지 않소?"

불쑥 이산이 묻자 사콘이 고개를 숙였다.

"예, 무엇보다도 조선군을 하수(下手)로 보았습니다. 그것이 제 자만심 때문입니다."

"그대의 구상을 듣겠다."

이산이 똑바로 사콘을 보았다.

"오늘은 쉬고 내일부터 이야기를 나누기로 하자."

코다와 아와노가 서로의 얼굴을 보더니 고개를 끄덕였다.

사콘을 조건부로 받아들인다는 뜻이다.

닷새 후.

시타케 영지의 아카마스 성 안.

상석에 앉은 고헤이타가 시타케의 장남 사이토에게 말했다.

"관백 전하의 지시요. 사이토는 하코리 강변의 모카 성으로 옮길 것. 영지는 하코리강에서 내해(內海)까지로 정한다."

사이토는 흐린 눈으로 시선만 주었지만 가신들이 웅성거렸다. 청 안에는 시타케 가문의 가신들이 모두 모여 있는 것이다.

고헤이타는 52세. 히데요시를 따라 온갖 풍상을 겪은 백전노장이다.

그때 고헤이타가 들고 있던 부채로 팔걸이를 쳤다.

"들어라!"

순간 청 안이 조용해졌다.

고헤이타는 관백 히데요시의 대리인인 것이다. 고개를 든 고헤이타가 소리쳤다.

"나머지 가신은 모두 자신의 봉지를 유지한 채 관백 전하의 직속 가신이 된다. 알았는가?"

"옛!"

서너 명이 먼저 대답했고 이어서 승복한다는 목소리가 이어졌다.

고헤이타가 말을 이었다.

"사이토는 즉시 가솔을 인솔하고 새 영지로 떠날 것. 관백 전하의 지시다. 따르겠는가?"

고헤이타의 시선을 받은 사이토가 고개를 숙였다.

"예, 따르겠습니다."

사이토의 목소리가 떨렸다.

이것으로 시타케의 장남 사이토는 변방의 성으로 쫓겨나게 된 것이다.

고헤이타가 고개를 끄덕였다.

"당분간은 내가 관백 전하 대리인으로 이곳 아카마스 성에서 기거한다."

내성에는 오사카에서 파견된 군사 2천여 명이 들어와 있었는데, 무장들의 숙소는 별채다.

고헤이타가 데려온 군사 5천 중 2천은 내성에, 3천은 외성에 주둔시킨 것이다.

성안에 있던 시타케 가문의 위병, 경비병은 모두 성 밖으로 내보냈기 때문에 아카마스 성안에는 오사카군(軍)만 주둔하고 있다.

별채의 마루방에서 이시카와가 경비대장의 보고를 받는다. 이시카와는 내성 주둔군의 대장이다.

"대장, 동문 앞에 1백 명가량의 위사대가 마차를 끌고 왔습니다. 들여보낼까요?"

미시(오후 2시) 무렵이다.

이시카와가 건성으로 물었다.

"마차가 몇 대냐?"

"30대쯤 됩니다."

"사이토의 처자식이 17명이라니 종까지 합하면 1백 명이 넘겠군."

사이토가 하코리 강변의 영지로 옮겨가는 것이다. 고헤이타는 이전(移轉) 책임자로 시타케의 중신 하카마스를 지명했다.

"좋아. 들여보내라."

이시카와가 지시하자 경비대장은 몸을 돌렸다.

사이토는 38세.
지난번에 이산에게 영지를 빼앗긴 사이토 고잔과 이름이 같다. 그런데 죽은 사이토와는 달리 성격이 곧았다.
좌고우면하지 않는 성격이다. 평소에는 신중했지만 옳다고 생각하면 추진력이 강했다.
이번에 고헤이타를 통해 히데요시의 결정을 듣자 그것이 가신과 영지 백성을 위해서 받아들이는 것이 최선이라고 결정했다.
그러나 내궁으로 돌아왔을 때 자신의 거취는 자신이 결정해야겠다는 결심을 한 것이다.

내궁의 침실 안.
사이토가 앞에 앉은 하카마스를 보았다.
하카마스는 사이토의 측근으로 45세. 만감이 교차하는 표정으로 사이토의 시선을 맞받는다.
"마차들이 들어왔나?"
"예, 조금 전에 내궁으로 들어왔습니다."
하카마스가 말을 이었다.
"한 시진이면 출발할 수 있을 것입니다."
고개를 끄덕인 사이토의 얼굴에 웃음이 떠올랐다.
"처자식에 연연하지 않겠다."
"주군, 가신들의 가슴에 남으실 것이오."
하카마스가 흐린 눈으로 사이토를 보았다.

"제가 책임지겠습니다."

한 시진 후에 이시카와는 마차대가 외성을 떠났다는 보고를 받았다.
사이토가 떠난 것이다.
"강가에서 낚시질이나 하면서 여생을 보내는 것도 좋지."
시큰둥한 표정으로 이시카와가 말했을 때다. 위사가 다가와 말했다.
"대장, 하카마스 님이 오셨소."
이시카와가 고개를 끄덕였다. 떠난다는 인사를 하려고 온 것이다. 위사가 나가더니 곧 하카마스를 데려왔다.

그런데 하카마스는 가슴에 커다란 보자기를 들고 있다. 보자기를 앞에 놓은 하카마스가 이시카와를 보았다.
"대장, 사이토 님을 모시고 왔소."
이시카와가 고개를 들었다.
"들어오라고 하시오."
그러자 하카마스가 눈으로 보자기를 가리켰다.
"여기 계시오."
하카마스가 말을 이었다.
"할복하셨고 내가 목을 베어 드렸습니다."
"……"
"확인을 해주시면 내가 들고 영지로 가겠습니다."
이시카와가 고개만 끄덕였다. 사이토가 새 영지에서 낚시질을 할 것이라고 했던 이시카와다.

이산은 코다, 사콘과 함께 사이토의 할복 소식을 들었다.

이곳은 다카세 산성 아래쪽의 황무지다. 신지가 이끈 이산군(軍) 5천이 황무지에 진을 치고 있다.

소식을 전한 첩자가 고개를 들고 이산을 보았다.

"가족들을 모두 내보낸 후에 배를 가르고 목은 하카마스가 베었습니다."

이산은 듣기만 했고 첩자가 말을 이었다.

"이시카와 님은 목을 확인하고 나서 영지로 갖고 가라고 했답니다."

모두 입을 다물었고 첩자의 목소리만 진막 안을 울렸다.

"며칠 후에 이곳으로 고헤이타 님이 오실 것 같습니다."

이렇게 시타케 영지가 정리되어 가는 것이다.

이산이 5천 기마군을 이끌고 온 것은 사콘의 요청이 있었기 때문이다.

산카쿠 성에서 이곳 다카세 산성까지는 500여리(250킬로).

기마군 5천이 속보로 사흘 만에 도착했다. 기마군 1기가 예비마 2필씩을 끌고 달렸기 때문이다.

이산에게 사콘이 말했다.

"영주께선 관습에 얽매이지 않으십니다. 이런 기마군은 처음입니다."

사콘의 얼굴에 웃음이 떠올랐다.

"대륙을 정복하기에 적당한 장비입니다."

"내가 그 생각을 했던 거야."

이산의 얼굴에도 웃음이 떠올랐다.

"일본 땅은 험해서 기마군은 이동수단보다 근거리 접전용으로만 사용되었어. 대륙에서는 하루에도 1천 리를 달려 싸워야 한다."

"과연 그렇습니다."

이산과 신지, 사콘은 산성에 서서 아래쪽 황무지를 내려다보는 중이다.

황무지에는 5천 기마군이 숙영지를 만들고 있다.

그때 사콘이 말했다.

"영주님, 군(軍)의 편제를 바꿔보시지요. 대륙 정벌용 편제로 바꾸시는 것입니다."

"어떻게 말인가?"

"최소 부대를 10인으로 만들어 10인장이 지휘하게 하는 것입니다."

사콘이 말을 이었다.

"10인대 10개를 100인장이 지휘하고, 100인대 10개는 1천인장이, 1천인장은 장수급이니 그것을 3개, 5개, 또는 10개를 묶어 장군이 지휘하도록 합니다."

"……."

"현재 이곳에 온 기마군은 5천 기이니 1천 대의 기마대 5대가 되겠고, 그 5천인장이 신지 님이 되겠지요. 그런 조직으로 운용되면 효율적일 것입니다."

"그렇다."

이산이 고개를 끄덕이며 신지를 보았다.

"그대는 어떻게 생각하는가?"

"예, 지금까지는 각 가신이 데려온 무사로 대(隊)를 만들었는데, 그것이 적당한 것 같습니다."

신지도 찬성했다. 그러자 이산이 신지에게 지시했다.

"그대가 무장들의 녹봉과 능력을 판단하여 1천인장, 또는 2천인장, 3천인장을 정하라."

"예, 주군."

"그리고 1천인장들과 함께 1백인장을 정해야 할 것이다."

"예, 주군. 그리고 1백인장들과 함께 10인장을 정해야겠습니다."

이산이 고개를 끄덕이자 사콘이 거들었다.

"10인장에서 1백인장으로, 거기서 1천인장까지 공을 세우면 승진할 수 있도록 하는 것입니다. 그래야 사기가 오를 것입니다."

이산과 신지가 고개를 끄덕였다.

일본 최초의 부대다.

그때 사콘이 말을 이었다.

"지금까지 각 가신이 이끌고 온 군사를 운용했기 때문에 쪼개 쓰기가 불편한 데다 협조가 힘들었습니다. 이제는 전군(全軍)이 한 덩이가 되어 움직일 것입니다."

"좋아. 바로 시행하지."

이산이 말했다.

사콘이 따라온 이유가 바로 이것이다.

선조는 그때도 평양성에 머물고 있었는데, 한양성은 수복되었지만, 아직 복구되지 않았기 때문이다.

유시(오후 6시) 무렵.

선조가 앞에 앉은 세자 광해를 보았다.

평양 감영의 청 안이다.

주위에는 대신들이 둘러서 있었는데, 무거운 분위기다. 선조가 광해를 부른 경우는 극히 드물다.

이때 선조는 42세, 광해는 19세다.

선조가 지그시 광해를 보았다.

"이산이란 자를 아느냐?"

"예, 전하."

광해가 고개를 들고 선조를 보았다.

"분조에서 선전관으로 있었습니다."

"네가 직임을 주었지?"

"예, 전하."

"그자가 지금 어디에 있는지 아느냐?"

"모르겠습니다."

"몰라?"

선조가 눈을 가늘게 떴다.

순간 청 안에서 숨소리도 들리지 않았다. 그때 광해가 대답했다.

"모릅니다, 전하."

"그놈이 지금 왜국 영주가 되어 있어!"

선조의 목소리가 청을 울렸다.

"조선을 배반하고 왜국의 영주가 되었단 말이다!"

"전하."

고개를 든 광해가 선조를 보았다.

"그자, 이산은 조선을 배반할 위인이 아닙니다."

"무엇이!"

선조가 손으로 의자 팔걸이를 두드렸다.

"네 이놈! 그것을 말이라고 하느냐!"

"왜국 영주가 되었다면 조선을 위해서 도움이 될 일을 할 것입니다, 전하."

"네 이놈!"

다시 선조가 소리쳤을 때 유성룡이 나섰다. 이때 유성룡은 좌의정이다.

"전하, 고정하시옵소서."

"닥치시오!"

선조가 다시 소리쳤다.

유성룡은 선조보다 10살 위인 52세다. 선조가 다시 광해에게 고개를 돌렸을 때다. 유성룡이 다시 말했다.

"전하, 확실한 증거가 있을 때까지 보류시켜 주시기를 바랍니다. 지금 그자 때문에 주상과 세자 사이에 불화가 생기는 것은 국익에도 도움이 되지 않소이다."

"좋아."

번쩍 고개를 든 선조가 번들거리는 눈으로 대신들을 둘러보았다.

"증거가 있다면 간과할 수 없으니 모두 그리 알고 계시도록."

평양 감영의 청은 좁아서 아래쪽 마당에서도 임금의 목소리가 다 들렸다. 청의 삼면이 트여있었기 때문이다.

마당에 서 있던 선전관 임학수와 종사관 박태기도 선조의 외침을 들었다.

임금이 안으로 들어가고 대신들이 줄줄이 나왔을 때 임학수가 박태기에게 말했다.

"또 인빈의 베갯머리 상소가 들어갔어. 세자를 쫓아내고 정원군을 밀어 넣으려고 난리를 치는구만."

"저는 겁이 나서 한양성으로 내려가지도 못하는 주제에 무슨 꼬투리를 잡으려는 거야?"

박태기가 투덜거렸다.

이것이 민심이다.

고헤이타가 다카세 성 앞 황무지에 도착했을 때는 사흘 후 미시(오후 2시) 무렵이다.

근위군 2천을 이끌고 온 고헤이타가 이산과 인사를 마치고는 황무지에 펼쳐진 이산군(軍)을 둘러보는 시늉을 했다. 놀란 표정이다.

"모두 기마군이군요."

"대륙으로 갈 기마군이오."

이산이 바로 대답했다.

날씨가 맑았기 때문에 그들은 맨땅에 의자를 벌려놓고 앉았다. 햇볕을 가리려고 천막 지붕은 덮었으나 사방의 장막은 다 올려서 산천이 드러났다. 고헤이타가 힐끗 위쪽의 산성을 보고 나서 말했다.

"이 산성 하나 때문에 시타케 가문이 멸망했군요."

"욕심이 화를 부른 것이지요."

그때 고헤이타가 불쑥 물었다.

"관백께서 이 산성 주변의 시타케 영지를 떼어드리라고 하셨습니다. 곧 출정하실 텐데 어느 정도를 드리면 되겠습니까?"

그때 이산이 고개를 돌려 코다와 신지를 보았다.

"생각을 말해보게."

그러자 코다가 말했다.

"앞쪽의 시즈키 산줄기까지가 적당합니다. 서쪽은 작은 강이 있는 곳으로 하십시다. 대략 10만 석 정도의 토지가 되겠습니다."

고헤이타가 쓴웃음을 지었다.

"영감은 욕심이 과하시군."

"당연히 받을 땅이지."

코다가 고헤이타를 흘겨보았다. 고헤이타와도 아는 사이인 것이다.

"우리 주군이 대륙으로 떠나신다고 없는 사람 취급하시는 것 같아서 불편하군. 그렇다면 지금부터라도 이산 영지를 몰수하시든지."

"영감은 말도 과격하시네."

"고헤이타 님은 관백 전하께 어떤 말씀을 들으셨소?"

불쑥 코다가 물었기 때문에 고헤이타가 숨을 들이켰다. 히데요시의 말이 떠올랐기 때문이다.

'이산의 중신들이 말하는 것을 듣고 들어주는 방식'으로 결정하라고 했다.

바로 이런 경우인가?

그때 코다가 말을 이었다.

"당연히 줄 포상까지 인색한 것은 우리 주군이 떠날 사람으로 취급한다는 증거 아니오? 말씀해보시오."

"오해하셨소."

마침내 고헤이타가 쓴웃음을 짓고 말했다.

고헤이타는 히데요시의 중신으로 1만 5천 석을 받는 영주급이다. 영지 분배에 이골이 난 터라 협상력도 뛰어나다.

"내가 관백 전하께 상신해서 답을 받아드리겠소."

이렇게 결정되었다.

그날 밤.

진막 안에서 주연이 열렸다.

고헤이타와 이산을 중심으로 양측의 중신들이 둘러앉았는데 활기 띤 분위기다.

고헤이타가 이산에게 말했다.

"조선인이 일본의 대영주가 된 것은 조선인들에게 큰 자극이 될 것입니다."

술잔을 든 고헤이타가 말을 이었다.

"조선에 가 있는 일본군이 그 소문을 퍼뜨리고 있어서 이제 곧 조선인들도 모두 알게 되겠지요."

이산이 고개를 끄덕였다.

모두 히데요시의 지시다. 조선 땅에 소문을 퍼뜨리도록 한 것이다.

"천민, 서자들이 좋아하겠지."

모두의 시선이 모였고 이산이 말을 이었다.

"내가 서자 출신이오. 어머니는 반역범의 딸로 종이 되었다가 양반 아버지를 만나 첩이 되었지."

이산의 얼굴에 쓴웃음이 떠올랐다.

"내가 스무 살이 될 때까지 생부를 만난 것은 서너 번밖에 되지 않았어."

"그래도 이젠 떳떳하게 생부를 만날 수가 있겠습니다."

고헤이타가 말했을 때 이산이 다시 웃었다.

"고니시 님 부하가 내 생부와 정실부인, 그 자식들까지 몰살했소."

"……."

"내 생모도 고니시 님 선봉장의 칼에 맞아 죽었고."

그때 코다가 헛기침을 했다.

"비극이오. 참고로 말씀드리지만, 그 선봉장은 우리 주군이 직접 베어 죽이셨소."

진막 안에 무거운 정적이 덮였다.

고헤이타는 물론이고 사콘까지 굳어진 표정이다.

주연이 끝나고 진막 안에 셋이 남았다.

이산과 코다, 그리고 사콘이다.

그때 이산이 코다를 보았다.

"코다, 그대는 내가 대륙에 갈 때 영지를 지켜라. 영지에는 그대가 필요하다."

"허, 주군."

헛웃음 소리를 낸 코다가 고개부터 저었다.

"안 됩니다, 주군. 제가 주군 곁에 있어야 합니다. 대륙을 관리하는 데 제가 필요합니다."

그때 이산이 정색했다.

"코다, 고헤이타의 말을 들었지 않은가?"

"무슨 말입니까?"

"관백 전하는 이미 내가 조선인 영주라는 소문을 천하에 퍼뜨리고 있어."

코다와 사콘은 숨을 죽였고 이산의 말이 이어졌다.

"내가 대륙을 휘저으면 관백은 조선군을 편성하여 북진시킬 것이고 주저앉았던 왜군도 밀고 올라올 것이다."

이산의 눈이 번들거렸고 목소리가 열기를 띠었다.

"실패하기 직전의 조선 원정이 대전환을 맞는 것이지. 그때는 이순신도 우리와 동조하게 될 것이다."

"주군."

침부터 삼킨 코다가 이산을 보았다.

"관백께서 그렇게 말씀하십니까?"

"내 생각이지만 틀림없을 것이야."

"기마군 1만을 실어 보내면서 말씀이오?"

"또 보내겠지."

이산이 코다를 손으로 가리켰다.

"그대가 이곳에 있어야 제대로 지원군이 보내질 테니까."

"믿을 수가 없소."

고개를 돌린 코다가 사콘을 보았다.

"이보게 사콘, 주군의 말씀이 맞는가?"

그때 사콘이 어깨를 늘어뜨렸다.

"저는 관백 전하로부터 듣지 못했습니다. 하지만……."

"하지만 뭔가?"

"영주님 말씀이 맞는 것 같습니다."

그러고는 눈의 초점을 잡고 이산을 보았다.

"이제야 머릿속이 맑아지는 것 같습니다, 영주님."

이제 사콘의 목소리에 열기가 넘쳤다.

"저는 이번 대륙으로의 파병이 명(明)의 지원군을 끊는 작전쯤으로 생각했습니다. 그런데 영주께서는……."

그때 이산이 정색하고 사콘을 보았다.

"사콘, 그대가 내 제갈량이다."

"예, 모셔서 영광이오."

사콘이 갑자기 바닥에 두 손을 짚고 엎드렸을 때 이산이 코다를 보았다.

"코다, 그대는 내 아버지나 같아. 내 대신 영지 관리를 해 줘야 해."

"주군."

코다도 납작 엎드렸다. 금세 눈에 눈물이 고였다.

"아와노도 주군께 심복하고 있으니 주군의 기대에 어긋나지 않겠소."

산카쿠 성으로 돌아왔을 때는 열흘 후다.

새롭게 편성된 기마군을 조련하면서 귀환했기 때문에 사흘이 더 걸렸다.

기다리던 아와노가 이산에게 보고했다.

"고헤이타 님의 전령이 어제 다녀갔습니다. 시즈키 산줄기에서 서쪽 강까지의 새 영토를 관백께서 인증한 증서를 보내주셨습니다."

아와노가 증서를 내밀었다.

"11만 석의 영지가 늘어났습니다."

이산이 고개를 끄덕였다.

이로써 이산의 영지는 87만 석이 되었다.

동방의 대영주다.

가신들의 얼굴도 활기에 차 있다. 새 영지가 늘어났으니 그동안 공을 세운 무사, 가신들의 녹봉이 늘어나는 것이다.

밤.

내전의 침실에서 웃음소리가 들렸다.

성으로 돌아온 이산이 침실에서 저녁상을 받았을 때 마사와 요시코가 음식 시중을 든 것이다. 요시코가 자주 웃는다.

지난번 마사가 아키츠 성으로 왔을 때, 이산은 내전에 들르지도 않았기 때문에 얼굴도 보지 못했다. 그래서 오랜만에 만나는 셈이다.

저녁상에는 육류와 생선 등 반찬이 10여 가지나 되었다.

처음에 아키츠 성에 입성했을 때는 엄격히 1식 3찬을 지시했지만 코다의 조언에 따랐다. 가신들도 생활 수준에 맞춰 밥과 반찬을 먹는데 영주가 그러면 영지 전체가 위축된다는 것이다.

사치와 낭비만 규제하라는 충고였다.

"주군, 넉 달 후에는 떠나십니까?"

문득 옆에 앉은 마사가 물었기 때문에 이산이 고개를 들었다.

반대쪽에 앉았던 요시코는 눈을 둥그렇게 떴다. 모르고 있었던 것 같다.

"그럴 계획이야."

삶은 돼지고기를 삼킨 이산이 대답했다.

"명으로 가신다면서요?"

"맞다."

"언제 돌아오시는데요?"

"그건 알 수가 없지."

그러자 마사는 입을 다물었고 이제는 요시코가 물었다.

"돌아오시기는 하는 거죠?"

"그건 당연하지."

"그동안 이곳은 별일 없을까요?"

"무슨 말이냐?"

그때 마사가 눈을 치켜뜨고 요시코를 보았다.

"입 다물어!"

마사가 낮게 꾸짖자 요시코는 고개를 숙였다. 어깨도 움츠리고 있다. 그때 이산이 젓가락을 내려놓고 말했다.

"이 영지는 아무도 건드리지 못한다. 설령 내가 죽더라도 말이다."

당황한 마사가 숨을 들이켰으나 요시코는 눈만 크게 떴다. 이산이 말을 이었다.

"너희들은 오히려 이산의 부인으로 더 존중받을 거야."

"주군."

마사가 이산을 보았다. 눈에 눈물이 가득 고여 있다.

"마음 쓰지 마세요. 얘가 말은 가볍지만 정이 많은 애예요."

"너희들은 별일 없을 테니까 마음 놓아도 된다."

이산이 얼굴을 펴고 웃었다.

요시코가 말을 꺼내줘서 오히려 잘되었다는 생각도 들었다.

"피난민이 아이 포함해서 178명입니다, 대감."

종사관 김귀남이 말하자 이순신이 고개를 들었다.

"데려왔느냐?"

"예, 일단 구호소에서 먹이려고 데려갔지만, 양곡이 한 달분밖에 남지 않았습니다."

"어디서 온 피난민인가?"

"합천에서 내려왔다고 합니다."

"전국에서 다 이곳으로 모이는구나."

탄식한 이순신이 자리에서 일어섰다.

이곳은 통영의 3도수군통제사 본영이다.

사시(오전 10시) 무렵.

요즘은 전선이 소강상태이긴 하나 왜군과 명군의 약탈과 만행이 심해져서 피난민에게는 더 지옥 같은 일상이 계속되고 있다. 전쟁 대신 피난민을 대상으로 한 사냥이다.

명군이 진입한 후부터 지휘, 외교권을 빼앗긴 조선군은 구경만 한다. 관리나 군사들이 제지하면 현장에서 살해되었다.

의병 주위에서는 만행이 일어나지 않는 상황이니 조선 조정의 신뢰는 땅바닥에 떨어진 지 오래다.

구호소에는 커다란 솥을 4개나 걸어놓고 주린 백성에게 하루에 한 차례씩 죽을 공급했는데, 방금 온 피난민들이 한 무리의 짐승처럼 모여앉아 있다.

모두 피골이 상접한 데다 남루한 옷을 걸치고 웅크리고 앉아서 눈만 번들거린다. 아이도 보였지만 모두 늘어져서 어미에게 안긴 채 눈만 크게 뜬 상태다.

굶주림으로 가마솥 옆에 모여 앉았지만 일어날 힘도 없는 것 같다. 모두 이순신을 쳐다본 채 숨을 죽이고 있다.

수없이 목격한 장면이지만 이순신이 숨을 들이켰다. 심호흡을 한 이순신이 말했다.

"우선 죽을 먹고 기운을 차리도록 해라."

이순신이 흐린 눈으로 피난민들을 둘러보았다.

"갑자기 빨리 먹으면 위가 놀라서 죽는다. 그러니까 한 술씩 천천히 죽을 먹어야 한다."

옆쪽 가마솥 옆에서 죽이 끓기 시작하자 군사 하나가 나무 삽으로 젓기 시작했다. 보리죽 냄새가 퍼졌다.

그때 사내 하나가 비틀거리며 일어섰다.

"통제사께 드릴 말씀이 있소."

해골 같은 얼굴이나 눈이 번들거렸고 입술은 꾹 닫혀있다. 두 걸음을 떼었는데 비틀거렸기 때문에 멈춰 섰다.

"은밀히 드릴 말씀이오."

이순신이 고개를 끄덕이자 군사 둘이 사내를 부축해서 발을 떼었다.

잠시 후, 구호소 옆 군관 대기소에서 이순신이 사내와 마주 보고 앉았다.

사내가 입을 열었다.

"저는 합천에서 온 전(前) 호조정랑 윤석수올시다."

"그러시군."

호조정랑이면 종5품 벼슬이다.

사내가 말을 이었다.

"피난민 속에 인육을 먹는 자가 있습니다. 이곳까지 오면서 시체를 먹었는데 사람으로 취급할 수가 없으니 통제사께서 처리해주시오."

그때 이순신이 고개를 들고 옆에 선 김귀남을 보았다.

"잡아서 죽이고 물고기 밥이 되도록 해라."

"예, 대감."

김귀남이 사내에게 다가가 물었다.

"누굽니까? 같이 가십시다."

사내가 다시 군사들의 부축을 받더니 김귀남과 함께 대기소를 나갔다.

이순신은 길게 숨을 뱉었다.

여자와 아이는 밖에 나가지 못하는 세상이다. 잡아먹히기 때문이다.

부모는 자식을 잡아먹지 못하고 판다고 한다.

시체를 먹다가 죽는 사람도 부지기수다.

왜란이 이곳을 지옥으로 만들었다.

인간의 세상이 아니다.

미시(오후 2시) 무렵.

수군 통제영의 청에 앉아있던 이순신에게 옥포만호 이용남이 다가와 말했다.

"장군, 보고드릴 일이 있습니다."

이순신에게 바짝 다가온 이용남이 목소리를 낮췄다.

"밀사가 왔습니다."

"누구냐?"

"예, 그것이……"

주위를 군관들이 오가고 있었기 때문에 이용남이 두 걸음 앞으로 바짝 다가섰다.

이용남은 이순신의 측근 무장이다. 거북선을 타고 언제나 해전(海戰)의 선봉장이 되어왔다.

"장군, 이산의 밀사입니다."
순간 고개를 든 이순신이 고개를 끄덕였다.

잠시 후에 청 안쪽의 대기실에는 셋이 모여 있다.
이순신과 이용남, 그리고 상민 행색의 사내다. 40대쯤의 사내는 건장한 체격이다.
고개를 든 사내가 이순신을 보았다.
"저는 이산 영주의 가신인 하라다이며 조선 이름은 박영길이올시다."
조선말이다.
사내가 말을 이었다.
"본래 대마도에서 살다가 다나카 휘하의 해적선 선장을 했습지요. 그러다 다나카가 이산 님께 토벌되면서 저도 이산 님 휘하의 가신이 되었습니다."
"허어."
관심을 보인 이순신이 상반신까지 조금 앞으로 기울였다.
"네가 조선인 가신이라구? 녹봉은 얼마나 되는가?"
"예, 3백 석을 받습니다. 제 봉지에 주민 4백25명이 살고 있습니다."
"네가 4백25명을 다스리고 있단 말인가?"
"그렇습니다."
"조선인이 왜인들을 말이냐?"
"예, 대감."
이순신이 허리를 폈다.
"무슨 일로 왔는가?"
"대감."
고개를 든 박영길이 말을 이었다.

"다섯 달 후에 일본에서 대함대가 이쪽으로 옵니다. 함대에는 1만여 명의 군사와 말 3만여 필이 실려 있습니다."

이순신이 눈만 크게 떴고 이용남은 숨을 들이켰다.

박영길이 말을 이었다.

"함대는 새로 건조한 거선(巨船)단으로 구성되어 있습니다. 그런데 그 함대는 이곳 남해를 지나 명(明)으로 갑니다. 조선의 일본군을 지원하는 함대가 아닙니다."

"명(明)으로 간다고?"

"예, 대감. 이산 님이 그 함대를 지휘해서 명(明)으로 가는 것입니다."

"명(明)을 치러 간다는 말인가?"

다시 이순신이 확인하듯 묻자 박영길이 고개까지 끄덕였다.

"예, 제가 영주님의 전갈을 구두로 전해드리려고 왔습니다."

"말하라."

"예, 영주님께서는 1만 기병단을 배에 실어 명(明)의 산둥성에 상륙할 예정입니다."

박영길이 말을 이었다.

"명(明) 본토를 직접 공격하면 놀란 명군은 조선에서 철군할 것이고 일본군도 조선을 떠나 명으로 북진할 것입니다."

"……"

"그러면 조선 땅에서 명(明)군이나 일본군도 떠나게 될 것입니다."

"그렇게 될까?"

"예, 일본군 후속군은 조선 땅을 밟지 않고 배로 명(明)으로 직항할 것입니다."

박영길의 목소리가 열기를 띠었다.

"그것은 오로지 통제사 대감께 달려있다고 하셨습니다. 이번 명(明) 원정군을 통과시켜 주신다면 다음번에도 조선 남해를 거쳐 해상 통로로 대군(大軍)이 이동하게 될 것입니다."

"……."

"그리고 이번 원정군 이동은 아직 조선 진주군에도 비밀로 하고 있습니다. 고니시에게도 알려주지 않았습니다. 그것을 말씀드리라고 했습니다."

"왜 그런가?"

"고니시는 명(明)의 사신과 내통하는 사이여서 명(明)으로 정보가 샐 가능성이 있기 때문입니다."

"이산 공(公)이 그러시든가?"

"예, 그래서."

침을 삼킨 박영길이 말을 이었다.

"영주께서는 이번에 명(明)의 가짜 사신이 내해(內海)를 지날 때 사신이 탄 배를 납치해서 몰사시켰습니다."

"몰사시켜?"

"예, 대감. 모두 3척이었습니다. 배에 탄 사신 둘은 고니시와 심유경이 만든 가짜라고 자백했습니다. 그들까지 포함해서 1백여 명을 몰사시켰고 배 2척에 싣고 가던 선물도 압류해서 거선(巨船) 건조 비용으로 사용하고 있습니다."

놀란 이순신이 이용남과 마주 보았다가 다시 박영길에게 물었다.

"그것을 히데요시도 아느냐?"

"모릅니다. 아마 히데요시 님도 사신을 기다리다가 안 오니까 궁금해할 것입니다."

"허어!"

탄성을 뱉은 이순신이 입을 열었다.

"내가 거선(巨船)단의 남해 통과를 허락했다고 하면 조선 조정에서는 당장 나를 적과 내통한 매국노로 처형하려고 할 거다."

이순신이 말을 이었다.

"허나, 이산 공(公)의 명(明) 정벌은 적극적으로 환영한다고 전해라."

"예, 대감. 그렇게만 전할까요?"

얼굴에 희색을 띤 박영길이 묻자 이순신이 고개를 끄덕였다.

"명(明)으로만 간다면 내가 선단을 보호해줄 것이라고 전해라."

"예, 대감."

박영길이 이마를 마룻바닥에 붙였다.

이산이 둘러앉은 무장(武將)들에게 말했다.

"관백 전하의 대야망을 우리가 달성하는 것이야. 우리는 대륙을 정벌하는 것이다."

산카쿠 성 북쪽 황무지에 설치된 진막 안이다.

진막 안에는 10여 명의 중신 겸 무장들이 앉아 있었다. 이번 원정에 이산을 수행할 무장들이다.

이산이 말을 이었다.

"사콘이 만든 기마군 편제는 대원(大元) 제국이 대륙을 평정할 때의 기마군 운용 방법이야."

그때 사콘이 고개를 끄덕였다.

"그렇습니다. 앞으로 몽골 기마군의 전법을 운용하도록 하겠습니다. 일본에서는 생소한 방법이지만 곧 익숙해질 것입니다."

이미 1만여 명의 기마군은 조직되어 있는 것이다.

배가 건조되는 동안 황무지에서 몽골군의 전술을 연구해서 더 개량된 기마군 군단을 만들 작정이다.

이산이 장수들을 둘러보았다.

"기마군 병사가 10인장으로, 10인장에서 공을 세워 1백인장으로, 그래서 1천인장, 1만인장이 되는 것이야. 그것을 장졸들에게 다 알려주도록 해라."

이것도 징기스칸의 장병 운용 방법이다. 그래서 사병이 장군이 된 예가 수두룩하다.

그때 총사령 격인 신지가 웃음 띤 얼굴로 대답했다.

"이미 소문이 다 퍼졌습니다, 주군. 주군이 명(明)을 무너뜨리고 명 황제가 된다는 소문까지 났습니다."

"그건 과하군."

이산이 쓴웃음을 짓고 말했을 때 진막 안에서 웃음소리가 일어났다.

사기가 오른다.

옆쪽에 앉은 사콘도 결국은 따라 웃었다.

에도 성.

4층 청 안에서 이에야스가 마에다, 나오마사를 불러놓고 사카이의 보고를 함께 듣는다.

사카이가 전국을 둘러보고 온 것이다.

"관백의 대륙 원정은 확실합니다. 이산을 선봉으로 삼아 대륙을 석권하겠다는 것입니다."

이에야스가 시선을 준 채 미동도 하지 않았지만 마에다는 혀를 찼고 나오마사는 한숨을 쉬었다.

사카이가 말을 이었다.

"거선(巨船)은 제가 직접 보았는데 아다케의 3배는 되었습니다. 이미 아키츠 성 주변에는 소문이 다 나서 3백여 척에 기마군 1만, 말 3만 필과 석 달분 양곡을 싣고 간다는 것입니다."

"말이 3만 필이라고 했나?"

이에야스가 묻자 사카이가 고개를 끄덕였다.

"예, 대감. 분명합니다. 그리고 이미 군사와 말 준비는 다 끝났습니다. 배가 완성되기만 기다리고 있습니다."

"그 거대한 선단이 조선 남해를 지나간단 말이지? 이순신이 지키고 있는 그 바다를 말이야."

"예, 대감."

사카이가 정색하고 이에야스를 보았다.

"이건 오사카의 내성(內城) 첩자한테서 듣고 왔습니다만, 이순신과 이산 사이에 약조가 되어있다고 합니다."

사카이가 말을 이었다.

"이산을 선봉장으로 내세운 첫 번째 이유가 조선인인 것이고, 두 번째 이유는 이순신과 내통하는 사이이기 때문이라는 것입니다."

"고니시가 보낸 사신들도 이산이 몰사시켰지?"

"예, 대감."

어깨를 편 사카이가 이에야스를 보았다.

"아키츠 성 주변에서 소문이 다 퍼져 있었습니다. 입단속을 시켰지만, 해적 놈들의 입을 다 막을 수는 없지요."

이에야스가 고개를 끄덕였다.

명(明)의 사신들이 실종되었다는 소식을 듣고 이에야스도 사방으로 첩자들을 풀었던 것이다.

사카이가 말을 이었다.

"그런데 그 사신들은 고니시, 심유경이 만든 가짜였다는 것입니다."

"가짜?"

"예, 관백을 속이려고 고니시, 심유경이 만들어 보냈다는 것입니다. 사신 일행이 몰살당한 지 두 달이 되었어도 조선 땅에 있는 명군(明軍) 사령관 이여송, 송응창은 전혀 모르고 있다고 합니다."

"고니시가 일을 망치는구나."

"조선에 들어가 있는 일본군은 고니시의 농간에 놀아나고 있는 것이지요."

"고니시가 이산의 대륙 원정을 알까?"

불쑥 이에야스가 묻자 사카이는 입을 다물었다. 그때 마에다가 말했다.

"관백의 심복 아닙니까? 말해주었지 않을까요?"

"이산 공이 아키츠 성에서 거선(巨船)을 제작하고 있다는 것을 다 압니다. 그것이 조선 원정을 위한 것이라고 소문을 냈으니까요."

사카이가 말을 이었다.

"그러나 고니시 님이 그 내막을 알고 있는지는 알 수 없습니다."

"내 짐작인데 관백은 고니시한테도 비밀로 했을 것 같다."

쓴웃음을 지은 이에야스가 셋을 둘러보았다.

"이산의 대륙 원정군 소식을 알면 가장 불안해할 장수는 고니시이고 그 반대가 가토 기요마사다. 그렇지 않은가?"

"그건 그렇습니다."

사카이가 바로 대답했을 때 이에야스는 눈을 가늘게 떴다.

"가토는 이산의 대륙 정벌을 알고 있을지 모르겠군."

셋이 서로의 얼굴을 돌아보았다.

그렇다.

이산은 가토의 가신으로 출발해서 일본 영주가 되었다. 그리고 이산의 옆에는 히데요시, 가토를 이어서 모신 코다가 붙어 있는 것이다.

그 시간에 이순신이 갑옷 차림으로 사내 하나를 맞는다.

사내는 남루한 차림으로 마당에 꿇어앉아 있었는데 고개를 들고 말했다.

"저는 대사간 홍기선의 집사로 안택이라고 합니다."

"음. 홍기선이라고 했느냐?"

놀란 이순신의 눈빛이 강해졌다.

"지금 금산에 계시느냐?"

"아니올시다."

고개를 젓는 사내를 보던 이순신이 다시 물었다.

"너는 5년 전에 날 맞았던 안 서방 아니냐?"

"예, 그때 정읍현감으로 가시다가 들르셨지요."

"이런."

벌떡 일어선 이순신이 사내에게 다가가 팔을 안아 일으켰다.

"가자, 내실로."

"아니올시다, 대감."

사내가 비틀거리자 이순신이 뒤쪽의 군관들에게 소리쳤다.

"부축해서 내실로 데려오너라."

곧 내실의 마루방에 둘이 마주 보고 앉았다.

전(前) 대사간 홍기선은 이순신의 은인이다.

이순신은 이일과 악연이 있다. 이일의 무고로 이순신이 43세 때 녹둔도 둔전관으로 봉직하다가 하옥되었을 때 홍기선이 구명해준 적이 있다.

그리고 45세 때인 5년 전에 정읍현감으로 제수받은 것도 홍기선이 힘을 썼기 때문이며 이어서 2년 후에 전라좌도수군절도사가 되도록 한 것이다.

그것은 홍기선이 주역을 통달하고 앞날을 예측하는 능력이 있기 때문이다.

'이순신이 조선을 구한다'고 그때부터 내다보고 있었다.

이순신이 물었다.

"대감께선 어디 계신가?"

"예."

갑자기 숨을 들이켰던 안택이 고개를 들었다. 어느새 얼굴이 일그러져 있다.

"피난길에 돌아가셨습니다."

안택의 표정을 보고 예상했는지 이순신은 시선만 주었고 안택이 말을 이었다.

"돌아가시기 전날 밤에 가실 것을 예상하시고는 저를 불러 이 편지를 주셨습니다."

안택이 가슴에서 더러워진 기름종이를 꺼내더니 곧 안에서 편지를 집어내었다.

"대감께 드리라고 하셨습니다."

"으음!"

탄식과 함께 편지를 받았을 때 안택이 말을 이었다.

"그러고는 다음 날 저하고 아씨를 먼저 앞쪽 산으로 보내셨지요. 소나무 세 그루가 서 있는 곳에 앉아있으라고 하셨습니다."

어느새 안택의 얼굴은 눈물범벅이 되었다. 그러나 말은 계속 이어졌다.

"천지(天地) 음양의 이치를 다 아시는 분이 왜 피하지 못하셨을까요? 왜 저하고 아씨만 먼저 보내시고 다른 식구들과 함께 왜놈들에게 잡혀 돌아가셨을까요?"

"아씨라니, 누구냐?"

이순신이 갈라진 목소리로 물었다. 아직 이순신은 편지를 읽지 않았다. 그때 안택이 말했다.

"외동 따님 화진 아씨입니다. 마님은 대감과 함께 참변을 당하셨습니다."

"그럼 화진이하고 같이 왔단 말이냐?"

이순신이 편지를 들고 일어섰다.

"데려오너라."

안택이 화진을 데리러 간 사이에 이순신이 편지를 읽는다.

'이 공(公).

이 편지를 읽으실 때는 제가 이미 이승을 떠났을 것입니다. 이 공(公)과의 인연이 이승에서 맺은 가장 값진 것이었소.

이제 제 자식 화진을 맡기니 부디 가문을 잇게 해주시오. 이 공(公)과 이산의 인연을 알고 있기에 맡기는 것입니다. 이 공(公)께서 곧 이산을 만나실 것이니 이산에게 화진을 보내주시지요.

그것이 제 마지막 소원입니다.

참고로 화진은 이산의 아이를 품고 있습니다.

이 공(公), 이 전쟁은 앞으로 5년은 더 계속될 것이오.

제가 천리(天理)를 보니 6년 7개월이 되어야 끝납니다. 그사이에 조선과 왜에 두 개의 혜성이 떨어지는데 조선은 이 공(公)이요, 왜는 히데요시인 것 같습니다.

이 공(公)의 명성은 수천 년간 조선인의 가슴에 새겨질 터이니 그만한 광영이 있겠습니까?

전란의 마지막 날, 뜻대로 하시옵소서.

추신.

조선과 왜에서 두 개의 별이 떨어지는 한편으로 대륙에서 별 하나가 솟아오르니 그것이 바로 이산입니다.

하늘이 유심(有心)하사 내 가문에서 그 후손을 만들도록 해주셨으니 조선인의 피를 받은 이산의 후손이 대륙을 지배하게 되었습니다.

이 공(公)께 마지막 부탁을 드렸습니다.

이 공(公), 백의종군할 수모도 겪게 되시겠으나 곧 회복될 것이니 견디시고 대업을 이루소서.

홍기선이 떠나면서 드립니다.'

곧 내실의 마루방으로 안택이 여자 하나와 함께 들어섰다.

이순신이 여자를 보고 반겼다.

"오, 날 기억하느냐?"

이순신이 묻자 여자가 고개를 숙였다.

"예, 대감."

"그때가 5년 전이었더냐?"

"4년 전 12월이었습니다."

"오오, 그때 너는 열 대여섯이었지."

탄식한 이순신이 앞쪽 자리를 가리켰다.

"앉거라."

여자는 화진이다.

자리에 앉은 화진이 고개를 들고 이순신을 보았다.

눈에 눈물이 가득 고여 있다. 무명 치마저고리를 입었고 머리는 단정하게 빗어 올렸다. 갸름한 얼굴에 흰 피부, 수척한 모습이었지만 청초한 용모의 미인이다.

이순신이 말을 이었다.

"이곳에서 머물거라."

"예, 대감. 감사드립니다."

"몸을 잘 보전하거라."

고개를 든 화진의 얼굴이 금세 붉어졌다.

"예, 대감."

"곧 이산이 이쪽 남해로 올 것 같구나."

"……"

"아버님은 이산과 너를 만나게 해달라고 부탁하셨다."

화진은 고개를 숙였고 이순신의 말이 이어졌다.

"이산은 남해를 지나 대륙으로 갈 예정이야. 그때 만나게 해주마."

화진의 어깨가 치켜 올랐다가 내려졌다.

"들었느냐?"

선조가 꾸짖듯 묻자 광해는 고개를 들었다.

평양성 안.

왜군은 한양성에서 4월 18일에 떠났지만 8월이 된 지금도 선조는 평양성에 머물고 있다.

"무엇을 말씀입니까?"

신시(오후 4시) 무렵.

청 안에는 대신들이 도열해 있었는데, 무거운 분위기다. 선조의 목소리가 더 높아졌다.

"이산이 왜국의 영주가 되어있다는 것을 모르는 왜군이 없다는 것이다. 그것을 네가 모른다고?"

"전하, 이산은 한때 분조(分朝)의 선전관이었지만 그 후로 소신과는 무관한 사이입니다."

"네가 이산과 내통한 증거가 있다."

선조의 목소리가 청을 울렸다.

"분조(分朝)에서 너희들과 함께 일하던 군관이 자백했다."

광해의 시선을 받은 선조가 손바닥으로 용상의 팔걸이를 내려쳤다.

"이놈! 너는 이산을 도망치게 했고 왜군과 밀통했다. 이산이 왜군과의 연락을 맡았다는 것이다."

"전하, 사실무근이옵니다. 그자와 직접 대면하게 해주소서."

"이놈! 그자의 자술서를 보여주겠다."

그때 좌의정 유성룡이 한 발짝 나섰다.

"전하, 고정하시지요."

유성룡이 말을 이었다.

"그것은 왕가(王家)의 안위에 관한 사항이니만큼 은밀하게 처리하시는 것이 낫습니다. 전하께서는 좌우를 물리치시고 대신 몇 명만으로 처리하셔야 할 줄 아옵니다."

다 옳은 말이어서 선조가 어깨만 부풀렸을 때다.

팔도도순찰사 한응인이 나섰다.

"전하, 곧 처리할 테니 고정하시지요."

한응인이 말리는 역할로 나서자 선조가 숨을 고르고 나서 말했다.

"세자는 자숙하도록. 별도로 왕명이 있을 때까지 근신하라."

청 안이 숙연해졌다.

광해에게 근신령이 내려진 것이다.

이것은 손발을 묶는 것이나 같다. 조정의 관리 중에 광해에게 접근하는 관리는 없을 것이다.

그날 밤 술시(오후 8시) 무렵이 되었을 때다.

숙소의 마루방에 앉아있던 순찰사 최경훈은 마당으로 들어서는 한 무리의 군관들을 보았다. 마당에 있던 최경훈의 수하 군관들이 다가가 물었다.

"누구냐?"

"우리는 팔도도순찰사 휘하의 군관이다."

그중 하나가 소리쳐 대답했을 때 이쪽 군관도 만만치 않게 대들었다.

"그래서 어쨌단 말이야?"

"순찰사 영감을 모시러 왔다."

거기까지 듣고 난 최경훈이 마루 끝으로 나와 섰다.

"내가 순찰사다. 무슨 일이냐?"

멈춰 선 군관들이 최경훈을 올려다보았다.

"도순찰사 대감께서 모시고 오라고 하셨소. 같이 가시지요."

"도순찰사가 나를 오라 가라 할 수 없다. 나는 세자 저하의 직속 순찰사다."

"도순찰사께서는 어명을 받들고 있소이다."

"날 부르려면 선전관을 보내야 옳다."

최경훈의 목소리가 높아졌다.

"금부도사가 오든지. 도순찰사의 명 따위로는 안 된다."

"그렇게 도순찰사께 전하리까?"

"이놈. 단칼에 목을 베기 전에 나가라!"

최경훈이 마루에서 내려오면서 소리쳤다. 어느새 칼자루를 손에 쥐고 있다. 그것을 본 군관들이 우르르 밖으로 몰려나갔다.

잠시 후에 세자 광해가 묵고 있는 거처 뒷담에 사내 하나가 나타났다.

최경훈이다.

주위를 둘러본 최경훈이 담장 끝에 손을 뻗더니 몸을 날렸다. 곧 담장 위로 솟아오른 최경훈의 몸이 담장 안으로 사라졌다.

뒷마당을 가로질러 달려간 최경훈이 사랑채 끝의 내실 문 앞에 섰을 때는 숨 다섯 번 쉬고 났을 때다.

"저하."

최경훈이 낮게 부르자 방문이 열리더니 광해의 모습이 드러났다. 불빛을 등지고 선 광해가 묻는다.

"순찰사인가?"

"제가 급하게 말씀드릴 일이 있습니다."

다가간 최경훈이 주위를 둘러보며 목소리를 낮췄다.

"조금 전에 한응인이 보낸 군관들이 저를 잡으러 왔기에 일단은 쫓아 보냈지만 곧 다시 들이닥칠 것입니다."

"저런."

광해가 최경훈을 방 안으로 끌고 들어가 문을 닫았다. 그때 최경훈이 무릎을 꿇고 광해를 보았다.

"저하, 잡아다가 주리를 틀면 다 거짓 자백을 하게 되어있습니다. 그리고……."

최경훈이 얼굴을 일그러뜨리며 웃었다.

"자백을 안 한다고 해도 죽이고 나서 자백한 내용을 거짓으로 만드는 놈들입니다. 한응인은 그렇게 정난공신 1등이 되었지요."

"순찰사, 어서 피신하게."

광해의 두 눈이 번들거렸다.

"내가 뒷감당을 할 테니까. 내가 심부름을 보냈다고 하겠네."

"저하."

최경훈의 눈에서 눈물이 흘러내렸다.

"자진하고 싶으나 그렇게 되면 죄를 자백한 것이나 같게 됩니다. 죽은 자에게 다 덮어씌울 테니까요."

"왜국의 이산에게 가게."

"저하."

놀란 듯 눈을 치켜뜬 최경훈에게 광해가 말을 이었다.

"이산과 함께 있다가 기회가 오면 돌아오게. 그곳이 가장 안전한 곳이네."

"저하."

"저들이 나를 어찌 하겠는가? 난 아직 세자일세."

광해의 눈에서도 눈물이 흘러내렸다.

"어서 떠나게."

다음 날 오전.

내궁으로 들어온 한응인이 인빈과 독대하고 있다.

사시(오전 10시) 무렵이니 인빈에게는 이른 시간이다.

한응인이 굳어진 얼굴로 인빈을 보았다. 인빈 김씨는 4남 5녀를 낳았는데 신성군이 작년에 죽고 3남 5녀가 남았다. 지금 선조는 신성군의 동생 정원군을 총애하는 중이다.

"마마, 어젯밤 최경훈을 잡으러 갔더니 도망쳐 버렸습니다."

한응인이 말을 이었다.

"처음에 군관 다섯을 보냈더니 당장 칼부림을 할 것 같아서 종사관이 이끄는 군관 10여 명을 다시 보냈습니다. 그런데 그사이에 심복 군관 둘을 데리고 도망을 쳤습니다."

"그놈이 역모를 꾸민 것 같군."

"예, 잡히기 전에 도주한 것이지요."

"광해가 이산과 내통했다는 증거야."

"오후에 전하께서 청에 나오시면 고발하겠습니다."

"내가 우의정 서 대감을 불러 이야기를 해놓겠소."

"좌의정 대감이 또 훼방을 놓을까 두렵습니다."

"서 대감한테 유 대감 입을 막으라고 할 테니까."

인빈이 번들거리는 눈으로 한응인을 보았다.

"그대도 그냥 물러서지 마시오. 이번 기회에 광해를 폐세자해야 돼."

"예, 마마."

"최경훈이 도망쳤다는 것이야말로 광해가 왜군과 내통한 증거이다."

인빈의 목소리가 높아졌다.

"광해는 역모를 모의한 죄로 중형을 받아야 해."

그때 이산은 이순신을 만나고 돌아온 박영일을 바라보고 있다.

"이순신 대감은 명(明) 정벌은 적극적으로 환영한다고 하셨습니다."

박영일이 말을 이었다.

"주군께서 명(明)으로만 가신다면 대감은 선단을 보호해줄 것이라고 하셨습니다."

그러고는 가슴에서 밀서를 꺼내 내밀었다.

"이것이 통제사 대감의 밀서입니다."

이산이 밀서를 받아 펼쳐 읽는다.

'이 공(公).

이곳은 아직도 지옥이오.

며칠 전에는 인육을 먹은 짐승 같은 인간을 처형했소.

난민들이 끊임없이 몰려들어서 이곳 수군영 부근에 10여 만이나 운집되어 있소.

이 공(公).

대륙으로 출정한다니 나도 그 일원이 되고 싶은 심정이오. 그러나 이 불쌍한 백성들을 놔두고 떠날 수가 없구려.

왜군(倭軍)에게, 명군(明軍)에게, 탐관오리에게 쫓기다가 죽어가는 이 불쌍한 백성들 때문에 내가 사는 것이오.

아아, 하늘도 무심하시지.

왜 이런 세상을 만드셨는가?

천민은 물론이고 의지할 곳 없는 백성들은 너 나 할 것 없이 왜적에 동조하여 적이 되고 있소. 그만큼 조정에 한(恨)이 맺혀 있는 것이오.

아아, 분하구려.

이 순간에도 나를 모함하는 간신배들은 임금의 비위 맞추기에만 혈안이구려.

그래서 왜적과 나를 시기하는 조정(朝廷) 양쪽을 상대해야만 하오.

이 공(公).

부디 대륙에서 기반을 잡으시거든 백성들을 위한 나라를 세우시오.

내가 살아남는다면 이 공(公)에게 가리다.

부디 건승하시고 남해를 지날 때 먼저 연락을 주시오.'

저녁 무렵이 되어서 이산이 청을 나왔을 때다.

위사장 곤도가 다가와 말했다.

"주군, 드릴 말씀이 있습니다."

멈춰 선 이산이 곤도를 보았다.

"무슨 일이냐?"

"주군, 제 사촌이 왔습니다."

시선만 준 이산을 보자 곤도가 당황해서 얼굴이 굳어졌다. 눈동자도 흔들렸다. 곤도가 말을 잇는다.

"어렸을 때 오와리로 이주한 사촌인데 번주 가문이 멸망하는 바람에 낭인이 되었습니다."

이산이 서 있었기 때문에 곤도는 다급해졌다. 그래서 서둘렀다.

"15만 석을 받는 아사이 가문이었습니다. 번주의 기마군 대장으로 녹봉 2백 석을 받았는데 이번에 주군께서 조선 원정군을 양성한다는 소문을 듣고 찾아 왔습니다."

"내성으로 데려오너라."

"예, 주군."

얼굴이 금세 상기된 곤도가 허리를 꺾었다.

"진세키는 무심류 도장의 사범을 지냈습니다. 전쟁의 경험도 있습니다."

잠시 후에 내성의 청에 엎드린 사내는 마른 체격이었지만 단정한 용모에 눈빛이 강했다.

곤도의 사촌 진세키다.

이산이 물었다.

"기마군 대장이었느냐?"

"예, 대감."

두 손을 청 바닥에 짚고 엎드린 사내가 고개만 들었다.

"작은 번이었기 때문에 50기 정도만 지휘했습니다."

"네 번주는 왜 망했느냐?"

"오다 가문에 멸망했습니다. 살아남은 가신들은 모두 흩어졌습니다."

"그동안 어떻게 살았느냐?"

"검술 도장을 돌아다니면서 시범을 보여주고 연명했습니다."

"가족은?"

"노상(路上)에서 다 죽고 14살, 12살짜리 남매가 있습니다."

이산이 고개를 들었다.

4장 대륙 원정

"너는 누구를 위해서 목숨을 버리겠느냐?"

그때 진세키가 고개를 들었다.

"남은 두 자식을 위해서 목숨을 버리지요."

"그렇군."

이산이 고개를 끄덕였다.

"너를 가신으로 받아들이겠다."

다시 엎드린 진세키를 향해 이산이 말을 이었다.

"내일 가로(家老)인 코다를 만나도록 해라. 내가 말해놓겠다."

"감사드립니다."

엎드린 진세키의 등이 잠깐 떨렸다가 그쳤다. 10여 년에 걸친 낭인 생활이 끝난 것이다.

오늘 밤에는 이산이 요시코의 침실로 들어섰다.

술시(오후 8시) 무렵.

"오셨어요?"

얼굴을 붉힌 요시코가 눈을 반짝이며 반긴다. 마사는 감정 표현을 절제하는 성품이었지만 요시코는 다르다. 밝고 거침없어서 자주 마사한테서 야단을 맞는다.

옷을 갈아입은 이산이 요시코의 시중을 받으면서 저녁을 먹는다. 기둥에 붙인 양초가 침실을 환하게 밝히고 있다.

그때 이산이 요시코를 보았다.

"마사한테서 들었는데 네가 나한테 할 말이 있다고 했다면서?"

"예, 대감."

요시코가 웃음 띤 얼굴로 이산을 보았다.

"식사 끝나면 말씀드릴게요."

이산은 잠자코 고개만 끄덕였다.

요시코와 함께 있으면 부드럽고 밝은 분위기에 파묻히게 된다.

내성(內城) 안쪽의 내궁(內宮)은 위사대가 요소를 경비할 뿐으로 남자 출입은 금지되어 있다.

위사대는 건물 안으로 들어갈 수가 없어서 내궁은 여인들의 공간이다.

자시(밤 12시) 무렵.

내궁 안은 조용하다. 침실에 창문이 없는 구조라 방 안의 숨소리까지 들렸다.

그때 이산의 가슴에 얼굴을 묻고 있던 요시코가 고개를 들었다. 상기된 얼굴이다.

"대감."

요시코가 말을 이었다.

"저, 아이를 가졌습니다."

"……."

"어머니하고 상의했더니 두 달이 된 것 같습니다."

"……."

"언니도 좋아했어요."

요시코가 두 팔로 이산의 허리를 감아 안았다.

"대감, 기쁘지 않으세요?"

"기쁘구나."

이산이 요시코의 검은 눈동자를 똑바로 보았다.

실감이 나지 않는다. 생각지도 않았기 때문이다.

저녁에 진세키를 가신으로 받아들였을 때 두 자식을 위해 목숨을 버리겠다는 말에 감동하기는 했다. 곧바로 이산을 위해 죽겠다는 말을 했다면 믿지 않았을 것이다.

이산이 요시코의 가는 허리를 당겨 안았다.

"내가 대륙에서 돌아오지 못할지도 모른다. 아느냐?"

"압니다."

요시코가 이산의 가슴에 볼을 붙였다.

"그래서 아이를 남기신 것이 기쁩니다."

"……."

"아이를 잘 키우겠습니다."

"……."

"사내아이라면 영주의 후계자로, 여자아이라면 장군의 아내가 되도록 키우겠습니다."

"고맙다."

마침내 이산이 요시코의 이마에 입술을 붙였다. 요시코가 꿈틀거리면서 몸을 붙여왔다. 뜨거워진 몸이 밀착되면서 가쁜 숨소리가 일어났다.

"무엇이? 명(明)으로?"

눈을 치켜뜬 고니시가 앞에 앉은 오카타를 보았다. 오카타는 고니시의 영지에서 온 중신이다.

미시(오후 2시) 무렵.

고니시가 주둔하고 있는 옥천성 안.

청 안에는 둘뿐이다. 오카타가 주군과의 독대를 요구했기 때문이다.

그때 오카타가 말했다.

"예, 분명합니다. 아키츠 성 근처의 주민은 모두 알고 있습니다. 이산이 조련하고 있는 기마군단도 모두 대륙에 맞도록 장거리용 경장비를 착용하고 있습니다. 하루에 400리(200킬로)를 주파하는 조련을 하고 있습니다."

오카타의 목소리가 열기를 띠었다.

"350척의 거선(巨船)이 조선 남해를 거쳐 서해를 횡단해서 명(明)의 산둥반도에 닿는다는 것입니다."

"……"

"그렇게 되면 명(明)은 대경실색하게 될 것이고 조선에 주둔한 명군(明軍)을 철수시키지 않겠습니까? 그때 조선에 있던 일본군도 명(明)으로 북진하는 것입니다. 이것은 이산 영지의 어린아이도 알고 있는 사실입니다."

"허, 이런."

낙심한 표정이 된 고니시가 흐려진 눈으로 오카타를 보았다.

"나만 모르고 있었단 말인가?"

숨을 고른 고니시가 곧 눈의 초점을 잡았다.

"하지만 오카타, 넌 아느냐?"

"무엇을 말씀이오?"

"대선단이 조선 남해를 통과할 때 이순신이 가만 놔둘까?"

오카타가 숨을 들이켰고 고니시의 말이 이어졌다.

"이건 말도 안 되는 일이야. 조선 남해를 통과하지 않고는 명(明)으로 갈 수가 없어."

"……."

"이순신 때문에 일본군은 남해로 배 한 척 제대로 띄울 수 없는 상황이야. 그런 상황에서……."

"이건 소문입니다만."

오카타가 고개를 들고 고니시를 보았다.

"이산과 이순신이 밀약을 맺었다는 것입니다."

"그 말도 일리가 있다."

혼잣소리처럼 말했던 고니시가 말을 이었다.

"이산이 명(明)으로 진군한다는 것은 관백 전하의 지시야. 관백께서 그런 보장 없이 대선단을 남해로 보낼 리는 없지."

"……."

"이순신이 조선에 대선단이 상륙하지 않는 한 명(明)으로 보내는 것을 동의했을지도 모르지."

혼잣말을 그친 고니시가 눈의 초점을 잡고 오카타를 보았다.

"수고했다, 오카타."

그때 경상우병사 김응서는 도원수 권율의 지시를 받고 강화교섭의 대리인이 되어있었다.

물론 도원수 권율은 명군(明軍) 소속 이여송과 송응창의 감독을 받는다.

왜군의 강화교섭 대표는 물론 고니시다.

고니시가 히데요시의 명에 의하여 일본군을 대표하고 있다.

고니시와 김응서가 만난 곳은 함안의 지곡현이다.

고니시는 김응서의 기를 죽이려고 3천여 명의 군사를 거느리고 현을 왜군으로 가득 메웠다.

현청의 마루에 고니시와 김응서가 마주 보고 앉았을 때다.

고니시가 좌우를 둘러보며 말했다.

"장군, 좌우를 물리치고 독대를 요구합니다. 은밀히 드릴 말씀이 있소."

정중한 제의였기 때문에 김응서가 고개를 끄덕였다. 곧 배석자들이 물러가고 청 안에는 양측 역관까지 넷이 남았다.

그때 고니시가 먼저 입을 열었다.

"장군, 강화회담의 가장 큰 방해 세력이 누군지 아시오?"

역관의 통역을 들은 김응서가 고개를 기울였다.

그때 김응서는 30세의 무관이다. 무과에 급제한 후에 감찰이 되고 나서 왜란 때 평양 방위의 수탄장으로 공을 세웠다. 성격이 곧고 대담했기 때문에 권율의 신임을 받고 있다.

김응서가 넓은 어깨를 펴고 되묻는다.

"그게 누굽니까?"

그때 고니시가 대답했다.

"둘이 있소."

고니시가 지그시 김응서를 보았다.

"그 둘이 강화회담을 뒤덮으려고 하고 있소."

"글쎄, 나는 모르니 알려주시오."

"이건 일본군 대장들도 모르고 있는 일이지만 말씀드리지요."

"나는 곧은 사람이오. 그래서 회담 대표가 된 것이고."

어깨를 편 김응서가 웃음 띤 얼굴로 고니시를 보았다.

"나한테는 농간이 통하지 않소."

"과연."

고개를 끄덕인 고니시가 정색했다.

"이산이 지금 기마군 대부대를 양성하고 있소. 수만 기마군인데 곧 배에 실려 올 것이오."

"이산이라면······."

김응서의 눈동자가 흔들렸다.

"선전관이었던 자 아니오?"

"그렇소. 지금은 일본 영주가 되었소. 아시고 있지 않소?"

"압니다."

"이산이 영지에서 거선(巨船) 수백 척을 건조하고 있소. 그 배에 수만 기마군을 싣고 올 것이오."

"흥."

김응서가 코웃음을 쳤을 때 고니시가 빙그레 웃었다.

"장군, 방금 코웃음을 치셨소?"

"그렇소."

"그 거선단이 조선 땅에 상륙할 수 없을 거라고 생각하시는구려."

"잘 아시는구려."

"이순신이 이산과 내통하는 사이라고 한다면, 또 농간을 부린다고 하시겠지요?"

"그렇소."

김응서가 고개를 끄덕였다.

"그 말에 넘어갈 조선인은 없습니다."

"만일의 경우가 있는 겁니다."

여전히 정색한 고니시가 말을 이었다.

"강화의 조건으로 이순신의 통제사직을 잠시 옮기는 것이 낫습니다. 그래야 이산의 상륙을 저지시킬 수 있습니다."

"장군은 관백의 지시를 어기고 이산의 조선 상륙을 저지시킨다는 말씀인데."

쓴웃음을 지은 김응서가 고니시를 보았다.

"관백께 반역을 저지르시겠다는 것이오?"

"강화회담을 성사시키려면 그것도 감수하겠소."

"믿을 수가 없습니다."

고개를 저은 김응서가 허리를 폈다.

"그리고 이순신을 경질시키라니. 내가 반역자가 되라는 말이나 같소."

그날 밤, 회담이 결렬되고 은산현 진막으로 돌아온 김응서에게 부장 박흥규가 다가와 말했다.

"장군, 드릴 말씀이 있소."

서둘러 들어선 박흥규가 김응서를 보았다.

"회담장에 다녀온 군사들한테 소문이 퍼져 있소."

"뭔가?"

"이 통제사가 대군을 실은 이산의 선단을 맞아들인다는 소문이요."

"……."

"왜군 향도들이 회담장의 조선군에게 퍼뜨린 것 같습니다. 장군과 고니시가 그 문제로 밀담을 나눴다고 했습니다. 그것이 사실입니까?"

"이런, 쥐새끼 같은 고니시놈."

박흥규가 말을 이었다.

"이산이 영지에서 수만 기마군을 조련시키고 있다는 소문은 퍼져 있었습니다."

"그건 나도 들었어."

"그런데 이 통제사께서 이산과 내통하고 있다는 말은 처음입니다."

김응서가 숨을 골랐다.

그래서 고니시가 이순신의 교체를 요구한 것을 무시하고 넘겼다. 그런데 그걸 묵살만 했다가는 책임을 면치 못하겠다.

김응서는 무장답게 행동이 빠른 인물이다.

박홍규의 말을 듣자마자 자리를 차고 일어나 도원수 권율에게 달려갔다. 50리(25킬로) 떨어진 죽령 아래쪽 도원수의 진영까지 달려간 것이다.

그래서 해시(오후 10시)가 다 되어서 권율의 진막 안에 들어섰다.

권율은 회담 대표인 김응서가 밤길을 내달려왔기 때문에 긴장하고 있었다. 갑옷도 벗지 않고 기다리고 있다가 맞는다.

"무슨 일인가?"

권율은 이때 58세.

왜란이 일어났을 때 광주목사였다가 전라도순찰사로 되면서 계속 왜군과 싸웠다. 그러다가 1593년 2월 12일, 행주대첩에서 왜군을 격파하고 왜란 이후 처음으로 육전에서 대승을 이루었다.

지금은 팔도도원수로 조선군의 수장이다.

김응서가 털썩 권율 앞에 앉으면서 숨을 골랐다. 주위에 둘러앉은 장수들이 긴장하고 있다. 오늘, 김응서가 고니시를 만나고 온 것을 모두 아는 것이다.

"대감, 고니시한테서 기괴한 말을 듣고 왔습니다."

김응서가 말하자 권율이 이맛살을 찌푸렸다.

"그 간교한 놈의 말은 절반쯤 꺾고 들어야 하네. 무슨 말인가?"

"왜국 영주가 된 이산이 기마군을 양성하고 있다는 소문은 들으셨지 않으니까?"

"들었지."

"이산이 곧 거선(巨船)에 대군을 싣고 조선에 상륙한다는 것입니다."

"만일 그게 사실이라면 우리가 박살을 내주면 돼. 그게 무슨 대수인가?"

"대감."

김응서가 어깨를 부풀리고 권율을 보았다.

"그런데 이 통제사가 이산의 거선단(巨船團)에 길을 열어준다는 것입니다."

"그게 무슨 말이야?"

"길을 터서 무사히 조선 땅에 닿게 해준다는 것입니다."

"그것 봐. 고니시놈의 모략이다."

권율이 쓴웃음을 짓고 말했다.

"무시하면 돼."

"그것이 금세 조선군에 퍼졌습니다. 고니시가 향도들을 시켜 소문을 낸 것 같습니다."

"왜놈의 교활한 짓에 일희일비할 필요 없어."

권율이 뱉듯이 말했을 때다.

옆에 앉아 있던 충청도 순찰사 안항석이 입을 열었다.

"대감, 이산이 왜국으로 갈 때 이 통제사를 만났다는 소문이 돌고 있습니다."

권율이 입을 다물었고 안항석이 말을 이었다.

"지금도 수시로 밀사를 보내는 관계라는 소문이 퍼져 있습니다."

"허어!"

마침내 권율이 탄식했다.

"왜놈들이 퍼뜨린 소문이다."

허리를 편 권율이 김응서를 보았다.

"그런 소문만으로 이순신을 처벌한다면 왜놈들의 음모에 빠지는 셈이 된다."

권율이 고개까지 저었다.

"이순신이 고니시하고 밀담을 나누는 장면을 내 눈으로 보지 않는 이상 나는 절대로 넘어가지 않는다."

결연한 권율의 태도에 주위가 숙연해졌다. 그것을 본 김응서도 고개를 끄덕였다.

"명심하겠습니다."

"놈들이 그만큼 다급했다는 증거야. 그대는 그런 자세로 회담에 나서도록."

이렇게 김응서의 보고는 끝났다.

그러나 이 사건이 그것으로 끝나지가 않았다.

그 자리에 있던 전라병마사 윤학근이 종사관 김병만을 불렀다.

진막을 나온 둘은 어둠 속에서 마주 보고 섰다. 윤학근이 어둠 속에서 번들거리는 눈으로 김병만을 보았다.

"이봐, 자네가 평양성에 가야겠어."

목소리를 낮춘 윤학근이 말을 이었다.

"이대로 가만있을 수는 없어. 오늘 김응서가 말한 내용을 그대로 한 대감한테 전해드리도록 하게."

"그래야겠소."

고개를 끄덕인 김병만이 주위를 둘러보았다.

둘은 팔도도순찰사 한응인의 수족이나 같다. 겉으로 내색하지는 않았지만, 조선군 총사령 격인 도원수 권율의 막하에 심어놓은 인빈 김씨의 일파다.

"지금 떠나게, 내가 병가로 잠시 쉬도록 했다고 할 테니까."

윤학근이 말하자 김병만은 잠자코 고개를 숙였다.

그 소문은 이순신도 들었다.

사시(오전 10시) 무렵.

옥포만호 이용남이 김응서와 고니시간 회담 내용에 대한 소문을 그대로 이순신에게 전한 것이다. 통제영의 청 안에는 이용남과 전라병사 안상기까지 셋이 둘러앉았다.

이용남의 보고를 들은 이순신이 쓴웃음을 지었다.

"그럴 만한 놈들이지."

"대감, 그냥 넘길 수는 없습니다."

40대 중반의 안상기가 정색하고 말했다.

"이렇게 소문을 퍼뜨리면 조정에서 가만있을 리가 없지요. 고니시는 그것을 노리고 있을 것 같습니다."

이순신의 시선을 받은 안상기가 말을 이었다.

"우수사 원균도 가만있지 않을 것입니다."

경상우수사 원균은 이순신보다 5살 연상인 데다 왜란이 발발하기 전까지 이순신보다 상급자였다.

그러나 작년 4월.

왜군이 대거 부산진으로 몰려왔을 때 경상우수사 원균은 진포첨사 이운용 등의 거센 항의를 물리치고 전선 80여 척을 불태우고 도망쳤다.

정상적인 왕조라면 참형에 처하는 것도 부족했을 죄다. 하지만 지금도 원균은 경상우수사로 이순신의 휘하로 배속되어 있다.

거기에다 한때 자신이 눈 아래로 보던 이순신이 삼도수군통제사가 된 것에 불만을 품고 사사건건 방해하고 모함을 했다.

이것이 조선 조정의 현실이다.

이순신이 고개를 끄덕였다.

"내가 이곳에 머물고 있는 한은 히데요시는 어쩔 수가 없을 것이다."

안상기와 이용남은 입을 다물었다.

이순신의 다짐이 허무하게 들렸기 때문이다. '속수무책'을 덮는 허망한 말이다.

이순신이 화진과는 자주 만난다.

화진은 통제영 내실에서 살고 있었는데 이젠 익숙해져서 얼굴에도 화색이 돌았다. 오늘도 이순신은 저녁을 먹고 나서 청으로 화진을 불렀다.

내실의 청 안이다.

화진이 숭늉 그릇을 들고 와 이순신 앞에 놓고 앉았다.

7월 말이다.

삼면이 트인 청으로 습기를 띤 바람이 밀려 들어왔다. 기둥에 달린 기름등불꽃이 바람을 받아 흔들렸다.

숭늉 그릇을 내려놓은 이순신이 화진을 보았다.

"나는 이 공(公)에게 너를 보내줄 작정이야. 이 공(公)이 전장(戰場)으로 들어가겠지만 너는 옆에 있어야 한다."

화진은 시선만 내렸고 이순신의 말이 이어졌다.

"이 공(公)이 조선으로 내려올 가능성이 없으니 더욱 그렇다. 너희들은 대륙에서 기반을 굳혀야 한다."

"하지만 저는."

입에 고인 침을 삼킨 화진이 이순신을 보았다.

"장군이 거부하시면 조선에 남겠습니다. 그렇게 결심했습니다."

"흠."

화진의 시선을 받은 이순신이 쓴웃음을 지었다.

"너는 그것이 이 공(公)의 앞날에 도움이 되리라고 생각하느냐?"

"예, 대감."

"너는 네 부친을 믿느냐?"

"예, 대감."

"무엇을 믿느냐?"

"아버님은 대의(大意)를 보십니다. 저를 이산 님께 보내신 것도 가문보다 대업(大業)을 위해서였다고 믿습니다."

"그렇지."

고개를 끄덕인 이순신이 다시 물었다.

"네 부친은 너를 이 공(公)에게 보내 달라고 하셨다. 그것을 어떻게 생각하느냐?"

화진이 눈만 깜박였고 이순신의 말이 이어졌다.

"나는 이 공(公)이 네 부친의 말을 따르리라고 믿는다."

"……"

"그래서 네가 이곳에 남게 되리라고는 생각하지 않아."

이순신이 길게 숨을 뱉었다.

"그래서 네가 앞으로 대륙에서 할 일을 말해주고 싶다."

"……"

"이 공(公)은 이제 대륙에서 기반을 굳힐 것이다. 명(明)도, 조선도, 그렇다고 일본도 아닌 새 왕조가 되겠지."

이순신의 눈이 흐려졌다. 먼 곳을 보는 표정으로 이순신이 말을 이었다.

"대륙의 끝에 박혀서 지금까지 외침(外侵)만 받아온 땅이다. 신라, 고려를 거쳐 천년 세월 동안 한 번도 대륙 끝의 반도 밖으로 진출해본 적 없는 왕조가 이어졌다."

"……."

"그것이, 이제는 왜(倭)의 도움을 받았다지만 이산이라는 영웅이 조선 땅에서 서자로 태어나 왜(倭)의 대군을 이끌고 대륙으로 진출하게 되었구나."

이순신의 두 눈이 번들거렸다.

"너는 지금 그 이산의 자식을 품고 있는 것이야. 그래서 함께 대륙으로 나가 그 자식을 낳아야 한다."

이순신의 목소리가 열기를 띠었다.

"그래서 조선인, 아니 신라, 백제인의 기상으로 대륙을 정벌해야 한다."

화진의 눈도 흐려져 있다.

오사카 성의 전령이 온 것은 8월 초다.

전령은 관백의 가로(家老) 야쿠노였으니 영주급 전령이다.

야쿠노는 63세의 백발 원로로 코다와도 절친한 사이다. 야쿠노를 맞는 코다가 눈썹을 모으고 물었다.

"야쿠노 님이 오시다니. 큰일이 벌어진 것 같은데, 그렇지 않습니까?"

"이곳에 그대가 있는데 관백께서 뻔히 들여다보일 일을 하시는 분인가?"

"알면서도 속이시는 분이니까."

"속아 넘어가는 자가 바보지."

지금 둘은 청에 마주 앉아 한담을 주고받는 것 같지만 진검승부를 하는 분위기다.

눈빛이 날카롭고 상대에게서 떨어지지 않는다. 멀찍이 떨어져 앉은 양측 무리는 둘의 대화 내용을 듣지 못한다. 그때 야쿠노가 말했다.

"이산 님을 부르셨네. 내가 모시고 가야만 해."

"또 무슨 일이오?"

"이번이 출정 전에 마지막으로 부르시는 것이야. 그리고 에도 성에서 이에야스 님도 오시네."

"오, 이에야스 님까지."

"관백께서 부르셨어."

"이에야스 님이 오사카로 오시다니, 간토로 이동한 후에 처음 오시는 것 아니오?"

"오실 때도 되었지."

"참근교대(參勤交代)도 안 하시는 분이 놀랍소."

지방 영주는 1년씩 오사카의 영주 저택에서 근무하고 영지로 돌아가는 제도가 있는 것이다. 그때 야쿠노가 말했다.

"관백께서 이산 님의 출정 전에 이에야스 님과 함께 상의하시라고 부르셨어."

"그렇군."

코다가 고개를 끄덕였다.

"내가 주군을 모시고 오겠소."

내궁으로 달려간 코다가 이산에게 야쿠노의 말을 전하고는 말했다.

"만나보시지요. 오사카로 가셔서 이에야스 님도 만나 보셔야겠소."

"그러지."

고개를 끄덕인 이산이 자리에서 일어섰다.

청에서 야쿠노한테서 관백의 지시를 받은 이산이 고개를 끄덕이며 말했다.

"가야지. 내일 떠나기로 하세."

"아마 이에야스 님도 비슷한 시간에 도착하실 것입니다."

야쿠노가 웃음 띤 얼굴로 말했다.

"관백 전하와 이에야스 님이 영주님을 배웅하시려는 것입니다."

그러더니 덧붙였다.

"조선원정군도 이런 배웅을 받지 못했지요."

다음 날 오전.

뒤바람을 받은 어용선이 물거품을 뒤로 남기면서 내해(內海)를 동진(東進)하고 있다.

3층 누각선의 3층에 이산과 야쿠노, 코다가 서 있다.

바람에 옷자락이 날렸지만, 거선(巨船)은 흔들리지 않았다. 쌍돛선이어서 2개의 돛이 만월처럼 부풀어 있다. 그때 야쿠노가 말했다.

"전하께선 더 이상 조선 땅에 얽매이지 않겠다고 하셨습니다."

이산의 시선을 받은 야쿠노가 말을 이었다.

"조선의 의병, 그리고 수군(水軍)이 조선을 살린 것이지요. 조선 왕은 있으나 마나 한 존재였고 오히려 의병장을 잡아 죽이는 판이었으니 다 망한 왕국이었는데, 끈질긴 족속입니다."

야쿠노가 힐끗 이산을 보았다. 이산이 조선인인 것을 의식한 것이다. 그러나 이산은 무표정했고 야쿠노의 말이 이어졌다.

"모래밭에 물 붓듯이 더 이상 조선 땅에 군사들을 파병하지 않을 것입니다. 따라서 관백은 직접 대륙 파병으로 방향을 바꾸신 것입니다."

"이에야스 님은 우리 주군의 지원을 맡으신 것이오?"

코다가 묻자 야쿠노가 고개를 끄덕였다.

"이에야스 님께도 이번 전쟁에 대업(大業)을 맡기시는 것이지요."

그렇다. 지금까지 이에야스는 멀찍이 에도에 떨어져서 관망하는 처지였다.

그때 이산이 말했다.

"나는 조선 땅을 밟지 않을 거네."

고개를 돌린 이산이 둘을 번갈아 보았다.

"대륙으로 조선인들이 나온다면 할 수 없는 일이지만."

이산의 얼굴에 웃음이 떠올랐고 야쿠노가 먼저 따라 웃었다.

"그때는 일본군도 따라가겠지요."

닷새간의 항해를 마친 어용선이 오사카에 도착했다.

대기하던 봉행의 영접을 받은 이산은 곧 어림군의 호위를 받고 오사카 성으로 안내되었다.

미시(오후 2시) 무렵이다.

성안 영빈관에는 이산 일행이 갈아입을 옷까지 준비되어 있었기 때문에 일행은 곧 히데요시를 만날 준비를 했다.

영접사는 이시다 미쓰나리다.

가신 시마 사콘을 이산에게 내준 미쓰나리가 웃음 띤 얼굴로 말했다.

"이 공(公), 이에야스 님도 와 계십니다."

"아, 그렇습니까?"

예복으로 갈아입은 이산이 고개를 숙여 인사를 했다.

"이렇게 맞아주셔서 감사합니다."

"관백 전하께서 저를 안내역으로 지명하셨습니다."

미쓰나리가 말을 이었다.

"사콘을 빌려드린 입장이니 이 공(公)과는 각별한 사이가 되었습니다."

"사콘이 이번 원정군의 군사(軍師)입니다. 모두 이시다 공(公)의 덕분이오."

"저도 자랑스럽게 생각하고 있습니다."

미쓰나리가 생기 띤 눈으로 이산을 보았다.

"이 공(公), 이에야스 님이 오신 것은 관백께서 이 공의 지원을 맡기려고 하시는 겁니다."

미쓰나리가 말을 이었다.

"지금까지 이에야스 님은 조선전쟁에 군비나 군사를 제공하지 않았습니다. 따라서 군수품은 이에야스 님이 보급해주실 것입니다."

이산이 고개를 끄덕였다.

이에야스가 동쪽으로 밀려나 거대한 영지를 구축하고 있다는 것을 알고 있다.

방 안에는 둘뿐이었지만 미쓰나리가 목소리를 낮췄다.

"이 공(公), 이에야스 님께 주장하실 것은 강력히 주장하시는 것이 낫습니다. 제가 그 말씀을 드리려고 왔습니다."

미쓰나리의 시선을 받은 이산이 고개를 끄덕였다.

이것이 관백 히데요시의 지시이기도 한 것이다.

유시(오후 6시) 무렵.

이산과 코다는 예복 차림으로 오사카 내성(內城)의 청으로 입장했다.

이번 회동은 히데요시와 이에야스, 그리고 이산의 3자 회동이다. 그리고 비밀회동인 것이다.

오사카 성은 히데요시가 일본(日本) 전국을 평정한 후에 거성(居城)으로 삼은 대성(大城)이다.

내성으로 들어서면 복도 길이가 3백자(90미터)가 넘었고 그것이 수십 개여서 미로 같다.

미쓰나리의 안내를 받고 계단을 수십 개 오른 후에 이산은 3층 청으로 안내

되었다.

"여기서 잠시 기다리시기를."

이산에게 말한 미쓰나리가 소리 없이 사라졌다.

사방이 1백 자(30미터) 정도의 방 안에는 안쪽 상석에 보료와 팔걸이가 놓였고 단 아래쪽에 방석이 6개가 나란히 놓였다.

금방석이다.

그중 가운데 2개에 팔걸이가 설치되어 있다. 그중 하나에 이산이 앉은 것이다.

그때 장지문이 소리 없이 열리면서 중키에 둥근 체격의 사내가 들어섰다.

중후한 분위기, 중년의 사내다.

그때 코다가 낮게 말했다.

"이에야스 님이십니다. 주군, 일어나시오."

몸을 일으킨 이산이 다가오는 이에야스를 향해 허리를 굽혔다.

"이산입니다."

"오, 하시바 이산이신가?"

다가온 이에야스가 웃음 띤 얼굴로 묻는다.

"예, 대감."

고개를 든 이산이 이에야스를 보았다.

"조선인 이산입니다."

"그렇군. 조선인 이산이시지."

이에야스가 고개를 끄덕이며 웃었다.

"내가 만나고 싶었소, 이 공(公)."

"영광입니다, 대감. 저도 뵙고 싶었습니다."

"일본말이 유창하시군."

"지금도 배우는 중입니다."

고개를 끄덕인 이에야스의 시선이 뒤쪽의 코다에게로 갔다.

"코다가 애쓰는군."

"감사합니다, 대감."

코다가 서둘러 대답했다. 이에야스하고 안면이 있는 사이인 것이다.

그때 안쪽 문이 열리면서 이시다 미쓰나리가 나타나더니 엄숙하게 말했다.

"관백 전하께서 오십니다."

히데요시의 등장이다.

"오, 와 계시군."

안으로 들어선 히데요시가 활짝 웃는 얼굴로 이에야스와 이산을 보았다.

이에야스와 이산이 무릎을 꿇고 엎드렸다.

관백.

천왕 다음 순위의 2인자지만 일본 최고의 실력자.

천왕은 허수아비일 뿐이다.

상석에 앉은 히데요시가 말했다.

"자리에 앉으시오, 이에야스 공(公), 그리고 이산 공(公)도."

이에야스와 이산이 자리에서 일어나 다시 사례하고는 방석 위에 앉았다.

이에야스는 노중(老中) 마에다가 수행해왔고 이산은 코다가 따라왔다. 히데요시의 측근으로는 미쓰나리와 미요시가 좌우에 벌려 앉았다.

금박을 입힌 기둥마다 등이 걸려있었는데 불빛을 받은 금 기둥이 번들거리고 있다.

그때 히데요시가 고개를 들고 이에야스를 보았다.

"이에야스 공, 조선전쟁은 실패한 것 같소. 수군(水軍)을 무시한 것이 가장 큰 실책이오."

히데요시가 말을 이었다.

"육지에서도 무능하고 비겁한 왕과 조정이 무너질 줄 알았더니 지금도 버티고 있어. 기가 막힐 노릇이야."

고개까지 저은 히데요시가 이에야스를 보았다.

"내가 전공(戰功)을 경쟁시키려고 조선군(軍)의 코나 귀를 베어오라고 했더니 조선인의 남녀노소를 불문하고 떼어내는 바람에 인심을 잃기도 했겠지."

그때 이에야스가 대답했다.

"조선인의 성품이 그렇습니다. 수백 년간 유교 사상에 젖어 임금을 몰아낼 꿈도 꾸지 못하는 것이지요. 이 씨가 왕 씨를 몰아내고 조선을 세운 후에 한 번도 들고 일어나지를 못했습니다."

"그것을 오판한 것 같소. 우리가 눌러도 순종할 것이라고 쉽게 생각했어."

"그러나 조금씩 희망이 보이기는 합니다. 여기 앉은 이 공(公) 같은 영웅도 있지 않습니까?"

"앗핫핫."

히데요시가 소리 내어 웃더니 들고 있던 부채로 팔걸이를 치고 미쓰나리를 불렀다.

"들었나, 미쓰나리?"

"예, 전하."

고개를 든 미쓰나리가 말을 이었다.

"전하의 말씀과 똑같습니다."

"영웅은 영웅을 알아보는 것이야."

"지당하신 말씀입니다."

그때 히데요시가 고개를 돌려 이산을 보았다.

179

"이산, 앞으로 이에야스 공(公)이 네 후원자다. 원정군의 군수품은 물론이고 앞으로의 증원군(軍)도 모두 이에야스 공(公)이 맡아주실 것이다."

"알겠습니다."

이산이 두 손을 모으고 사례했다.

그때 이에야스가 말했다.

"이 대업(大業)을 맡겨주시니 저로서도 영광입니다."

사전에 둘 사이에 합의가 있었던 것이다. 이 자리에서 즉흥적으로 결정했을 리는 없다.

이에야스가 히데요시를 보았다.

"전하, 이산 공(公)에게 대리인을 보내도록 하겠습니다."

"그러셔야겠지."

"무라다를 보낼까 합니다."

"오, 무라다 말씀인가? 이산에게 도움이 되겠군."

고개를 끄덕인 히데요시가 끝 쪽에 앉은 미요시를 보았다.

"미요시, 어떻게 생각하느냐?"

"행정에 뛰어난 인물입니다."

정색한 미요시가 말을 이었다.

"원정군에 도움이 될 것입니다."

히데요시가 이에야스에게 말했다.

"그럼 그렇게 합시다."

"무라다를 곧 이 공(公)에게 보내겠습니다."

"두 달 후면 출진해야 하니 서둘러야겠소."

"무라다를 데려왔으니 딸려 보내지요."

"이제 우리는 대륙으로 진출하는 거요, 이에야스 님."

히데요시가 웃음 띤 얼굴로 말을 잇는다.

"조선에 가 있는 일본군은 이산의 부대가 조선에 상륙하는 것으로 알고 있을 테니 당분간은 비밀로 해 둡시다."

"당연한 일이지요. 그런데 이순신과 합의는 잘 되었겠지요?"

이에야스의 시선이 히데요시를 거쳐 이산에게 옮겨졌다.

이산이 고개를 끄덕였다.

"예, 제가 확약을 받았습니다."

"이순신이 변심하면 원정군은 망합니다."

"원정군 출발 직전에 제가 이순신을 만날 계획입니다."

"어떻게 말이오?"

이에야스가 묻자 이산이 허리를 폈다.

"연락해서 이순신과 독대를 하는 것이지요."

그때 히데요시가 입을 열었다.

"이에야스 님은 돌다리도 두드려보고 걸으시는 분이야. 그렇게 해라."

그렇게 결정이 되었다.

그날 밤.

영빈관 이산의 숙소로 마에다와 무라다가 찾아왔다.

무라다는 45세.

이에야스 가문을 3대째 모시는 중신으로 8천 석 녹봉을 받는다. 부친에 이어서 이에야스 가문의 재정을 맡고 있는데, 에도 성 주변의 습지 개발도 무라다의 수완이다.

청에 코다와 함께 둘러앉았을 때, 무라다가 인사를 했다.

"무라다입니다. 앞으로 모시게 되었습니다."

두 손을 청 바닥에 짚은 무라다가 고개만 들고 이산을 보았다.

넓은 얼굴, 굵은 눈썹, 입술은 굳게 다물어져 있다.

이산이 고개를 끄덕였다.

"내가 여러 가지 부족한 사람이야. 내 부족한 부분을 채워주게."

"성실하게 보좌하겠습니다."

옆에 앉아 있던 코다가 얼굴을 펴고 웃었다.

"주군께선 점점 더 겸손해지십니다."

이산이 쓴웃음을 지었다.

"나는 운이 좋아서 영주가 되었다가 원정군까지 맡은 사람이야."

"영주로 태어난 분은 더 운이 좋은 분이시지요."

그때 이산이 정색하고 무라다를 보았다.

"나하고 같이 있는 동안은 내 가신이 되어주게."

"예, 명심하겠습니다."

"영지로 돌아가면 신지, 사콘, 스즈키하고도 손발을 맞추도록 하게."

이렇게 원정군 수뇌부가 구성되었다.

마에다하고 셋이 둘러앉았을 때는 잠시 후다.

주위를 물리친 이산과 코다, 마에다가 청에 남은 것이다.

마에다는 이에야스의 중신(重臣) 중의 원로, 노중(老中)이다.

마에다가 목소리를 낮추고 말했다.

"주군께서 이산 님을 만나시려고 오사카에 오신 것이지요. 관백께서도 오신다는 전갈을 받고 놀라셨습니다."

"허어."

이산 대신 코다가 말을 받았다.

"이런 광영이 있나? 대감께서 우리 주군을 높게 평가하신 것 아닙니까?"

그때 마에다가 이맛살을 찌푸렸다.

"이보게, 코다. 그대는 관백을 오래 모시더니 허세가 심해져서 말이 허풍처럼 들리네."

"당신의 말은 다 공자 말씀처럼 들리는 줄 아시오?"

"내일 관백께서 연회를 베푸실 겁니다. 연회가 끝나면 해시(오후 10시)쯤 될 테니 이산 공(公)께서 내성의 우리 저택으로 밀행하시지요."

마에다가 코다의 말을 무시하고 말을 잇는다.

"우리가 모시러 갈 것입니다. 와주시겠습니까?"

"가지요."

이산이 바로 고개를 끄덕였다.

오래전부터 이에야스와 만나고 싶었다.

독대다.

일본을 지배하는 권력자는 히데요시였지만 도쿠가와 이에야스는 제2인자다.

히데요시가 무력(武力)으로 정복할 수 없는 세력가인 것이다.

마에다가 나가고 코다와 둘이 남았을 때 이산이 물었다.

"왜 보자고 한 것일까?"

코다가 고개를 들었다.

"관백은 이에야스 님의 전력(戰力)과 물자를 소진시키려는 의도겠지만 이에야스 님의 속셈은 알 수가 없습니다."

"그래서 만나야겠어."

"주군을 두고 두 분이 계획을 품고 계시는 것이오."

"음모인가?"

"쉽게 말씀드리면 그런 것 같습니다."

그때 이산이 쓴웃음을 지었다.

"내가 영웅들의 목표물이 된 것 같군."

"주군도 영웅이시오."

코다는 어느덧 정색하고 있다.

"이에야스 님도 그것 때문에 직접 오신 것이니까요."

다음 날 히데요시가 주최한 연회는 성대했다.

히데요시의 중신들만 참석했는데도 1백 명이 넘는다.

이에야스와 이산을 위한 연회다.

7층 누각의 3층 청에 마련된 연회장은 호화로움의 극치다.

히데요시가 이에야스와 이산을 둘러보며 말했다.

"두 분은 일본 미래의 희망이야. 앞으로 잘 부탁하네."

"충성을 다하겠습니다."

이에야스가 커다랗게 소리쳐 말했고, 이산이 따라 외쳤다.

"충성하겠습니다."

진심이다.

히데요시는 자신을 영웅으로 만들어주고 있다.

마음속에서 우러나는 외침이다.

밤.

연회가 끝나고 영빈관에 돌아와 있던 이산이 안내원을 따라 뒷문의 쪽문을 빠져나왔다.

이산은 위사장 곤도만 수행하고 있다.

둘 다 장삼 차림으로 머리에는 두건을 썼는데, 안내원들이 가져온 위장복이다.

안내원 셋과 함께 다섯은 어둠 속으로 순식간에 사라졌다.

이에야스의 참근교대 저택은 대영주의 저택답게 성안의 성 같다.

후문으로 들어선 이산이 정원을 가로질러 안쪽 내실의 청으로 들어섰을 때다.

기다리고 있던 이에야스가 자리에서 일어섰다.

"어서 오시오, 이 공(公)."

다가온 이에야스가 이산의 손을 잡더니 안쪽 자리로 다가가 마주 보고 앉았다.

이에야스 옆에는 마에다가 배석하고 있다. 곤도는 청 밖에서 대기하고 있었기 때문에 이산은 혼자서 이에야스와 독대하는 셈이다.

그때 이에야스가 말했다.

"이 공(公), 난세네."

"예, 그렇습니다."

이산이 고개를 끄덕였다.

"그래서 조선인인 제가 일본 영주가 되고, 원정군 총사령이 된 것이지요."

"난세에는 영웅이 태어나는 법이지."

이에야스는 이제 자연스럽게 말을 놓는다.

도쿠가와 이에야스는 1542년생이었으니, 이때 만 52세. 히데요시보다 6살 연하다.

이에야스가 똑바로 이산을 보았다.

"이산 공(公), 그대는 이번에 대륙으로 가면 돌아오지 않겠지?"

"예, 대감."

금세 대답한 이산이 말을 이었다.

"대륙에서 기반을 굳힐 것입니다."

"관백께서 어디를 목표로 정하셨는가?"

"산둥성에 상륙해서 우회하라는 지시였습니다만 구체적인 전략은 맡기셨습니다."

"여진이 준동하고 있네."

이에야스가 눈을 가늘게 뜨고 말을 이었다.

"명(明)은 지는 해이고 여진이 떠오르는 해라는 소문이 있어."

"들었습니다."

심호흡을 한 이산이 이에야스를 보았다.

"여진은 옛적 고구려의 속민(屬民)으로, 고구려와 함께 당과 대결했던 부족이었지요. 조선족과 혈통이 같습니다."

"으음, 고구려."

이에야스가 고개를 끄덕였다.

"고사(古史)를 잘 아는군. 일본 무사의 뿌리가 백제로부터 전해진 것은 아는가?"

"들었습니다."

"나한테도 백제계 피가 흐르고 있어. 내 외조모가 백제계이셨네."

"천왕께서도 백제계라고 들었습니다."

"그렇지."

고개를 끄덕인 이에야스의 눈빛이 흐려졌다.

"이 공(公), 내가 누르하치하고 연줄이 있네. 누르하치가 누군지 아는가?"

"이름은 들었습니다."

이산이 긴장했다.

명(明)에 상륙하면서 요동에서 발흥하고 있는 여진족의 수장 누르하치를 무시할 수가 없는 것이다.

거의 매일 시마 사콘과 스즈키와 함께 여진의 전력과 전망을 검토했고 신지는 그들과 마주칠 경우의 전법을 연구하고 있다.

누르하치는 조·명 국경 지역에 포진하고 있지만 아직 세력은 강하지 않다.

그때 이에야스가 말했다.

"누르하치는 지금 35세야. 지금 요동의 변방에 여러 개의 성채를 쌓고 있는데 이번에 명군(明軍)이 조선으로 대거 투입되면서 전력이 약해지는 기회를 놓칠 자가 아니야. 그자가 군사를 일으킨다면 명(明)은 대혼란을 일으킬 것이네."

"……."

"그자에게 체계적인 전술, 군(軍)의 편성, 그리고 군수품과 무기를 제대로 공급해준다면 대업(大業)을 이룰 수가 있어."

이산은 이에야스의 눈이 번들거리는 것을 보았다.

"내가 행정과 군수품 관리의 전문가 무라다를 그대에게 보내는 이유도 그 때문이야. 관백도 그것을 보고 긴장을 푸는 눈치였지만……."

이에야스가 희미하게 웃는 순간, 이산이 숨을 들이켰다.

이 사람은 거인(巨人)이다.

히데요시가 경계할 만하다.

이에야스가 말을 이었다.

"무라다가 누르하치를 연결해줄 거네. 누르하치는 우리의 제의를 받으면 기꺼이 동참하겠지. 이해하겠나?"

"알 것 같습니다."

"누르하치군(軍)과 연합하면 양상이 달라질 거야."

이에야스가 다시 흐려진 눈으로 이산을 보았다.

"이보게, 이 공(公)."

"예, 이에야스 님."

"그대가 떠나면 그대 영지는 관백의 직할령이 될 것이네. 알고 계시는가?"

"압니다."

이산이 웃음 띤 얼굴로 이에야스를 보았다.

"가신과 주민들은 그대로 온전할 것입니다. 저 하나만 없어지면 되는 것 아닙니까?"

"그런가?"

"물론 그동안 인연이 닿았던 처자가 남겠지만 그들도 모두 대비를 하고 있겠지요."

"그렇겠지. 난세(亂世)에서 살아온 사람들이니 걱정하지 않아도 될 것이네."

숨을 고른 이에야스가 지그시 이산을 보았다.

"이보게, 이 공(公)."

"예, 대감."

"무라다가 누르하치와 연결해주겠지만 모든 결정은 그대가 하는 것이네."

"그럴 생각입니다."

"내가 그대의 배후에 있다는 것은 비밀로 하게."

"예, 대감."

히데요시가 보낸 시마 사콘이 이산의 군사(軍師) 역할이다.

이에야스의 시선을 받은 이산이 입술 끝을 올리고 웃었다.

"제가 잘 조정하겠습니다."

"내부 관리가 가장 중요하네."

"명심하겠습니다."

이산이 고개를 숙였을 때 이에야스가 길게 숨을 뿜고 나서 말했다.

"대망(大望)을 이루시게, 내가 일본에서 응원할 테니까."

"대감, 뜻을 이루십시오."

이산이 화답했을 때 이에야스가 이를 드러내고 소리 없이 웃었다.

"고맙네."

그러더니 덧붙였다.

"전쟁은 백성들을 잘살게 하려는 수단이야. 가슴에 새겨두게."

"예, 대감."

"욕심을 버리면 새것이 보인다네."

이산은 머릿속에 이에야스의 말만 심어놓았다. 아직 가슴에 닿지 않았기 때문이다.

다음 날 이산은 히데요시에게 하직 인사를 하고 나서 배에 올랐다.

이에야스는 선착장까지 배웅을 나왔는데 무라다 편에 황금 1만 냥을 들려 보내주었다.

거선(巨船) 10척을 건조할 금액이다.

이산이 이에야스를 향해 허리를 꺾어 절을 했다.

문득 다시 만날 수 있을까? 하는 감회가 일어났기 때문이다.

히데요시는 청에서 인사를 했기 때문인지 이런 감상이 일어나지 않았다.

이산이 바닷가의 아키츠 성에 도착했을 때는 유시(오후 6시) 무렵이다.

오사카를 다녀오는 데 15일이나 걸렸다.

성의 청에 자리 잡고 앉았을 때 스즈키가 보고했다.

"주군, 그동안 찾아온 사람이 있습니다."

"누구냐?"

"예, 조선인입니다."

이산의 시선을 받은 스즈키가 말을 이었다.

"조선에서 밀항을 해왔습니다. 전(前) 순찰사 최경훈이라고 했습니다."

"무엇이?"

놀란 이산이 스즈키를 보았다.

"지금 어디 있는가?"

"향도를 하나 대동하고 조선에서 이곳까지 겨우 건너왔다고 해서 객사에서 묵게 했습니다."

"어서 모셔오도록."

스즈키가 서둘러 청을 나갔을 때 코다가 물었다.

"주군, 누구십니까?"

"내가 광해군을 모실 때 나를 많이 도와줬던 순찰사야. 나를 찾아오다니 무슨 일인지 궁금하군."

잠시 후에 스즈키와 함께 들어온 사내는 역시 순찰사 최경훈이다.

남루한 상민 차림의 최경훈이 이산을 보더니 얼굴이 상기되었다.

"이곳까지 웬일이시오?"

벌떡 일어선 이산이 다가가자 최경훈이 그 자리에서 무릎을 꿇었다.

"영주님을 뵙습니다."

둘은 지금 조선말을 하고 있다.

이산이 다가가 최경훈의 팔을 끌어 일으켰다.

"잘 오셨소. 자리에 앉읍시다."

안쪽으로 들어간 둘은 마주 보고 앉았다. 시중드는 하인들이 둘 앞에 마실 것을 놓고 소리 없이 물러갔다. 그때 이산이 최경훈에게 물었다.

"세자 저하는 무고하십니까?"

"지금까지는 견디고 계시네."

이산을 응시한 최경훈의 눈이 흐려졌다.

"조선 땅에서는 배겨낼 수가 없어서……."

"잘 오셨소."

"죽지도 못하고 이곳으로 피신해왔네."

"죽기는 왜 죽습니까? 사연이나 들읍시다."

핀잔을 준 이산에게 숨을 고르고 난 최경훈이 그간의 사연을 말했다. 다 듣고 난 이산이 길게 숨을 뱉었다.

"원인은 나 때문이군요."

"아니네. 그것은 못난 임금 때문이지."

최경훈의 눈이 이제는 번들거렸다.

"임금이 충신을 다 죽이고 제 주변만 챙겼기 때문이네."

"잘 오셨소."

"그런데 여기서 들었는데 조선으로 원정군을 이끌고 가는가?"

"들으셨소?"

쓴웃음을 지은 이산이 최경훈을 보았다.

"조선 원정군이라고 합디까?"

"기마군만 1만이라면서? 말을 4만 필 가깝게 싣고 간다던데."

"그렇소. 그것 때문에 히데요시를 만나고 오는 길입니다."

"가서 조선 임금을 죽이고 세자 저하를 왕위에 올리시려는가?"

"순찰사께서는 그랬으면 좋겠소?"

"나는 못 하겠네."

고개를 저은 최경훈이 길게 숨을 뱉었다.

"굶어 죽고 찔려 죽은 백성을 생각하면 치가 떨리지만 난 못 하네."

"나는 대륙으로 갑니다."

시선만 주는 최경훈에게 이산이 말을 이었다.

"산둥성에 상륙해서 명(明)을 무너뜨릴 작정이오."

"명(明)을?"

"그렇소. 내가 명(明)의 원정군 총사령이오."

이산이 말을 이었다.

"이번에 오사카에 가서 관백과 이에야스 님까지 만나고 왔습니다."

"……"

"그리고 이순신 통제사하고도 이야기가 되었소. 원정군의 거선단(巨船團)은 남해를 통과시켜 주신다고 했소."

그때 최경훈이 몸을 세우더니 무릎을 꿇고 앉았다. 눈에 초점이 잡혀있다.

"나도 참가하겠네."

이산이 시선만 주었고 이제는 최경훈이 두 손으로 청 바닥을 짚었다.

"내가 사령관을 모시겠네."

"……"

"왜말도 서둘러 배울 테니 끼워주시게."

최경훈의 얼굴은 이제 상기되어 있다.

광해는 근신에서 풀리지 않았다.

선조는 광해를 폐세자하고 싶지만 주변 분위기가 좋지 않았다.

좌의정 유성룡을 중심으로 동인(東人) 세력이 광해를 싸고돌았기 때문이다.

그 이유뿐이라면 선조는 폐세자를 밀어붙일 수가 있다. 눈 한 번 깜빡이지 않았을 것이다.

그러나 지금은 전쟁 중이다.

거기에다 명의 총지휘관 이여송, 송응창과 유성룡 등이 친밀한 관계인 것이다.

그들은 조선 임금 따위는 안중에도 없다.

말도 제대로 못 하고 버벅거리는 선조를 눈 아래로 보았다. 선조가 말을 끝내기도 전에 역관한테 짜증을 내고 일어나는 경우도 다반사다.

유성룡은 한어도 알기 때문에 이치에 맞는 말도 잘하는 데다 자주 만나다 보니까 친해졌다.

그것 때문이다.

유성룡 등이 이여송, 송응창에게 '조선왕은 무능하고 이번 전쟁은 조선왕 때문이오.'라고 고자질을 한다면 단숨에 쫓겨날 수도 있는 것이다.

그것이 광해를 폐세자하지 못하는 선조의 속사정이다.

그 유성룡이 광해를 찾아왔다.

평양성 서문 안의 양반촌 안.

광해는 그중 한 채에 들어가 근신 중이다.

술시(오후 8시) 무렵.

사랑채의 방 안에서 광해와 유성룡이 마주 보고 앉았다. 유성룡이 정색하고 광해를 보았다.

"저하, 조금만 더 견디시지요. 저희들이 노력하고 있습니다."

"고맙소, 대감."

쓴웃음을 지은 광해가 말을 이었다.

"선전관 이산이 왜국 영주가 되었다고 왜적들이 과장해서 선동하는 것 같습니다."

"과장한 것이 아닙니다."

유성룡이 길게 숨을 뱉었다.

"실제로 대영주가 되었다고 합니다."

"……."

"투항한 향도한테서 제가 직접 들었습니다. 그것을 모르는 왜군이 없다는군요."

"……."

"이산은 가토 기요마사의 가신이 되었었는데 지금은 가토보다도 영지가 2배나 더 큰 대영주가 되었습니다."

"……."

"왜국은 양반 상놈이 없고 능력만 있으면 얼마든지 출세를 하니까요. 몇십 년 전에는 바늘 장수하던 사이토 도산이라는 자가 대영주가 되었고 지금 일본 천하를 지배하는 히데요시도 방물장사를 하다가 오다 노부나가의 마구간 종으로 시작했으니까요."

"하긴 이산도 서자로 양반 대열에 낄 수가 없었지요."

"저하께서 임금이 되시면 조금씩 개혁해보시지요."

"조금씩이라고 하셨소?"

되물은 광해의 눈이 흐려졌다. 생각하는 표정이 되었다. 그러다가 혼잣소리로 말했다.

"이산이 부럽습니다."

"저하."

"목숨을 걸고 나설 수 없는 것이 분하오."

"저하, 기다리시지요."

숨을 고른 유성룡이 말을 이었다.

"주상전하께서는 저하를 함부로 내치실 수 없습니다."

유성룡의 목소리가 떨렸다.

"제가 그 말씀을 드리려고 왔습니다."

"……."

"제가 이여송한테 말해서 세자 저하를 근신에서 해제시키도록 주상께 청하라고 할 것입니다."

"……."

"명군(明軍) 지휘부가 세자 저하의 배후에 있는 것이 확인되면 그 어떤 세력도 대들 엄두도 내지 못할 것입니다."

광해가 외면한 채 길게 숨을 뱉었다.

그것도 또한 가슴 아픈 일이었기 때문이다.

왜군의 침략이나 명(明)의 배후를 의지하는 것이나 압박감은 비슷하다.

"모두 들어라."

이산이 말하자 진막 안의 시선이 모였다.

산카쿠 성 밖의 황무지에 설치된 원정군 사령관의 진막 안이다.

사방 60자(18미터) 규격의 진막 안에는 10여 명의 지휘관이 둘러앉아 있었는데, 오늘은 다 모인 셈이다.

밖에서 기마군의 말굽 소리가 울렸고 땅이 진동했다.

사시(오전 10시) 무렵.

8월 말이어서 진막 안은 서늘한 기운이 덮여 있다.

그때 이산이 말을 이었다.

"지휘관급으로 조선 순찰사 출신인 최경훈이 원정군의 장군으로 동행하게 되었다."

이산이 눈으로 옆쪽에 앉은 최경훈을 가리켰다. 이미 최경훈은 지휘관들과 인사를 나눈 사이였지만 오늘 정식으로 원정군 장군으로 임명된 것이다.

이산이 말을 이었다.

"최경훈은 3천인장급 장군으로 중군(中軍)을 맡는다."

그때 최경훈이 자리에서 일어나 인사를 했다. 아직 조선말이다.

"조선에서 병마사도 지냈으니 힘껏 싸워서 실망시키지 않겠소."

옆에 붙은 역관이 통역했다. 최경훈이 말을 잇는다.

"그리고 열심히 일본어를 배워서 직접 소통하겠소."

정색하고 말했기 때문에 옆쪽에 앉아있던 신지가 웃으면서 대답했다.

"천천히 배우셔도 좋습니다."

분위기가 부드러워졌다.

지휘관들이 흩어지고 진막 안에 이산과 코다, 사콘과 신지, 무라다와 최경훈까지 남게 되었을 때 코다가 먼저 말했다.

"주군, 배에 실을 군량을 모아놓았더니 1만 명분으로는 너무 많다는 소문이 나고 있습니다. 그래서 조선에 있는 아군에게 보급할 것이라고 했는데 시간이 지날수록 소문을 막기 힘들 것 같소."

"기마군 훈련도 대륙의 평지를 대상으로 하는 것이어서 군사들도 술렁이고 있습니다."

신지가 말을 받는다. 그때 사콘이 이산을 보았다.

"군사들에게 대륙으로 간다고 하면 오히려 더 반길 것입니다. 조선에서 고생하는 소문이 너무 퍼져 있어서요."

이산이 고개를 끄덕였다.

조선에서는 도망병이 속출하는 상황이다. 질병과 굶주림, 오랜 전쟁에다 이제는 의병들이 왜군을 사냥하듯이 공격하고 있다.

"출정을 앞당기기로 하지."

이산이 말을 이었다.

"한 달 후에 출정이다."

출정을 한 달 앞당긴 것이다.

"그대가 가라."

이산이 최경훈에게 지시했다.

최경훈 옆에 역관이 있지만 둘은 조선말을 쓴다. 이제는 이산이 자연스럽게 하대를 한다.

"우리가 15일 후에 출항할 테니 남해로 진입했을 때는 20일쯤 후가 되겠다."

"그렇다면 제가 내일 출발하지요."

최경훈이 고개를 끄덕이며 말했다.

"한산도의 삼도수군통제영으로 곧장 가겠습니다."

이순신에게 알리려는 것이다.

그래서 길을 터주도록 부탁해야 한다.

"그대들은 이산의 부인으로 남아있게 될 것이야."

저녁상을 물린 이산이 마사와 요시코를 둘러보며 말했다.

내궁의 거실 안.

이산이 말을 이었다.

"이곳은 아무도 범접할 수 없어. 그러니 마음 놓고 살아도 돼."

이미 몇 달 전부터 예고한 터라 요시코가 먼저 고개를 끄덕였다. 그때 마사가 물었다.

"언제 우리를 부르실 건가요?"

"내가 기반을 굳힌 후에."

이산의 눈이 흐려졌다. 초점을 잃은 시선이다.

"결코 잊지 않을 거야."

"꼭 데려가 주세요."

요시코가 말했다.

이산이 이틀 후에 출항하는 것이다.

오늘 출항하기 전에 이산은 남아있는 코다와 아와노에게 영지의 관리를 맡겼다. 이산과 동행하는 가신들의 후계자도 선정해놓은 상태다.

신지는 맏아들 오쿠보에게 봉지를 상속했고 곤도와 조병기는 각각 처에게 맡겼다. 가족 걱정을 안 하도록 한 것이다.

이산이 고개를 끄덕였다.

요시코는 지금 임신 중이다.

"내가 어찌 잊겠느냐? 그대들은 내 가족이야. 짐승도 가족을 잊지 않는다."

"건승을 기원하겠습니다."

마사가 이산에게 말했다.

두 눈이 번들거리고 있다.

"그리고 기다리겠습니다."

이산이 고개를 끄덕였다.

"그대들이 자매라서 다행이야. 서로 의지하고 지내도록."

마사와 요시코도 기구한 인생이다. 아버지 사이토를 죽인 이산의 아내가 되어서 정(情)을 준 것이다. 이산이 말을 이었다.

"나는 이번 전쟁에서 부모를 잃었어. 그대들은 내 새 가족이야."

거선단(巨船團)이다.

아다케(安宅船) 2척을 묶은 거선(巨船)은 말 3백 필에 병사 4백 명을 싣는다. 배의 폭과 길이를 늘렸기 때문이다.

대양(大洋) 항해에 맞도록 돛도 높였고 해적 출신의 길잡이들이 수부가 되었다.

목적지는 대륙 동쪽의 산둥(山東)성.

거선단 2백여 척이 바다를 메우고 있지만 흐린 날씨다. 아직 해가 뜨기 전이어서 바다에 깔린 선단은 다 보이지 않았다.

기함(旗艦) 앞에 선 이산이 코다와 아와노를 보았다.

"잘 부탁하오."

"주군, 영지를 안돈하고 나서 제가 가서 뵙지요."

코다가 말했고 아와노가 거들었다.

"주군, 대업(大業)을 이루십시오."

"고맙소."

고개를 끄덕인 이산이 뒤를 돌아보았다.

뒤쪽은 아키츠 성이다. 아직 어둡고 흐린 날씨라 성(城)도 보이지 않았다.

몸을 돌린 이산이 기함에 올랐다.

그때 기다리고 있던 선장이 힘찬 외침을 뱉자 기함이 기우뚱거리면서 선착장을 떠나기 시작했다.

그러자 빗방울이 떨어졌다.

"길조올시다."

옆에 서 있던 신지가 탄성을 뱉더니 손바닥을 펴고 비를 받는다.

"비 오는 날 싸워서 패한 적이 없지요."

이산이 저도 모르게 빙그레 웃었다.

맑은 날이었더라도 그렇게 말했을 것이다.

한산도 통제영으로 옮겨온 것은 왜란 다음 해 8월이다.

이순신이 삼도수군통제사가 되고 나서 여수의 전라좌수영에서 한산도로 옮겨온 것이다.

사시(오전 10시) 무렵.

이순신이 통제영 안 내실의 청으로 들어섰다. 내실이어서 이곳은 이순신과 하인들만 사용하는 공간이다.

그때 청에 앉아있던 상민 복색의 사내가 자리에서 일어섰다.

최경훈이다.

"아, 최 공(公)."

이순신이 굳어진 얼굴로 최경훈의 인사를 받는다.

"기다리고 있었소. 선단이 옵니까?"

"먼저 선봉대의 쾌선이 올 것입니다."

최경훈이 목소리를 죽이고 말했다.

"제가 이곳까지 닷새가 걸렸으니 앞으로 닷새쯤 후에 선봉의 쾌선이 이곳을 지날 것입니다."

"닷새 후라."

"17일경에 이곳을 지날 예정이라고 했습니다. 본대는 그다음 날이 되겠지요."

"선단 규모는 얼마나 되오?"

"225척입니다."

"대선단이군."

놀란 이순신이 눈을 가늘게 떴다.

"병력은?"

"기마군단입니다. 기마군 1만 1천, 말 3만 5천 필이 실려 있습니다. 석 달분 양곡까지 싣고 있지요."

"조선 땅에 상륙하면 단숨에 전세를 뒤집겠구려."

"대륙용 기마군입니다. 평지가 적은 조선 땅에서는 맞지 않습니다."

"최 공도 원정군에 참가하시오?"

"예, 3천인장급 장군입니다."

"3천인장?"

"몽골군 식으로 편제를 바꿨습니다."

최경훈이 번들거리는 눈으로 이순신을 보았다.

"그리고 각대를 청, 홍, 황, 백 등 8개 색의 부대로 나눠 각각 독립 군단으로 운용하도록 만들었습니다."

"오오!"

이순신의 눈이 흐려졌다. 생각에 잠긴 표정이다.

"나도 그런 구상을 했소. 함대를 그런 식으로 구분하여 운용하는 것도 효율적일 것이오."

"대감."

최경훈이 가슴에서 접힌 종이를 꺼내 방바닥에 펼쳤다.

"함대는 이곳을 지날 것입니다. 눈에 띄지 않도록 해주시지요."

이순신이 고개를 끄덕이며 지도를 들여다보면서 말했다.

"좋소. 그러나 내가 이산 공(公)을 만나야 할 일이 있소."

고개를 든 이순신이 말을 이었다.

"내가 판옥선 한 척을 몰고 남쪽 바다를 빠져나가도록 해드리리다."

대선단(大船團)은 대마도 아래쪽을 통과하여 조선 땅을 우측에 두고 남해로 들어섰다.

아키츠 성을 떠난 지 7일째.

이키섬에서 식수를 공급받은 후 대선단의 항해는 계속되었다.

"저기 쾌선이 옵니다."

8일째 되는 날 오전.

기함 3층 누각에 서 있던 이산에게 선장이 보고했다.

"선봉대의 연락선입니다!"

과연 눈앞에 쾌선 한 척이 다가오고 있다.

선단은 연락용, 선봉대의 돌격선 역할로 쾌선 18척을 운용하고 있다.

선체가 날렵하고 노가 양쪽에 20개나 있어서 빠르다.

이윽고 쾌선이 기함의 옆에 붙더니 그물을 타고 전령이 올라왔다.

전령은 한산도 앞바다에서 최경훈을 만나고 온 척후선 선장이다.

이산 앞에 무릎을 꿇은 선장이 보고했다.

"최 장군이 이곳에서 기다리고 계시겠다고 했습니다."

선장이 가슴에서 지도를 꺼내 한 곳을 짚었다. 최경훈이 그려준 지도다.

이산이 지도에 적힌 최경훈의 글을 읽었다.

"이곳에서 통제사 대감과 기다리고 있겠습니다. 판옥선 1척에 붉은색 깃발을 걸고 있을 것입니다."

고개를 든 이산이 전령을 보았다.

"알았다. 수고했다."

조선 땅 남쪽에서 2백여 리(100킬로)나 떨어진 대양이다.

전령이 서둘러 쾌선으로 옮겨갔을 때 이산이 기함 선장에게 지도를 건네주었다.

항로를 맞춰야 한다.

반나절 후인 신시(오후 4시) 무렵.

판옥선 선수에 서 있던 군관이 소리쳤다.

"배다!"

모두의 시선이 군관이 가리킨 쪽으로 옮겨졌다.

그 순간 배 안이 조용해졌다. 수평선에 흰 물결이 일어난 것처럼 보였기 때문이다. 그것이 점점 가까워지면서 거대한 장막처럼 보였다.

곧 거대한 선단(船團)으로 드러났다.

"으음!"

판옥선 누각에 서 있던 이순신이 탄성을 뱉었다.

"과연, 엄청난 선단이다."

고개를 끄덕인 이순신이 옆에 선 최경훈을 보았다. 눈이 번들거리고 있다.

"최 공(公), 가슴이 메는구려."

"그러십니까?"

나란히 선 최경훈이 얼굴을 일그러뜨렸다.

"왜군입니다, 대감."

"그러나 그 지휘관이 조선인 아니오?"

"그렇지요."

"대륙으로 떠나는 원정군이오."

"그렇습니다, 대감."

"나도 저 일행이 되었으면 좋겠소."

"대감은 조선을 맡으셔야 합니다."

"나는 최 공(公)도 부럽소."

그때 거선단(巨船團)이 점점 다가왔는데 바다를 가득 메운 것처럼 보였다.

아다케(安宅船) 2척을 붙인 3층 누각선이 판옥선 옆에 다가와 붙었다.
판옥선으로 널빤지가 내려졌다. 3층 누각선의 선고(船高)가 높았기 때문이다.
판옥선으로 이산과 신지, 곤도 등 무장들이 내려갔다.
아래쪽에서 이순신과 최경훈이 기다리고 있다.
"대감을 뵙습니다."
이산이 먼저 인사를 하자 이순신이 두 손을 모으고 예를 보였다.
"오오, 장군. 거대한 전단(戰團)이오."
이순신이 마주 예를 보이고는 이산을 누각 안으로 안내했다.
둘러선 조선군 군관들은 긴장으로 굳어 있다.

누각에서 양측이 둘러앉았을 때 먼저 이산이 말했다.
"어찌 이곳까지 나오셨습니까?"
"내가 직접 눈으로 보기를 잘했다는 생각이 듭니다."
이순신이 상기된 얼굴로 이산을 보았다.
"언제 이 장관을 볼 수 있겠습니까?"
"감사합니다."
"내가 남해 끝까지 안내하지요."
이순신이 말을 이었다.
"그리고 드릴 말씀도 있소."
"통제영을 비우셔도 됩니까?"
"요즘은 남해에 왜선들이 보이지 않습니다."

이순신이 말하는 동안 따라 내려온 신지와 사촌, 무라다까지 홀린 것처럼 시선을 주고 있다. 그때 이순신이 고개를 들고 이산을 보았다.

"이 공(公), 이 공(公)의 기함으로 여자 둘을 올려보내겠소."

조선말이어서 조선인 셋만 알아듣는다.

이순신이 말을 이었다.

"대사간 홍기선 영감을 아시겠지요? 금산 고택에서 만난 분 말씀이오."

"압니다."

"그 홍기선 대사간의 여식이 지금 내 배에 타고 있소."

"……."

"여식이 이 공(公)의 자식을 임신한 채 아버지의 지시로 나를 찾아왔습디다. 여식을 이 공(公)께 보내 대륙에서 뿌리를 내리도록 해달라는 서신을 갖고 왔소."

"……."

"내가 임의로 결정했으나, 전(前) 대사간 홍기선은 천문과 미래를 예측하는 분이시오. 그분 말씀을 따르는 것이 좋을 것 같아서 이곳까지 데리고 왔습니다."

"……."

"하녀 하나와 옷가지 등과 함께 이 공의 배로 옮겨 싣도록 해주시오."

그때 고개를 든 이산이 밖에 대고 소리쳤다.

"조병기 있느냐?"

조선말이다.

그러자 곧 조병기가 누각 안으로 상반신만 내밀었다.

"주군, 부르셨습니까?"

"기함으로 여자 둘을 안내해라."

그러자 이순신도 뒤에 선 선장에게 지시했다.
"모시고 나와 보내드려라."

대선단은 밤에도 항해하고 있다.
이번에는 이순신이 기함으로 옮겨와서 누각에서 이산과 술을 마시고 있다.
역관으로 조병기가 이순신과 신지, 사콘, 무라다의 말을 통역해주고 있다. 신지 등은 명성만 듣던 이순신에게 압도되어 마치 히데요시를 만난 것 같다.
이순신이 무장들을 둘러보며 말했다.
"내가 왜군 장수들과 마주 앉은 것은 처음이지만, 잘 들으시오."
이순신이 말을 이었다.
"지금 조선인들은 인육을 먹고 부모가 자식을 파는 지옥 같은 참상에서 벗어나지 못하고 있소."
조병기의 열띤 목소리가 누각을 울렸고, 이순신의 말이 이어졌다.
"전답이 황무지가 된 데다 명군(明軍)까지 강탈해가는 바람에 백성들은 모두 짐승이 되어가고 있소."
이순신의 눈이 번들거렸다.
"약육강식의 세상이라 이렇게 만든 왕조의 책임이 크나 왜군의 만행도 묵과할 수가 없소."
"……"
"그러나 이미 엎질러진 물. 살아남은 백성들은 조선에서 대를 이어갈 것이오."
"……"
"그대들은 대륙에서 기반을 굳히면 조선 백성들도 맞아주기 바라오. 백성을 중요하게 모시지 않는 왕조는 곧 멸망하게 될 것이오."

그때 먼저 사콘이 대답했다.

"명심하겠습니다."

"가르침을 받아 광영이올시다."

무라다가 대답했고 신지는 두 손을 바닥에 짚더니 이마를 찧고 절을 했다.

"머릿속에 넣고 자손 대대로 말씀을 전하겠습니다."

이산이 소리죽여 숨을 뱉었다.

왜장들도 우러러보는 장수다.

자랑스러웠기 때문에 숨을 골라야만 했다.

이순신과 둘이 남았을 때다.

이순신이 가슴의 옷깃을 뒤적이더니 기름종이에 싼 편지를 꺼내 내밀었다. 두툼하다.

"이 공(公), 공(公)의 장인 되시는 홍기선 대사간의 밀지요."

이산이 두 손으로 받아들자 이순신이 소리 없이 웃었다.

"이 공(公)에게 도움이 될 예언서 같소. 잘 간직하시고 조용할 때 읽어보시오."

"감사합니다."

그때 이순신이 고개를 들어 누각 밖을 보았다.

앞쪽에는 이순신이 타고 온 판옥선이 항진하고 있다.

길 안내를 하는 것이다.

5장 대륙의 불덩이

깊은 밤.

축시(오전 2시)쯤 되었다.

그때 이순신이 자리에서 일어섰다.

"이쯤이면 되었소. 난 돌아가겠소."

선단은 남해를 벗어나고 있다.

"감사합니다, 장군."

이산이 진심으로 사례했다. 따라 일어선 이산이 이순신을 보았다.

"장군, 언제 다시 뵐 수 있을까요?"

"글쎄."

누각 밖으로 하늘에 뜬 별빛을 받은 이순신의 눈이 번들거렸다. 이순신이 이산을 보았다.

"나는 이 바다를 떠날 수가 없겠지요."

"장군, 왜란이 끝나면 대륙으로 건너오시지요."

"그때까지 내가 견딜 수 있다면."

이순신이 이를 드러내고 소리 없이 웃었다.

"이 공(公)은 위에서, 나는 아래에서 조선 백성을 구해냅시다."

문득 이산의 머릿속에 이에야스가 한 말이 떠올랐다.

'전쟁은 백성을 잘살게 하려는 수단'이라고 했다. 백성을 '구해내는' 수단이 맞다.

그때 이순신이 발을 떼었고 이산이 뒤를 따라 누각을 내려왔다.

신호를 받은 판옥선이 선체를 붙였고 이순신 일행이 내려갔다.
"장군, 몸 보중하시오."
이산이 소리치자 이순신이 판옥선에서 몸을 돌렸다. 이순신의 얼굴이 선명하게 드러났다.
"홍 대사간의 밀지를 보면 나는 몇 년은 더 살 것 같소."
이순신이 손을 들어 어서 떠나라는 시늉을 했다.
그때 이산 옆에 도열해 서 있던 사콘, 신지, 무라다, 스즈키까지 일제히 허리를 숙여 절을 했다. 그리고 조선말로 소리쳤다.
"안녕히 가십시오!"
조병기한테서 배운 것이다.

기함의 선미 갑판 아래쪽에 이산의 거처가 있다.
거선(巨船)이어서 10평 정도의 공간에 침실과 거실이 꾸며졌는데, 그곳에 화진과 하녀 옥분이 들어와 있다. 따로 방을 낼 공간이 없었지만 셋이 기거하기에는 충분하다.
이산이 들어서자 거실에 앉아있던 화진이 일어섰다. 시선이 마주친 순간 화진의 얼굴이 금세 붉어졌다.
화진은 남자처럼 바지저고리 차림이었는데 이순신의 배려다. 배 안에서 활동하기 쉽도록 옷을 갈아입힌 것이다. 뒤쪽에 선 옥분도 마찬가지다.
다가간 이산이 화진을 보았다.
"잘 왔소."

이산이 부드럽게 말했다.

"아버님의 유지를 잘 받들겠소."

"폐를 끼칩니다."

화진의 목소리가 떨렸다.

"받아주셔서 고맙습니다."

"불편하더라도 견디어주시오."

이산이 손을 뻗어 화진의 손을 잡았다. 그러고는 함께 자리에 앉았다. 고개를 든 이산이 뒤쪽에 서 있는 옥분을 보았다.

"너도 앉아라. 앞으로 고생이 많겠다."

"아니옵니다."

옥분이 서둘러 대답했다.

깊은 밤이다.

주위는 조용했고 바람을 타고 서진(西進)하는 대선단은 불빛도 내지 않는다.

이렇게 이산과 화진의 재상봉이 이루어졌다.

대선단은 막 서해(西海)로 들어가는 중이다.

전쟁은 소강상태다.

남쪽으로 철군한 왜군은 12개 지역에 성을 쌓고 장기전에 대비하고 있다.

고니시가 심유경을 상대로 강화회담을 추진 중이지만 성과는 지지부진하다.

가짜 황제특사를 만들어 히데요시에게 보냈던 고니시와 심유경의 음모는 좌절되었다.

가토 기요마사 측의 정보를 받은 이산이 사신단의 선박을 나포, 몰살했기 때문이다.

이여송이 선조를 찾아왔을 때는 미시(오후 2시) 무렵이다.

이곳은 평양성의 청 안.

선조는 아직 한양성으로 내려가지 않았다.

선조는 이여송을 만날 때 단 아래로 내려와 나란히 앉는다.

"어서 오시오."

청으로 들어선 이여송을 보자 선조가 자리에서 일어나 맞는다.

청 안에는 대신들이 도열해 있었는데 모두 허리를 굽혔다.

그때 이여송이 고개만 끄덕이더니 선조 앞으로 다가가 털썩 앉았다. 그제야 선조도 보료에 앉았고 대신들도 자리를 잡았다.

이여송은 송응창과 함께 이번 전쟁의 최고 지휘관이다. 명군(明軍)과 조선군의 통합사령관인 셈이다. 조선군은 명군의 지휘를 받기 때문에 선조는 전쟁에 대해서 입도 뗄 수 없다.

이여송이 입을 열었다.

"전하, 드릴 말씀이 있소."

역관의 목소리도 거칠다.

숨을 들이켠 선조가 고개를 들었다. 눈동자가 흔들리고 있다.

"말씀하시지요."

이여송이 어깨를 펴고 선조를 보았다.

"지금 세자는 어디 있습니까?"

"예, 평양성에 있습니다."

엉겁결에 대답한 선조가 역관을 보았다. 묻는 것 같은 표정이다. 그때 역관의 말을 들은 이여송의 목소리가 높아졌다.

"내가 세자하고 상의할 일이 있으니까 내 진막으로 보내주시오."

"그러지요."

선조가 고분고분 대답했다.

"바로 보내드리겠습니다."

"세자와 내가 같이 갈 테니 당장 부르시오."

"예, 장군."

선조의 얼굴이 상기되었다.

세자는 지금 근신 중이다.

그때 이여송이 헛기침을 했다.

"세자는 앞으로 나와 함께 행동할 것이오. 그리 알기 바라오."

역관의 목소리가 청을 울렸다.

"이게 무슨."

인빈 김씨가 눈을 치켜뜨고 앞에 앉은 무수리를 보았다.

"그럼 이여송이 광해를 데리고 갔단 말이냐?"

"예, 세자와 함께 수원성으로 갔습니다."

무수리는 방금 한응인이 보낸 종사관의 연락을 받은 것이다. 무수리가 말을 이었다.

"앞으로 세자는 이여송과 함께 행동한다고 했습니다."

"홍. 이여송이 광해를 싸고도는구나."

인빈 김씨가 어깨를 부풀렸다가 내렸다.

"유성룡 일당이 농간을 부린 거야. 이여송한테 광해를 근신에서 빼달라고 청한 거다."

잇새로 말한 인빈이 말을 이었다.

"유성룡 등 동인(東人) 놈들부터 몰아내야 해."

경상우수사 원균이 숙소로 들어섰을 때 별장 하상규가 따라 들어와 말했다.

"장군, 거문도에서 돌아오던 연락선이 대선단을 보았다고 합니다."

걸음을 멈춘 원균이 하상규를 보았다.

거문도는 남해 끝에 있는 섬이다. 그곳에 초소가 있어서 연락선이 오가는 것이다.

"무슨 대선단이야?"

원균이 비대한 몸을 돌려 하상규를 보았다.

유시(오후 6시) 무렵.

한산도 통제영 안이다.

통제사가 판옥선 1척을 타고 순시를 나간 지 이틀째가 된다.

"좌수영 함대는 지금 어디에 있지?"

"남해 앞바다에서 훈련 중이오."

"전라우수영 함대는?"

"선착장에 있습니다."

"그럼 연락선이 헛것을 본 것 같다."

경상우수영 함대는 12척밖에 되지 않아서 아예 선착장에 매어놓은 지 오래다. 그때 하상규가 말했다.

"대선단은 서진(西進)하고 있었답니다. 밤에 보았기 때문에 구분은 안 되었지만 수백 척이라고 했습니다."

"미친놈."

원균이 고개를 기울였다.

왜군들 사이에서 떠도는 소문을 들었던 것이다. 왜국 영주가 된 이산이 대선단을 건조 중이라는 소문이다. 그 배에 왜군을 가득 태우고 조선에 상륙한다는 소문이다.

고개를 든 원균이 하상규를 보았다. 하상규는 원균의 심복이다.

"그전에 통제사는 무슨 순시를 나간 거냐? 판옥선 1척으로 뭘 한다고?"

"배에 시중드는 여자들까지 태우고 가셨답니다."

"뭐? 여자를?"

원균이 눈을 치켜떴다.

원균은 자주 여자를 태웠지만, 이순신은 그런 적이 없는 것이다.

"허허, 참."

헛웃음을 지은 원균이 발을 떼었다.

여자를 태웠다니 행방이 묘연한 것이 이해가 된 것이다.

망망대해.

서해상에 떠 있는 대선단의 기함 누각에 선 이산이 느낀 감정이다.

기함은 선단의 중심에 있지만 사방이 바다, 수평선이다.

그때 이산의 옆으로 기함 함장이며 선단장인 모토요가 다가와 섰다.

"주군, 이제 북상하고 있습니다."

모토요가 가죽 지도를 펼치더니 손으로 한 곳을 짚었다.

"지금 이곳이 선단의 위치입니다."

이산의 시선이 대륙의 한 곳에 머물렀다.

붉은색 동그라미가 쳐진 지점, 다롄이다.

발해만 입구의 돌출 부분이다.

본래 산둥반도에 상륙할 예정이었지만 더 북상해서 발해만 입구의 다롄으로 변경한 것이다.

모토요가 말을 이었다.

"바람을 잘 받으면 한 달에서 한 달 반이 걸릴 것입니다."

이산이 고개를 끄덕였다.

배를 탄 지 25일째다.

아직 풍랑도 일지 않았고 낙오한 배도 없다.

숙소로 돌아온 이산을 화진이 맞는다.

남장한 화진은 이제 자연스럽게 이산의 뒤를 따라 거실로 들어섰다.

유시(오후 6시) 무렵이다.

"나리, 저녁을 드릴까요?"

"아니. 해가 지고 나면 먹겠소."

고개를 든 이산이 화진을 보았다.

"육지에 내리면 어떻게 해야 하는지 생각해보았소?"

"예, 나리."

앞쪽에 앉은 화진이 이산을 보았다. 시선이 마주치자 화진의 얼굴이 붉어졌다.

"전 육지의 조그만 집에서 옥분이하고 둘이 살겠습니다. 그곳에서 나리를 기다리지요."

"내가 마련해줄 테니까."

화진의 배로 시선을 향했다가 뗀 이산이 말을 이었다.

"그대에게 시종을 붙여주겠소. 나하고 연락도 해야 할 테니까."

"아이 이름은 아버님이 지어주셨어요."

화진이 반짝이는 눈으로 이산을 보았다.

"이치(李治)라고 지어주셨습니다."

"이치(李治). 사내 이름이군. 뱃속의 아이가 사내인지 아시는구려."

"예, 아비의 뒤를 이어서 크게 될 사내라고 하셨습니다."

화진이 말을 이었다.

"대륙에서 뜻을 펼친다는 것입니다."

이산의 시선이 화진에게 박힌 채 한동안 떨어지지 않았다. 시선을 받은 화진의 얼굴이 다시 붉어졌다.

깊은 밤.

사람 머리통만 한 창으로 바닷바람이 들어왔다.

이산이 품에 안긴 화진의 머리에 턱을 묻고 있다. 화진은 이산의 가슴에 얼굴을 붙이고는 숨을 고르는 중이다.

이산이 화진의 귀에 대고 낮게 말했다.

"화진, 나는 태어나서 아버지의 얼굴을 서너 번밖에 보지 못했소."

화진이 숨을 멈췄다가 다시 내뿜었다.

이산의 말이 이어졌다.

"그리고 한 번도 똑바로 바라본 적이 없어."

"……"

"내가 종 신분의 어머니한테서 태어났기 때문이지."

"……"

"내 아들은 그렇게 안 될 것이고 그런 세상을 만들지 않을 거야."

"……"

"양반, 상놈이 없는 세상을 만들 테니까."

"나리."

고개를 든 화진이 이산의 가슴에 턱을 붙이고는 올려다보았다.

"저도 아버지한테서 관상을 조금 배웠어요."

"관상을?"

"상대방의 눈을 보면 마음을 읽습니다."

"그럼 자객은 피할 수가 있겠군."

"선악은 구분합니다."

"지금 내가 무슨 생각을 하는지도 알겠군."

숨을 죽인 화진의 몸을 당겨 안으면서 이산이 웃었다.

화진이 몸을 비틀면서 따라 웃는다.

폭풍이 몰아쳤다.

날씨가 갑자기 흐려지더니 빗방울이 떨어졌다. 그러다가 바람이 거칠어지기 시작했다.

태풍이다.

모토요가 선단의 돛을 내리게 했지만 거선단은 흩어졌다.

그러나 거선(巨船)은 쉽게 침몰하지는 않았다.

말 4백 필이 선창에 실린 거선(巨船)이다.

배가 흔들리는 바람에 말 떼가 소동을 부렸기 때문에 단단히 매어놓아야 했다.

폭풍이 가라앉았을 때는 닷새 후다.

대양(大洋) 복판에서 기함이 선단을 모았다.

쾌선이 분주히 동서남북을 쏘다니면서 선단을 모으는 데 나흘이 걸렸다.

폭풍이 시작될 때 북쪽으로 향하라는 지시를 내리기는 했다.

나흘 후에 모인 선단의 피해가 컸다.

225척의 거선 중 43척이 보이지 않았다.

쾌선 18척 중 절반인 9척만 보였다.

참담한 손실이다.

2할이 넘는 손실이다.

1천인장급 장수 2명, 1백인장 5명도 포함되었다.

"이곳은 발해만에서 15일 거리입니다."

모토요가 이산에게 보고했다.

"항해하는 동안에 난파선을 찾을 수도 있을 것입니다."

길고 험한 항로다.

이곳까지 두 달 가깝게 항해해왔다. 앞으로 15일을 더 가야 한다.

아직 육지는 보이지 않고 사방이 수평선이다.

"배다!"

선미에서 외침 소리가 들렸다.

"거선(巨船) 2척이다!"

이어서 올리는 외침.

흩어졌던 거선 2척이 바다에 떠 있는 것이다.

이산이 누각에 서서 거선을 보았다.

마치 잃었던 자식 두 명을 찾은 것 같다.

선단이 다롄 아래쪽 뤼순(旅順) 앞바다에 닿았을 때는 폭풍을 만난 지 18일 후다.

그때는 거선(巨船) 6척을 더 찾고 쾌선 3척까지 돌아와 피해는 줄어들었지만 석 달 가까운 대항해다. 군사와 말도 지쳤고 병까지 번졌다.

쾌선의 보고를 받은 이산은 측근들의 조언을 받아들여 먼바다에서 하루 반나절 동안 상륙 준비를 했다.

그러고는 밤을 이용하여 일제히 해안에 상륙했다.

왜군이 명(明)에 상륙한 것이다.

밤이었지만 뤼순 해안이 말과 군사로 뒤덮여서 땅이 보이지 않을 정도다.

저항은 없다.

바닷가에 민가가 10여 채 있었지만, 곧 주민들은 집 안에 감금되었고 대군(大軍)은 차례로 상륙했다.

"해뜨기 전에 내륙으로 50리(25킬로)는 진군해라."

이산이 지시했다.

이제 주위는 말 울음소리와 군사들의 외침으로 뒤덮여 있다.

"이게 무슨 일이야?"

소란한 말굽 소리에 외침까지 울렸기 때문에 서천은 자리를 차고 일어섰다.

이곳은 동한현의 남쪽에 있는 수비군 숙사 안이다.

대충 옷을 걸친 서천이 방을 뛰쳐나왔을 때 이미 마당에는 기마군이 쇄도하고 있었다.

수백 기다.

"누구냐!"

어둠 속을 향해 서천이 소리쳤다.

이미 겁에 질린 서천은 허리에 찬 칼을 뽑을 엄두도 내지 못했다. 숙사 안에는 1백여 명의 군사가 있었지만 저항하지 않는다.

그때다.

말을 몰고 다가온 기마군 하나가 창을 내질렀다.

"윽!"

가슴에 창날이 박힌 서천의 눈앞에 기마군의 모습이 선명하게 드러났다.

다른 복장이다.

누군가?

다음 순간 창날이 빠져나가면서 서천은 뒤로 넘어졌다.

동한현이 이렇게 함락되었다.

날이 밝았을 때 뤼순 근처의 4개 마을이 이산군(軍)으로 덮였다.

이곳은 대륙에 붙은 반도다.

이산은 사콘과 무라다의 조언대로 군사와 말을 각 마을에 주둔시켜 휴식시켰다. 석 달 가까운 항해에 모두 지쳤기 때문이다.

"이곳에서 사흘 쉬었다가 대륙으로 나가 다시 닷새쯤 쉬는 것입니다."

사콘이 지도를 짚으면서 말을 이었다.

"정탐병을 사방으로 풀어 적정을 살피게 해놓고 만주 땅으로 진출하는 것입니다."

이산이 고개를 끄덕였다.

사전에 치밀한 계획을 세워왔지만, 현지에서도 정보수집이 최우선이다.

"전령이 돌아오려면 보름은 걸릴 것입니다."

스즈키가 말했다.

"우리가 보름 후에는 내륙의 진성현 근처에 가 있어야 합니다."

이곳에서 동북쪽으로 5백여 리(250킬로) 정도 떨어진 곳이다.

청 밖에서 기마군의 말굽 소리가 지진처럼 울렸다. 말들이 기운을 차리는 것 같다.

현재 상륙한 말은 3만 필이다.

말 떼의 피해가 컸다.

폭풍으로 수장되기도 했지만 오랜 항해를 견디지 못하고 죽은 말들이 많다.

요동성의 관찰사 양우현은 병마절도사를 겸하고 있었는데, 각 현에 배치된 군사의 숫자는 수백 명에 불과하다.

거기에다 무기는 녹슬었고 군사는 늙고 병들었다. 그래도 쓸 만한 군사는 모두 조선으로 징발되어 갔기 때문이다.

요동 지역의 도성인 요동성은 고구려 시절부터 서북 지역의 관문이다. 그러나 요동성에 주둔한 군사는 판관 조융 휘하의 3천 5백뿐이다.

"무어?"

양우현이 손바닥으로 팔걸이를 내려치며 소리쳤다.

유시(오후 6시) 무렵.

양우현은 청에서 전령의 보고를 받는 중이다.

"왜군이냐?"

양우현은 48세. 지금 조선으로 내려가 있는 이여송보다 직급이 높다.

그때 전령이 대답했다.

"예, 대감. 왜군입니다."

전령은 다롄 반도 위쪽의 귀량현에서 달려왔다. 요동성에서 5백여 리(250킬로) 아래쪽 현이다.

전령이 말을 이었다.

"모두 기마군으로 넓게 펴져 있는데, 5만여 명이 됩니다."

"5만이라. 왜구가 5만이나 왔단 말인가? 믿을 수가 없다."

양우현이 붉어진 얼굴로 주위를 둘러보았다.

"왜군이 조선 아래쪽으로 밀려가 있다고 들었는데 배를 타고 조선 아래쪽을 돌아 이곳에 왔단 말인가?"

그때 교위 왕변이 말했다.

"믿을 수가 없습니다. 정탐군을 보내도록 하겠습니다."

"그렇게 하라."

신임하는 왕변의 말이라 양우현이 바로 고개를 끄덕였다.

그때 뒤쪽이 소란스럽더니 장교 하나가 뛰어 들어왔다.

"금곡현의 전령이 왔습니다!"

장교 뒤로 도위 복장의 관리가 서둘러 들어섰는데 온몸이 먼지투성이고 머리에 쓴 관은 모서리가 부서졌다. 마치 전장에서 도망친 모습이다.

"관찰사께 말씀드리오!"

도위는 장수급이다. 양우현이 낯이 익은 얼굴이어서 눈썹을 모았을 때 앞으로 다가온 도위가 소리쳤다.

"대감, 왜구의 침입이오! 기마군으로 5만 이상이 뤼순에 상륙해서 동진(東進)하고 있습니다!"

양우현이 벌떡 자리에서 일어섰다.

앉아있을 수만은 없었기 때문이다.

오중사(五重寺)는 수악산 중턱에 있는 고찰이었지만 중 서너 명이 거주할 뿐 신도들은 발길을 끊은 지 오래다.

길에서 30리(15킬로)나 떨어진 산중(山中)에 있는 데다 근처에 마을도 없어서 주지는 70이 넘는 노승이요, 상좌 둘은 60대, 길에서 주워온 10대의 소년이 심부름하면서 절 식구에 끼어 살고 있다.

이곳에 일단의 남녀가 진입했으니 이산, 화진과 수행원들이다.

주위를 둘러본 이산이 고개를 끄덕였다.

만족한 표정이다.

"내가 살았던 안악산과 비슷하니 잘되었다."

이산이 옆에 선 화진을 보았다.

"이곳에서 치(治)를 낳는 것이 좋겠어."

"나리께서 기억해주셔야 해요."

화진이 절을 둘러보면서 말했다.

절은 작은 대웅전 하나, 좌우에 요사채 둘, 뒤쪽이 창고와 부엌이다.

그때 조병기가 다가와 말했다.

"무너진 곳도 없으니 금방 마님을 안돈시켜 드리겠습니다."

이산이 고개를 끄덕였다.

이곳에 화진과 옥분을 중심으로 10여 명이 살게 될 것이다.

화진은 이곳에서 치(治)를 낳고 이산을 기다려야 한다.

밤.

산에서 부엉이가 울었다.

깊은 밤이다.

이산이 이불을 젖히고 일어나 자리에 앉는다.

화진은 잠이 들었다.

이곳은 대웅전 왼쪽의 요사채다. 옆방에는 옥분이 투숙했고 수행원 10여 명 용으로 요사채와 뒤쪽 창고 건물에도 방을 만들어 놓았다.

이산이 머리맡에 놓인 기름종이를 집어 펼쳤다.

그러자 흰 종이가 드러났다.

방은 기름등이 벽에 걸려있었기 때문에 글자가 선명하게 드러났다.

이산이 그중 첫 장을 들어 읽는다.

'산(山). 수악산(水岳山)이겠구나. 그곳이 치(治)의 정기에 좋은 곳이다. 대웅전 오른쪽 요사채는 기(氣)를 받기에 좋은 땅이다. 그곳에서 화진이 치(治)를 낳아 첫 돌이 될 무렵에 데리고 나오도록 해라. 그동안 너는 대륙에서 기반을 잡

을 수 있을 것이다.'

화진의 부친 대사관 홍기선의 예언서다.

예언서는 수십 장으로 마지막에는 다음 장소를 예지하고 있다.

예언서가 계속되고 있다.

'수악산에서 사흘을 지나고 나와 서진(西進)해서 무슬령을 뒤로 하고 전군(全軍)을 배치해라. 그것이 수악산에서 나온 지 닷새 후가 될 것이다. 그날 밤에 다시 내 글을 보아라.'

다음 순서는 무슬령.

오늘이 수악산에서 사흘째이니 마지막 밤이다.

부엉이가 다시 울었다. 사냥을 하는 것 같다.

다음 날 오후.

수악산 오중사에서 화진과 작별한 이산이 본대로 돌아왔다.

기다리고 있던 사콘이 이산을 보았다.

"장군, 이미 요동성에 일본군의 행적이 다 알려졌을 것입니다."

이산이 고개를 끄덕였다.

상륙한 지 8일째가 되는 날이다.

이제 사방에 흩어져서 원기를 보충한 군사와 말 떼는 회복되고 있다.

사콘이 말을 이었다.

"전진할 때가 되었습니다."

"내일 무슬령으로 간다."

"무슬령입니까?"

옆에 서 있던 신지가 눈을 크게 떴다.

무슬령은 서북쪽의 불모지다.

이곳에서 6백여 리(300킬로).

기마군의 속도로는 닷새 거리다.

신지가 말했다.

"요동성에서 군사들을 모을 것입니다."

"그렇겠지."

"마주치는 명군(明軍)을 격파하면서 전진해야 합니다."

진막 안에 모인 장수들의 사기는 충천한 상태다.

이산이 입을 열었다.

"선봉은 황군, 중군은 백군, 좌우는 적군과 청군이다. 나머지 4개 군은 뒤를 따르라."

8기군(八旗軍)이다.

이산의 기마군은 대륙에서 정식 8기군으로 정비되었다.

전(前)에는 8가지 색깔로 부대를 편성했다가 구분하기 쉽도록 청, 백, 황, 적 4개 색깔로 나누고, 나머지 4개는 각 깃발의 테두리를 적색으로 만들었다. 다만 적색은 흰색 테두리를 했다.

그 4개 부대는 각각 청선군, 백선군, 황선군, 적선군이다.

이곳은 누르하치의 거성(居城)인 만추성.

누르하치가 청에서 앞쪽에 앉은 두 사내를 지그시 보았다.

"너희들이 왜국의 사신이란 말인가?"

"그렇습니다."

사내 하나가 대답했다.

사신 다나카다.

다나카는 여진어에 능숙했기 때문에 이번 원정에 참가시킨 것이다.

다나카가 말을 이었다.

"지금 요동성 아래 뤼순에 상륙한 후에 서진(西進)하고 있습니다."

"왜군이 말이냐?"

누르하치의 얼굴에 호기심이 일어났다.

"병력은?"

"기마군 1만입니다."

"1만이라."

누르하치가 주위를 둘러보았다. 허리를 편 누르하치가 다시 묻는다.

"정말이냐?"

"제가 왜 거짓말을 하겠습니까?"

"상륙 목적은?"

"명(明)의 정벌입니다."

"핫."

짧게 웃은 누르하치가 금세 얼굴을 굳히더니 다나카를 보았다.

"대장은 누구냐?"

"이산(李山)이라고, 조선인입니다. 세자 광해의 정3품 선전관이었던 장수지요."

"조선인이 왜군 대장이 되었어?"

"예, 일본의 대영주가 되었다가 이번에 원정군 사령관이 되었습니다."

"허어."

누르하치가 몸을 뒤로 젖혔다.

누르하치는 이때 35세.

동여진의 절반 정도를 규합한 실력자다.

이곳은 송화강 강변에 있는 누르하치의 거성인 만추성.

성은 명(明)의 침략에 대비하여 4중으로 만들어졌다.

지금 누르하치가 앉아있는 본성(本城)은 가장 위쪽에 있다.

본성의 거주인은 누르하치 가족과 위사 3백여 명, 그 아래쪽 성에는 장군급 수하들 3백여 명이 가족과 함께 산다. 거주 인원은 1천여 명.

그 아래쪽 성에는 중간 간부들의 거처다.

약 2천 명의 군사들과 함께 거주하고 마지막 4번째 성에는 5천여 명의 군사가 가족과 함께 산다.

성벽 높이가 20자(6미터) 가깝게 되었기 때문에 실로 난공불락의 성채다.

다나카가 말했다.

"장군, 우리 장군께서는 장군과의 연합을 바라고 계십니다."

"연합이라고 했느냐?"

"예, 장군과 함께 대륙을 정복하자고 하셨습니다."

"나하고?"

"예, 그러면 천하무적이 될 것입니다."

"병력이 몇 명이라고?"

"기마군 1만입니다. 말이 3만 필입니다."

"말이 3만 필?"

"본래 3만 5천 필이었는데 폭풍을 만나 많이 죽었습니다."

그때 누르하치가 고개를 돌려 원로들을 보았다.

원로들이 누르하치의 시선을 맞받는다.

금오방위사 겸 태사 원일도는 요동 서북면방어사로 여진족을 막는 명(明)의 주력군 지휘관이다.

요동성관찰사의 지휘를 받지 않는 독립된 병마권을 행사했는데, 수하에 3만여 명의 보기(步騎)를 거느리고 있다.

그가 서북방 요하 지역의 여진 부족을 막는 역할인 것이다.

원일도가 왜군의 진입을 알게 된 것은 요동성의 관찰사 양우현과 비슷한 시기였다.

그러나 원일도는 북쪽 요하 주변에 진을 치고 있었기 때문에 아래쪽 요동성의 양우현보다 다급하지 않았지만 무장(武將)이다.

행동이 빨랐다.

"도위, 네가 기마군 2백 기를 거느리고 요동으로 내려가도록."

원일도가 도위 주광에게 지시했다.

"갈아탈 말을 각자 2필씩 끌고 가도록 해라."

"예, 태사 나리. 놈들이 동진(東進)한다니 남서쪽으로 내려가겠습니다."

주광이 기운차게 대답했다.

"놈들을 탐지하고 나면 전령을 보내겠습니다."

"동여진의 땅 만주 쪽도 정탐해보도록. 누르하치가 준동할지도 모른다."

"예, 나리."

몸을 돌린 주광이 청을 나갔다.

그러나 만추성의 누르하치는 아직 서쪽으로 진출하지 못했다.

서여진의 우세한 부족들이 가로막고 있었기 때문이다.

주광이 청을 나갔을 때 원일도가 수염을 비틀면서 혼잣말을 했다.

"왜구 1만이 요동 땅에 상륙했다니, 히데요시가 아예 명(明)을 정복하겠다는 것인가?"

그동안 요동성관찰사 양우현은 북경의 황제에게 사신을 보내는 한편으로 판관 조용이 지휘하는 기마군 3천을 급파했다.

조용이 누구인가?

38세. 여진과 수많은 전투를 치른 용장.

부친 조성은 병마절도사를 지낸 명문 출신.

기마군 3천을 이끈 조용이 질풍처럼 동진(東進)했다. 왜군의 흔적을 찾아 달린 것이다.

이곳은 우현성 아래쪽의 황무지에 설치된 추적군 진영 안.

술시(오후 8시) 무렵.

주장(主將) 조용의 진막에는 장수들이 다 모였다.

기둥에 붙여놓은 양초 불꽃이 흔들리고 있다.

그때 부장 귀필성이 말했다.

"척후는 1백 리(50킬로) 앞까지 보내놓았습니다만 아직 흔적을 찾지 못했습니다."

조용이 고개를 들었다.

"몇 개 조(組)를 보냈는가?"

"앞쪽으로 4개 방면으로 보냈습니다."

대륙은 넓다.

사흘 동안 350리(175킬로)를 동진했지만, 아직 왜군을 찾지 못했다.

귀필성이 말을 이었다.

"왜군은 조선 쪽으로 가는 것 같습니다. 조선의 왜군과 상하(上下) 협공으로 명군(明軍)을 치려는 것이 확실합니다."

"내 생각도 그렇다."

조용이 고개를 끄덕였다.

가장 합리적인 이유다.

그때 도사 위성문이 입을 열었다.

"왜군의 동정이 보고된 지 벌써 15일이 넘었습니다. 왜군이 기마군이니 국경에 닿았을지도 모릅니다."

"그렇다면 곧장 조선 쪽으로 가기로 하지. 왜군의 후미를 잡을 수 있을 것이다."

고개를 든 조융이 귀필성에게 지시했다.

"뒤를 따르는 각 부대를 조선 쪽으로 오라고 전령을 보내도록."

"예, 장군."

이렇게 방향이 결정되었다.

요동성에서 나오면서 주변의 각 현에 전령을 보내 주력군(主力軍)인 조융의 부대에 합류하라고 했다.

각 현에서 차출된 수백의 군사가 제각기 동진(東進)하고 있다.

모으면 수만 명이 될 것이다.

그 시간의 이산군(李山軍)의 본진 진막 안.

사콘이 이산에게 말했다.

"대감, 아래쪽 1백 리(50킬로) 거리에 추적군이 와 있습니다."

조융의 군(軍)을 말하는 것이다.

이쪽에서는 추적군의 위치를 파악하고 있다.

"추적군이 수색대를 파견했을 것입니다. 기습하는 것이 낫지 않겠습니까?"

"여기서 무슬령까지는 150리(75킬로) 거리다. 내일이면 도착한다."

이산이 주위의 장수들을 둘러보았다.

"먼저 무슬령에 도착하는 것이 낫다."

"예, 대감."

순순히 대답한 사콘이 고개를 끄덕였다.

"도착해서 추적군을 치는 것도 늦지 않겠습니다."

"무슬령에 다나카가 먼저 와 있을지도 모른다."

이산이 말을 이었다.

"누르하치의 전갈을 보고 행동하기로 하지."

그때 신지가 물었다.

"주군, 누르하치가 연합에 동의하면 동여진으로 가실 예정입니까?"

"그래야지."

고개를 끄덕인 이산이 사콘과 무라다를 눈으로 가리켰다.

"군사(軍師)들의 생각도 그렇다."

진막을 나온 사콘이 고개를 돌려 뒤를 따르는 신지를 보았다.

"장군, 대감 성품이 본래부터 저러셨소?"

"무슨 말이오?"

진막에서 떨어진 바위 옆에 둘이 멈춰 서자 무라다, 스즈키까지 둘러섰다. 다 들은 것이다.

쓴웃음을 지은 사콘이 설명했다.

"전장(戰場)에 들어오셨는데도 여유가 있으셔서 하는 말이오."

"그건 조선에서 오셨기 때문이지. 조선이 전장(戰場) 아니오? 이곳보다 심하지."

신지가 말을 이었다.

"주군은 위급할 때는 더 차분해지시는 것 같습니다."

주위는 어두워서 둘러선 장수들의 눈의 흰자위만 뚜렷이 드러났다.

그때 무라다가 말했다.

"이제는 요동 전 지역에 우리가 상륙했다는 소문이 퍼졌을 테니 일전(一戰)을 벌여 명성을 올릴 때도 되었소."

사콘이 고개를 끄덕였다.

이에야스와 히데요시의 가신인 둘이 지금은 이산의 군사(軍師)가 되어있는 것이다.

그 옆에 선 스즈키는 누군가?

멸망한 호소카와의 가신이었다가 지금은 이산의 측근이 되어있다.

거기에다 사이토의 중신이었던 신지는 이산군(軍)의 총대장이다.

나이가 가장 많은 사콘이 쓴웃음을 짓고 셋을 둘러보았다.

"하긴 우리가 별 탈 없이 뭉쳐있는 것도 대감의 포용력 때문이지."

"난 이곳에 정착할 거요."

불쑥 신지가 말했기 때문에 스즈키는 빙그레 웃었지만 사콘과 무라다가 시선을 주었다. 어깨를 편 신지가 둘을 번갈아 보았다.

"관백 전하께서 후속군을 더 보내실 것 같소? 이에야스 대감께서 군량과 무기, 군자금을 계속해서 보내실 것 같소?"

사콘과 무라다가 눈만 껌뻑였을 때 신지가 어깨를 부풀렸다가 내렸다.

"두 분은 돌아가겠지만 우리는 모두 이곳에 남을 겁니다."

이산군(軍)을 먼저 포착한 명군(明軍)은 금오방어사 원일도가 급파한 도위 주광이다.

200기의 기병을 이끈 주광이 방향을 잘 잡았기 때문이었다.

"3만 기가 넘습니다."

수색병의 보고를 받은 주광이 코웃음을 치고는 말에 올랐다.

직접 확인하려는 것이다.

해시(오후 10시) 무렵.

이곳은 작은 산 아래쪽의 골짜기다.

말에 오른 주광이 수색병과 함께 어둠 속을 달려 사라졌다.

한 시진쯤이 지났을 때 주광이 산 중턱에 서서 아래쪽 벌판을 내려다보고 있다.

아래쪽은 짙은 어둠에 덮여 있었는데 불빛 한 점 보이지 않는다.

그러나 유심히 들어보면 기척이 들린다.

기침 소리, 말소리, 말의 울음소리가 가득 차 있는 것이다.

전장(戰場)에 익숙한 주광이 한동안 숨을 죽이고 아래를 내려다보았다.

이곳에서 벌판까지는 대략 5백 보 정도.

이윽고 고개를 든 주광이 잇새로 말했다.

"2만이 넘는다."

주광의 목소리가 떨렸다.

"대군이다."

다음 날 이산군(軍)은 광야를 달려 무슬령에 도착했다.

유시(오후 6시) 무렵이다.

"왔습니다!"

스즈키가 외치면서 진막 안으로 들어섰다.

뒤를 사내 하나가 따르고 있었는데, 다나카다.

누르하치에게 보낸 사신이다.

이산에게 다가온 다나카가 무릎을 꿇고 앉았다.

"주군, 누르하치 님의 전갈을 가져왔습니다."

다나카가 가슴에서 가죽 주머니를 꺼내더니 안에서 밀서를 뽑아 내밀었다. 밀서를 받은 스즈키에게 이산이 말했다.

"읽어라."

스즈키가 밀서를 펴고 읽는다.

'이 공(公)께 여진 대족장(大族長) 누르하치가 답을 합니다.

여진은 본래 요동과 만주의 주인이었고 그 뿌리를 보면 고구려와 동맹하여 다스린 지 1천 년도 더 넘습니다. 그러나 대륙의 주인이 여러 번 바뀌어 이제는 못난 주 씨의 자손이 명조를 이어왔으나 썩어서 문드러지기 직전입니다.

그런 상황에 듣자 하니 고구려의 후손이며 이제 조선인인 이 공(公)이 일본군을 이끌고 상륙, 대여진과 제휴하여 명의 주 씨를 무너뜨리자고 하셨습니다.

이에 누르하치는 쌍수를 들어 환영하는 바입니다.

따라서 먼저 사신에게 밀서를 보내고 내 아우 카리단을 보내 이 공(公)을 맞겠습니다.'

내용을 다 들은 이산이 고개를 들었을 때 다나카가 말했다.

"이곳에서 동쪽 250리(125킬로) 지점인 채운산 골짜기에서 이달 22일에 누르하치 공(公)의 영접사 카리단이 올 것입니다."

조융의 기마군은 그때까지 왜군의 행적을 찾지 못했다.

그래서 하금현에 들어가 숙영을 하던 중에 전령을 맞았다.

술시(오후 8시) 무렵.

"왜군이 무슬령에서 동진(東進)하고 있습니다."

전령은 서쪽 오창성에서 보낸 군관이다. 금오방어사가 각 현과 성(城)에 전령을 보냈기 때문에 알게 된 것이다.

"이런. 출동 준비를 해라!"

자리를 차고 일어선 조용이 소리쳤다.

무슬령은 서북쪽으로 1백여 리(50킬로) 지점이다.

북쪽의 서북면방어사 소속의 군이 먼저 왜군을 발견했다는 것은 수치였지만 공을 세우면 된다.

"무슬령으로!"

3천 기마군이 출동했다.

이번에는 목표가 있다.

그리고 요동관찰사군(軍)과 서북면방어사군(軍)이 협력체제가 되었다.

그러나 아직 지휘권은 결정되지 않았다.

8기군(八旗軍).

이산이 이끄는 기마군을 이제는 그렇게 부른다.

이산의 본대는 적군(赤軍)과 적테군, 1개 군(軍)이 1천여 명이었기 때문에 2천 수백 명이다.

붉은색 깃발과 붉은색 바탕에 흰 선 테두리를 한 깃발이 펄럭이고 있다.

미시(오후 2시) 무렵.

광야에서 잠깐 전진을 멈춘 중군으로 최경훈이 말을 달려 이산 앞에 섰다.

최경훈은 청군과 청테군의 사령관이다.

"주군, 가겠습니다."

최경훈이 소리쳐 왜어로 말했다. 그쯤은 배워놓았다. 그러나 옆에 역관이 말을 붙이고 서 있다.

"오, 다녀오도록."

이산도 마상에서 소리쳐 대답했다.

"부수고 돌아오라."

"예, 주군."

짧게 대답한 최경훈이 말 머리를 돌렸다.

최경훈은 2개 군(軍)을 지휘해서 지금 뒤를 쫓고 있는 조융의 3천 기마군을 맞으려는 것이다.

최경훈이 사라지자 이산군(軍)은 다시 전진했다.

카리단과 만나기로 한 채운산 골짜기로 가는 것이다.

청테군의 지휘관은 1천인장 혼다다.

35세. 대를 이은 사이토의 중신으로 과묵하지만 수십 번 대소 전투를 치른 무장(武將).

이번 원정에 적극 자원했고 신지의 추천으로 1천인장이 되었다.

백, 청, 황, 적군 지휘관은 3천인장급이고, 테를 두른 백테, 청테, 황테, 적테군 지휘관은 1천인장인 것이다.

최경훈이 달려오자 혼다가 맞는다.

"장군, 요동군이 50리(25킬로) 거리로 다가왔다고 합니다."

혼다가 소리쳐 말했을 때 통역을 들은 최경훈이 말했다.

"우리가 남긴 흔적을 따라오는 것이지. 10리쯤 앞쪽 개울에서 놈들을 맞기로 하지."

통역을 들은 혼다가 크게 고개를 끄덕였다. 얼굴에 웃음이 떠올라 있다.

"대장도 그 개울가를 전장(戰場)으로 고르셨군요. 그럼 제가 먼저 갑니다."

말에 박차를 넣은 혼다가 내달렸다.

판관 조융은 신중한 성품이다.

이산군(軍)의 흔적을 따라 달리던 조융이 손을 들면서 소리쳤다.

"정지하라!"

순간 구름 같은 먼지를 일으키며 달리던 중군이 멈췄고 앞쪽의 선봉도 곧 멈춰 섰다.

그때 조융 옆으로 부장(副將)이 달려왔다.

손에 쥔 장창이 햇볕을 받아 반짝였다.

조융이 소리쳤다.

"부장, 놈들과의 거리는?"

"조금 전에 척후가 다녀갔습니다! 선봉과 50리(25킬로) 거리였습니다."

부장이 가쁜 숨을 고르며 말했다.

"이러다가는 멀어집니다!"

"놈들이 알고 있을 거야."

조융이 말을 이었다.

"서둘지 말라. 놈들은 대군(大軍)이야. 우리보다 대여섯 배 많다고."

"예, 장군."

"속보로 전진하고 놈들과의 거리는 50리(25킬로)로 유지하도록."

"예, 장군."

"어두워졌을 때 놈들을 기습한다."

조융의 말을 들은 부장이 말을 몰아 사라졌다.

10리(5킬로)를 되돌아 내려온 지점에 개울이 가로질러 흐르고 있다.

어느덧 유시(오후 6시) 무렵.

개울은 폭이 1백 자(30미터) 정도였고 깊은 곳 수심이 허리 부근밖에 차지 않았지만, 기마군이 쉽게 건너갈 수는 없다.

그리고 개울가에는 갈대가 무성해서 은신하기에 적당하다.

갈대숲이 끝없이 펼쳐져 있어서 수천 명도 은신할 수 있다.

"흩어져라!"

이미 대비했기 때문에 부장(副將) 귀필성이 소리쳤다.

그러자 기마군이 수십 명씩 무리를 이루더니 강가로 넓게 흩어졌다.

이미 선봉대는 강을 건넜기 때문에 앞쪽에서 공격해올 가능성은 없다.

"놈들이 갈대밭에 숨어있을 리는 없습니다."

마상에서 귀필성이 조용에게 말했다.

"이곳은 매복 공격이 불리한 곳입니다. 갈대가 무성해서 앞이 보이지 않을 뿐만 아니라 화공(火攻)을 하면 같이 타 죽습니다."

조용이 고개를 끄덕였다.

"놈들이 우리가 추적하고 있는 것을 모르고 있는 것 같아."

"서둘러 조선으로 들어가려는 것 같습니다."

바람이 불어 갈대숲이 흔들렸다.

갈대는 말라서 누렇게 변해 있다.

조용이 고개를 들고 주위를 둘러보았다.

이제 3천 기마군이 넓게 퍼져서 명령만 기다리고 있다.

조용이 소리쳤다.

"건너라."

그러자 귀필성이 소리쳤고 호각수가 길게 호각을 불었다.

"자, 가자."

조용이 말에 박차를 넣고 강으로 다가갔다.

갈대가 말 배까지 닿는다.

뒤쪽에서 말굽 소리가 울렸기 때문에 조용이 이맛살을 찌푸렸다.

뒤를 따르는 병참군이 뛰는 모양이다.

그 순간이다.

하늘이 환해졌기 때문에 조용이 고개를 들었다.

순간 조용이 숨을 들이켰다.

불화살이다.

불화살이 뒤에서 날아온다.

하늘이, 곧 앞쪽이 환해졌다.

"화공(火攻)!"

조용이 소리쳤다.

"뒤쪽이다!"

그 순간 요동군의 주위로 불길이 일어났다.

갈대숲에 불이 붙은 것이다.

다음 순간 조용의 옆에 불화살이 떨어졌다.

"펑!"

폭음과 함께 불길이 솟았기 때문에 놀란 말이 앞다리를 들고 곤두섰다.

말에서 굴러떨어진 조용의 머리칼에 불이 붙었다.

"으앗! 뜨거!"

평소에 진중한 조용도 뜨거운 불길에는 견디지 못한 것이다.

곧 불길이 전복(戰服)에 옮겨붙었기 때문에 몸을 굴린 것이 오히려 기름을 바른 꼴이 되었다.

불화살 끝에는 기름 주머니가 달려 있는 것이다.

"으앗!"

조용이 비명을 질렀을 때 위사들이 달려와 옷으로 덮었다. 그러나 그들도 옷에 불이 붙어 있다.

이제 사방이 불이다.

갈대숲은 불바다가 되었고 외침과 비명으로 가득 찼다.

군사들은 불길을 피해 강으로 뛰어들었지만, 그곳으로도 화살이 쏟아졌다.

"강을 건너라!"

조융이 악을 썼다.

부장(副將) 귀필성은 어디 있는지 보이지 않는다.

명령하지 않았어도 군사들은 강으로 뛰어드는 중이다.

불바다가 된 갈대숲에서 요동군이 빠져나오고 있다.

모두 불을 뒤집어써서 온전한 병사가 드물다..

비 오듯 쏟아진 화살을 받아 3천 군사 중 절반 정도가 살에 맞거나 불에 타서 전력(戰力)이 상실되었다.

조융은 옷과 머리가 탔고 얼굴에 화상을 입었지만 용장(勇將)이다.

갈대숲을 빠져나오면서 소리쳤다.

"우측으로!"

우선 병력을 한곳에 모아야 한다.

뒤를 따르던 위사들이 따라서 소리쳤고 군사들이 우측 황무지로 몰려갔다.

뒤쪽에서는 아직도 화살이 쏟아지고 있다.

겨우 강을 건넌 조융의 군사들은 불바다를 헤치고 나와 우측의 벌판으로 몰려갔다.

뒤쪽에서 공격한 이산군(軍)은 청태군이다.

강 건너편 좌우에 매복하고 있다가 요동군이 강을 건널 때 뒤쪽에서 화공(火攻)을 한 것이다.

요동군은 돌아서서 공격할 엄두도 못 내고 사상자를 낸 채 강을 건넜다.

"쏘아라!"

최경훈이 왜말로 소리치자 불덩이가 밤하늘로 솟아올랐다.

똑바로 솟아올랐다.

그 순간 기다리고 있던 청군이 일제히 내달렸다.

최경훈은 무반(武班)이다.

국경에서 여진족과도 싸웠지만 병법(兵法)을 공부한 장수다.

왜장이나 여진 장수들하고 다른 점이 이것이다.

명의 조융 등도 무장이지만 제대로 병법 공부를 한 장수가 드물다. 그래서 누르하치가 썩어 문드러진 제국이라고 한 것이다.

명(明)이나 조선도 문관(文官)이 군사를 이끌고 있다.

청군(靑軍)은 전(前)의 원(元) 시대 몽골 기마군처럼 10인장이 기준인 부대로 편성되어 있다.

지금은 1백인장 13명이 신호를 보고 사방에서 좁혀 들어가는 중이다.

최경훈도 그 중심에서 칼을 빼들고 돌진했다.

대륙에서의 첫 칼질이다.

해시(오후 10시) 무렵.

공격을 시작한 지 한 시진(2시간) 정도가 지났다.

이제 뒤쪽 강변의 불길도 드문드문 타오르고 있다.

"요동군은 섬멸되었습니다."

혼다가 보고했다.

"사상자는 2천 정도, 나머지는 흩어졌습니다."

최경훈이 고개를 끄덕였다.

대승이다.

이산군(軍)은 사상자가 2백여 명.

대륙에서 첫 사상자가 발생했지만 요동군의 주력(主力)은 격파했다.

그때 1백인장 하나가 다가왔다.

"장군, 명군(明軍) 대장 놈을 생포해왔습니다."

1백인장이 끌고 온 사내는 조용이다. 조용이 생포된 것이다.

"요동성 판관 조용이라고 합니다."

조용이 고개를 들고 최경훈을 보았다.

어둠 속에서 조용의 두 눈이 번들거렸다.

갑옷은 벗겨지고 불에 그슬린 머리는 산발이 된 채 서 있는 조용의 몰골은 흉측했다.

그때 최경훈이 지시했다.

"그놈까지 끌고 돌아간다."

이산군(軍)이 채운산 골짜기에 닿았을 때는 21일 밤이다.

해시(오후 10시) 무렵이었다.

늦은 시간이었지만 이산의 본진 진막으로 일단의 사내들이 들어섰다.

먼저 와있던 누르하치의 동생 카리단 일행이다.

카리단은 30세.

장신에 호피로 만든 겉옷을 입고 있어서 눈에 띄었다.

인사를 마친 이산과 카리단이 마주 보고 앉았다.

진막이 넓었기 때문에 양측의 일행이 갈라 앉을 여유가 있다.

그때 먼저 카리단이 말했다. 데려온 조선어 역관이 통역했다.

"대족장께서는 동여진의 만추성에 계십니다. 이곳에서 1,500리(750킬로) 거리지요. 그런데."

고개를 든 카리단이 이산을 보았다.

"대족장께서는 장군께서 측근 몇 명만 데리고 오시기를 바라고 계십니다."

이산은 시선만 주었고 카리단이 말을 이었다.

"그동안 일본군은 동여진 땅에 주둔하는 것이 낫겠다고 하십니다. 이곳은 땅이 넓어서 얼마든지 잠복할 수가 있습니다."

이산이 조선인이라고 해서 조선인 역관을 데려온 것이다. 그래서 카리단의 말을 조병기가 왜말로 이쪽 지휘관들에게 통역했다.

조병기의 말을 들은 무라다가 먼저 말했다.

"위험합니다. 차라리 장소를 정해놓고 대감과 누르하치 님이 만나는 것이 적당합니다."

"그렇습니다."

스즈키도 동조했다.

사콘과 신지는 입을 다물고 있다.

그때 그들의 왜말을 옆에 앉은 사내가 통역하자 카리단이 고개를 들었다.

"그렇다면 내가 대족장께 말씀드리지요. 어려울 것 없습니다."

통역을 들은 이산이 얼굴을 펴고 웃었다.

"아니, 내가 만추성으로 가리다."

이산이 말을 이었다.

"측근 몇 명만 데리고 갈 테니까 날짜를 정해주시오."

최경훈이 돌아왔을 때는 다음 날 미시(오후 2시) 무렵이다.

그때는 카리단도 아직 떠나지 않고 이산과 부대를 시찰하는 중이어서 함께 보고를 들었다.

"요동군을 격파하셨으니 이제 이곳이 전장(戰場)이 되었습니다."

카리단이 번들거리는 눈으로 이산을 보았다.

"요동 북쪽에 서북면방어사가 지휘하는 3만 병력이 있지요. 이것이 만리장성 동쪽에 배치된 명(明)의 마지막 방어선입니다."

이산이 고개를 끄덕였다.

그리고 만추성 북쪽에 동여진을 담당하는 동북면방어군이 있는 것이다.

어깨를 부풀린 카리단이 말을 이었다.

"서둘러야겠습니다. 제가 먼저 떠날 테니 이곳에서 3백 리(150킬로) 동쪽의 요하 상류에 산구벌이라는 황무지가 있습니다. 그곳에 주둔하고 계시면 제가 다시 모시러 오지요."

이렇게 만날 약속을 했다.

카리단이 돌아간 후에 이산이 청기군과 청테군에 포상을 했다.

용맹을 떨친 10인장 한 명은 1백인장으로 승진시키고 조융을 생포한 군사를 10인장으로, 그리고 전사한 10인장 대신 10인조(組)를 이끈 군사 3명도 10인장으로 임명했다.

그때 무라다가 말했다.

"조융을 심문했더니 요동성관찰사 휘하의 병력은 주장(主將)으로 내세울 자가 없는 데다 주력군이 흩어지는 바람에 전력(戰力)이 되지 못한다고 합니다."

무라다가 말을 이었다.

"그러나 서북면방어사 원일도의 군세(軍勢)가 3만으로 꽤 위력적인 것 같습니다."

이산이 고개를 끄덕였다.

"거기에다 동북방어사 휘하의 명군(明軍)도 있소. 바로 누르하치를 막는 군이지. 명(明)이 부패하고 무능한 왕조인 것 같지만 거대한 대륙이야."

"그렇습니다."

사콘이 고개를 끄덕였다.

"서두르실 것 없습니다. 기둥이 더 썩을 때까지 기다리면서 기반을 굳히는 것입니다."

"그러면서 동화(同化)해야겠군."

이산이 말했을 때 무라다가 이를 드러내고 웃었다.

"대감께선 우리 좌대신 대감을 꼭 닮으셨습니다."

"무례한 말씀이오!"

스즈키가 버럭 소리쳤기 때문에 진막 안이 조용해졌다.

모두의 시선을 받은 스즈키가 어깨를 부풀렸다.

"우리 주군은 그 누구의 닮은꼴이 아니오! 우리 주군은 곧 대륙의 새 주인이 되실 테니까 말씀이오!"

"지당한 말씀이오."

신지가 소리쳐 동의했다.

"그리고 우리 주군을 가르치려는 것 같은 말씀을 삼가시오!"

그때 이산이 손을 들어 말을 막았다. 정색한 얼굴이다.

"그만하라."

이산의 목소리가 진막 안을 울렸다.

"무라다는 곧은 사람이야. 제 할 일을 했을 뿐이다."

이산의 시선이 무라다와 사콘을 스치고 지나갔다.

"그리고 꼭 필요한 인재다. 모두 힘을 합쳐도 부족한 때, 나를 믿고 따라주기 바란다."

진막 안에 있었지만 알아듣지 못했던 최경훈이 밖에서 이야기를 듣고는 얼굴을 펴고 웃었다.

이야기를 해준 사람은 조병기다.

최경훈이 말했다.

"원정군은 연합군이야. 주장(主將)이 조선인, 각 대장은 조선인인 나부터 각 영주의 중신이 섞여 있어."

둘은 진막 밖에 서 있다.

최경훈이 말을 이었다.

"이들을 통합시키는 능력이야말로 대군주(大君主)의 자질이다. 그대와 내가 잘 보필하면 주군은 충분히 이룰 수 있어."

"스즈키와 신지 님 등은 모두 심복하고 있소."

조병기가 어깨를 부풀리며 말했다.

"그리고 군사들도 마찬가지오."

만력제(萬曆帝) 신종(神宗)은 10여 년 전인 1582년에 수석대학사(大學士) 장거정이 죽은 후에 무기력해졌다.

장거정은 뛰어난 재상인 데다 신종의 신임을 받는 인물이어서 제대로 국사를 보좌할 수 있었다.

오늘도 청에 나오지 않고 미녀들과 음욕에 빠져있던 신종에게 환관 하진이 다가와 보고했다. 납작 엎드린 하진의 목소리가 울렸다.

"폐하, 요동에 왜구 기마군이 출현했사옵니다."

이곳은 황궁의 내궁 안.

황금 기둥이 늘어선 침전은 사방이 2백 자(60미터) 규모나 된다. 바닥에는 양털이 깔렸고 비단 보료가 놓인 침전이다.

고개를 든 신종이 옆에 앉은 미녀의 허리를 당겨 안았다.

전라(全裸)의 미녀다. 그리고 방 안에는 수십 명의 미녀가 모여 있는 것이다. 앉거나 섰고 서너 명은 둘러앉아 소곤대다가 입을 다물고는 이쪽을 응시하고 있다.

남자는 신종과 하진뿐이다.

물론 하진은 거세된 남자다. 신종이 흐린 눈으로 하진을 보았다.

"그래서?"

"요동관찰사의 상소를 병부상서 석성이 받아서 보고 드리려고 합니다."

"석성이?"

"예, 폐하. 내궁 밖에서 기다리고 있습니다. 폐하, 나가시지요."

"왜?"

"상소를 보여드린답니다. 급한 일입니다."

"알았다고 해라."

"예, 폐하."

하진은 60대로 40년째 환관 노릇을 하고 있다. 그때 신종이 하진을 보았다.

"왜 아직도 엎드려 있느냐?"

"폐하, 요동방어사들께 지시를 내려주시지요."

"네가 내려라."

"예, 폐하."

"얼른 사라져."

"예, 폐하."

하진이 허리를 폈을 때 신종이 다시 미희를 껴안았다.

방 안에 다시 여자들의 소음이 덮였다.

내궁 건너편의 외궁 접견실에서 기다리던 병부상서 석성은 하진이 들어서

자 고개를 들었다.

미시(오후 2시) 무렵.

내궁의 침전은 사방이 검붉은 비단으로 덮여서 어두웠지만 이곳은 환하다.

"태감, 어떻게 되었소?"

하진은 환관으로 태감 벼슬이다. 다가선 하진이 앞쪽 자리에 앉았다.

"날더러 지시를 하라는 거요."

"태감한테?"

"그렇소. 그리고 지금은 무슨 보고를 했는지 다 잊었을 겁니다."

"그 정도요?"

"요즘은 어의한테서 미약(媚藥)을 받아먹고 있소."

"미약(媚藥)이라니?"

"색분(色粉)이라고도 하지."

"이런."

석성이 어깨를 늘어뜨렸다.

색분은 최음제다. 향락을 지속시키기 위한 마약인 것이다.

하진이 말을 이었다.

"아침부터 색분을 꿀물에 타 먹고 하루 종일 미희들과 상관하는 거요. 색분을 먹으면 지치지도 않으니까."

"……."

"태조 이래 13대에 와서 망하게 생겼소."

"이것 보시오, 태감."

석성이 목소리를 낮췄다.

고개를 든 석성이 하진을 보았다.

"태감한테 지시하라고 하셨지요?"

"그렇다니까."

하진이 흐린 눈으로 석성을 보았다.

"병부상서한테 제위를 이양한다고 했다고 말해드릴까?"

"에이, 여보시오."

석성이 눈을 가늘게 떴다.

"우선 이번 일이나 수습을 하고 봅시다. 그러려면 태감의 도움이 필요하오."

"명조(明朝)가 망하겠어."

한숨과 함께 말한 하진이 고개를 들었다.

"어떻게 하는 것이 낫겠소?"

황제의 어명을 받은 병부상서 석성이 대전에 나온 것은 다음 날 사시(오전 10시) 무렵이다.

황제의 직인이 찍힌 칙서를 편 석성이 대신들을 향해 말했다.

"요동에 상륙한 왜구는 금오방어사 태사 원일도를 주장(主將)으로 하고 요동관찰사 양우현을 부장(副將) 겸 병참관으로 삼아 격멸시키도록 하라."

엄숙한 표정으로 석성이 이어 읽는다.

"요동 동부방어사 방준은 원일도가 요구하면 지원하도록 하라."

칙서를 접은 석성이 대신들을 둘러보았다. 엄숙한 표정이다.

"당장 전령을 보내도록 하겠소."

대신들은 모두 허리를 숙였다.

그 시간의 평양성 안.

선조가 상반신을 기울이고 팔도도순찰사 한응인을 내려다보았다.

청 안에는 대신들이 모여 있었는데 유성룡, 윤두수 등 대신들까지 둘러서 있다.

선조가 물었는데 눈이 흐려져 있다.

"왜군이 명(明)에 상륙했다는 말인가?"

"예, 전하."

"그 대장이 세자의 선전관이었던 이산(李山)이라고?"

"예, 전하."

청 안이 술렁거렸고 유성룡과 윤두수가 서로의 얼굴을 보았다. 그때 선조가 눈의 초점을 잡았다.

"이산이 명(明)을 침공했다는 말인가?"

목소리가 떨렸다.

그때 한응인이 말했다.

"예, 전하. 기마군으로 수만 명이라고 합니다."

"이런."

당황한 선조가 고개를 들었다.

"믿기지 않는군. 어떻게 대륙에 수만 기마군이 상륙했단 말인가?"

"남해를 돌아서 서해(西海)로 진출한 것입니다."

"남해를 돌아?"

그때 한응인이 고개를 들었다.

"예, 전하. 그것은 확실합니다."

순간 청 안에 정적이 덮였다.

모두의 머릿속에 이순신이 떠올랐기 때문이다.

이순신이 지키고 있는 남해를 통과했다는 것이다.

고개를 든 선조의 시선이 유성룡에게 옮겨졌다. 묻는 것 같은 시선이었지만 유성룡은 외면했다.

그러자 선조가 다시 한응인에게 물었다.

"명군(明軍)의 반응은 어떤가?"

"예? 그것은……."

한응인이 갑작스러운 물음에 당황해서 눈동자가 흔들렸다.

"아직 알 수가 없습니다만, 명군(明軍)의 말단 군사까지 다 알고 있다고 합니다."

"그렇다면 그대가 이 제독을 만나 물어보고 오라."

"예? 소신이 말씀입니까?"

한응인이 놀라 되물었다.

그때 우의정 윤두수가 나섰다.

"이보시오, 도순찰사. 그대가 직접 듣고 주상께 말씀 올리는 것이 가장 적당할 것 같소."

윤두수의 목소리가 청을 울렸다.

"주상의 말씀을 따르시오."

더 이상 말할 것이 없다.

청에서 나온 유성룡에게 윤두수가 다가가 불렀다.

"이보시오, 대감."

유성룡이 몸을 돌렸다.

윤두수는 1533년생이니 유성룡보다 9살 연상이다. 그러니 당시 61세.

다가선 윤두수의 얼굴에 수심이 덮여 있다.

"이것이 이 통제사를 잡는 빌미가 될지도 모르겠소."

유성룡이 어금니만 물었고 윤두수가 말을 이었다.

"왜군이 남해를 돌아 명(明)에 상륙했다면 이 통제사의 코앞을 지난 셈이 될 테니까 말이오."

"……."

"한응인은 그것을 노리고 부랴부랴 주상께 말한 것 같소."

그랬다가 선조가 이여송을 만나 물어보라고 한 바람에 일이 꼬였다. 선조는 무심결에 확인하려고 했을 것이다.

그때 유성룡이 말했다.

"세자한테도 악재올시다."

"그렇군."

윤두수가 고개를 끄덕였다.

"그래서 한응인이 신이 났었군. 세자 저하와 이순신까지 한꺼번에 궁지로 몰게 되었으니까."

"내가 이 제독을 만나러 가겠습니다."

"대감도? 한응인하고 같이 말씀이오?"

"아니. 따로 가겠습니다."

유성룡이 길게 숨을 뱉었다.

원균은 펄펄 뛰었다.

이산이 대군을 이끌고 남해를 거쳐 대륙에 상륙했다는 소문이 퍼지고 난 후부터다.

"이순신이 석 달쯤 전에 전선들을 한동안 바닷가에 매어둔 적이 있다. 그때 왜군 함대가 지난 것이다."

원균이 소리쳐 말했다.

"이순신과 이산이 결탁한 것이야. 이것은 세 살짜리 아이한테 물어봐도 아는 사실이다."

앞에는 종사관 김익수와 도사 박찬이 앉아있었는데 원균의 심복이다.

그때 김익수가 말했다.

"이건 왜군 향도들한테서 들은 소문입니다만 대륙으로 넘어간 왜군 장수 중에 최경훈이 끼어있다는 것입니다."

"무엇이?"

깜짝 놀란 원균의 비대한 몸이 더 부풀려진 것처럼 보였다. 원균이 숨을 들이켰기 때문이다.

"최경훈이?"

"예, 왜장 중 하나라고 했습니다. 이산의 휘하 장수랍니다."

"누가 그러더냐?"

"고니시군 진영에서 흘러나왔습니다."

"고니시."

원균이 흐려진 눈으로 고개를 끄덕였다.

고니시 유키나가 진영은 조선에 진주한 모든 왜군의 본진 역할을 한다.

그때 박찬이 말했다.

"왜군도 술렁이고 있습니다. 대륙으로 들어간 왜군이 조선 위쪽에서 명군(明軍)을 압박하면 남쪽으로 밀려난 왜군이 다시 북상하는 전략이지요. 하지만 대부분의 왜군은 사기가 오르기는커녕 더 낙담한다는 것입니다."

그때 원균이 고개를 들었다.

"왜군의 대선단이 남해를 지나 서해로 들어가 대륙에 상륙한 것은 사실이다. 그렇지 않으냐?"

"그렇습니다."

둘이 동시에 대답했을 때 원균이 숨을 골랐다.

"주상께 상소를 올려야겠다."

원균이 말을 이었다.

"이것은 이순신과 이산이 광해와 결탁해서 왜군을 돕는 반역이다."

금오방어사인 태사 원일도는 황제의 칙명을 받자마자 전군(全軍)을 동원했다.

이미 도위 주광한테서 보고를 받은 터라 준비를 하고 있던 참이었다.

기마군 8천, 보군 2만이다.

원일도가 직접 전군을 지휘했다.

"네가 선봉을 서라."

원일도가 도위 주광에게 지시했다.

"기마군 2천을 주겠다. 지금 당장 판관 사문과 함께 기마군을 떼어 받아라."

"예, 대감."

어깨를 부풀린 주광이 고개를 숙였다.

판관 사문은 진막을 나가면서 말했다.

"이제야 제대로 군(軍)이 움직이는군."

주광은 계산하지 못했지만, 이산이 뤼순에 상륙한 지 19일 만이다.

이산군(軍)이 산구벌에 들어섰을 때는 미시(오후 2시) 무렵.

무슬령에서 출발한 지 4일 만이었다.

이곳은 구릉지대로 끝이 보이지 않는 불모지다. 그래서 민가도 없다.

"오오!"

무슬령 입구에서 30리쯤 안으로 진입했을 때 마침내 참지 못하고 신지가 탄성을 뱉었다.

사방이 붉은 땅.

드문드문 바위만 널린 대지(大地)다. 지평선만 보이는 것이다.

"과연 대륙이다."

신지가 한숨과 함께 말했다.

왜국에는 이런 풍경이 없는 것이다.

감동(感動)하지 않을 수 없다.

그때 옆으로 다가온 스즈키가 말했다.

"입이 닫히지 않습니다, 장군."

"끝이 보이지 않는구만."

"사방 2백여 리(100킬로) 정도라고 합니다."

"30만 석 정도의 영지가 불모지란 말인가?"

그때 옆으로 사콘이 다가왔다. 둘의 이야기를 들은 것이다.

"서쪽으로 가면 이보다 몇 배나 큰 불모지가 여러 개 있답니다."

사콘이 웃음 띤 얼굴로 말을 이었다.

"우리는 이제 이 땅에도 적응해야 할 것 같소."

"우리가 한 줌 모래 같습니다."

스즈키가 말을 받았지만 아직도 압도당한 표정이다.

산구벌 중심에 진을 친 다음 날 오전에 다시 카리단이 돌아왔다.

이번에는 카리단이 기마군 5백여 기를 대동했는데, 영접 부대 역할이다.

준비하고 있었기 때문에 이산은 곧 카리단과 함께 출발했다.

이산군(軍)은 신지에게 맡기고 사콘과 무라다에게 보좌를 시킨 것이다.

이산은 스즈키와 위사대장 곤도를 수행시켰다.

호위대 1백 기만 거느린 행차다.

동쪽으로 말을 달리면서 카리단이 이산에게 말했다.

"장군은 이제 대륙에 던져진 불덩이가 되셨소."

이산의 시선을 받은 카리단이 이를 드러내고 웃었다.

"장군은 북경의 황궁뿐만 아니라 이곳 요동 땅, 그리고 조선과 왜국에까지 알려진 인물이고."

"숨기가 힘들게 되었습니다."

옆에 붙은 통역의 말을 듣고 이산이 바로 대답했다.

"예상했던 일이오."

"히데요시는 어떤 인물입니까?"

"일본을 통일한 영웅이지요."

"군사력은?"

"1백만은 될 것이오."

"이 공(公)은 지원군을 받을 수 있습니까?"

"조선의 일본군이 먼저 북상해 오겠지요."

"그렇군요."

카리단은 궁금한 것이 많은 모양이다.

마구 물었고 이산은 거침없이 대답해주고 있다.

고니시 유키나가와 심유경의 입장이 가장 불편할 것이다.

둘이 주인공이 되어서 전쟁을 관리하려던 의도가 이산의 등장으로 산산조각이 났기 때문이다.

고니시는 이산의 거선(巨船) 제작을 들었을 때부터 은밀히 밀정을 파견했다.

오사카는 물론 거선(巨船) 건조 현장까지 파견해서 소문을 모았다.

그런데 소문은 이산군(軍)이 조선의 남해를 피해서 동쪽 울산에 상륙한다는 것이었다.

히데요시가 울산성에 주둔한 우키다 히데이에게 지시하여 대군(大軍)이 상륙할 테니 선착장을 넓혀 놓으라는 지시까지 했기 때문이다.

이산군이 대륙에 상륙했다는 소문을 듣자 고니시는 마치 머리에 불을 이고 있는 것 같았다.

명군(明軍) 사령관 이여송, 송응창보다 더 황당한 상황이다.

히데요시는 고니시마저 속였다.

"이 제독은 어떤 입장이오?"

고니시가 심유경에게 물었다.

경주성의 청 안.

측근들까지 물리친 고니시가 심유경과 독대하고 있다.

유시(오후 6시) 무렵.

서늘한 날씨다.

그때 심유경이 입맛부터 다셨다.

"황제의 지시를 기다리고 있습니다."

"이산이 조선 북쪽에서 내려오면 명군(明軍)은 당하게 될 거요."

왜장 고니시가 명군(明軍) 걱정을 한다.

심유경이 고개를 들었다.

"그렇게 단순한 일이 아니오, 장군."

"뭐가 복잡한가?"

"이산이 여진과 손을 잡으면 일이 더 커집니다."

순간 고니시의 눈이 흐려졌다.

허리를 편 고니시가 심유경을 보았다.

고니시에게 여진은 생소한 명칭이다. 지금까지 생각해본 적도 없다.

심유경이 말을 이었다.

"지금 대륙의 동쪽은 여진이 봉기하고 있소. 동여진, 서여진으로 나뉘어 있는데 동여진의 누르하치 세력이 막강해지고 있습니다."

"……."

"누르하치가 동여진을 통일하면 곧 서진(西進)할 것이오. 그렇게 되면 명(明)은 조선에 눈길을 돌릴 여유도 없습니다."

"여진이라."

고니시가 눈의 초점을 잡았다.

입은 꾹 다물려 있다.

이산이 누르하치와 상면한 것은 사흘 후다.

하루 400리(200킬로)씩 달려온 것이다.

미리 전령의 보고를 들은 누르하치는 만추성 앞 20리(10킬로) 지점까지 마중을 나와 있었다.

"오, 이 공(公), 어서 오시오."

"대족장을 뵙습니다."

누르하치와 이산이 마상(馬上)에서 인사를 주고받았다.

이제 둘은 말 머리를 나란히 두고 만추성으로 향했다.

"요동관찰사의 병력을 격파했다고 들었소. 경축하오."

"서북면방어군이 출동했다고 들었습니다."

"동북면방어군도 나설 겁니다."

말을 받은 누르하치가 빙그레 웃었다.

"이 공(公)이 불씨를 던져주셨소."

"히데요시 님의 밀서를 가져왔습니다."

"성에서 읽지요."

누르하치가 말을 속보로 걸리면서 말을 이었다.

"이 공(公)은 조선인 아니시오? 나는 그것에 호기심이 일어났소."

"무엇이 말씀입니까?"

통역의 말을 들은 이산이 누르하치를 보았다.

그때 누르하치가 둘 사이에서 통역을 하던 역관을 뒤로 물러가게 하더니 말배를 붙였다.

이제 둘은 바짝 붙어서 걷는다.

누르하치가 고개를 돌려 이산을 보았다.

"이 공(公), 우리 둘만 있을 때는 조선말을 씁시다."

순간 이산이 숨을 들이켰다.

누르하치가 조선말을 쓴 것이다.

그것을 본 누르하치가 빙그레 웃었다.

"잊으셨소? 우리 여진은 고구려의 후손이나 같다는 것을."

6장 이산과 누르하치

놀란 이산이 누르하치를 보았다.

둘은 말을 바짝 붙여서 속보로 나아가는 중이다. 뒤쪽 일행과는 20자(6미터)쯤 떨어졌다.

"대족장, 조선말을 하시는군요."

"내 동생 카리단도 조선말을 합니다."

"저런."

그때 누르하치가 빙그레 웃었다.

"모르는 척하라고 했소."

"반갑습니다."

"필요한 때 우리 둘이는 조선말을 하십시다."

"알겠습니다."

"히데요시 님의 밀서는 읽겠지만 이 공의 심중을 알고 싶소."

고개를 든 누르하치가 이산을 보았다.

"이 공(公)은 조선 왕조에 반역하시는 것이오?"

"나는 조선인입니다."

이산이 바로 대답했다.

누르하치의 시선을 받은 이산이 결연한 표정을 지었다.

"내 어머니를 죽인 고니시의 부하들을 내 손으로 베어 죽였습니다."

"그것도 들었소."

"세자 광해의 선전관으로 내 외조부를 모함했던 대신 놈을 암살하기도 했지요."

"오, 그러신가?"

"무능한 임금과 간신배들을 증오하지만 나는 조선인을 상대로 싸우지는 않습니다."

"이제 알겠소."

누르하치가 이를 드러내고 웃었다.

"히데요시 님의 밀서는 읽지 않아도 알겠구려. 이 공(公)의 목표는 북경이군요."

만추성의 정상에 있는 대족장의 청에서 히데요시의 밀서를 읽은 누르하치가 고개를 끄덕였다.

"히데요시 공(公)은 이 공이 나와 함께 명(明)을 정복하기를 바란다고 하셨소."

이제 누르하치는 여진어를 썼고 역관이 소리쳐 통역했다.

청 안에는 수백 명의 원로, 장군들이 둘러앉아 있었지만 숙연한 분위기다.

누르하치가 소리쳐 말했다.

"이제부터 일본군은 우리 여진의 동맹군이며 이산 공(公)은 내 형제다."

"와앗!"

모두 환성을 뱉었기 때문에 청이 울렸다.

누르하치가 자리에서 일어나 이산의 손을 잡았다.

"지금부터는 이 공이 내 아우네."

"형님으로 모시지요."

이산이 누르하치의 손을 마주 쥐었다. 그러고는 한마디 덧붙였다.
"나는 형님의 조선인 동생이오."

주연이 열렸다.
여진족의 주연은 왜국의 경우와는 딴판이다.
히데요시가 주관한 연회는 수백 명이 절서정연하게 앉아 각자의 앞에 놓인 술상에서 술을 마시고 안주를 먹는다.
시중드는 기녀들이 돌아다니면서 술을 따라주는데 조용하다. 가끔 낮은 웃음소리가 들리고 수군대는 소리가 울린다.
앞쪽으로 멀리 떨어진 상석에 앉은 히데요시의 작은 기침 소리에도 모두 긴장한다.
그런데 이곳은 그 반대다.
반라의 무희를 껴안은 누르하치가 소리쳐 카리단을 불렀다.
카리단이 다섯 발짝 거리에 앉아있었는데도 주위가 시끄러웠기 때문이다.
"카리단! 네 오른쪽에 앉은 여자, 이리 보내라!"
누르하치가 세 번째 소리쳤을 때에서야 카리단이 알아듣고 여자의 등을 밀었다.
여자가 다가왔는데 가냘픈 몸매의 미녀다. 붉은색 비단옷을 걸쳤고 머리는 묶어서 위로 올렸다.
시선을 내린 여자의 팔을 움켜쥔 누르하치가 옆에 앉은 이산에게 말했다.
"아우, 이 여자를 갖게."
밀린 여자가 비틀거렸기 때문에 이산이 허리를 잡아 부축했다.
여자가 옆에 앉으면서 힐끗 이산을 보았다.
맑은 눈이다.

그때 누르하치가 말했다. 물론 여진어다.

"아우, 납치해 온 명(明)의 관리 부인이야. 아우에게 주겠네."

"감사합니다, 형님."

통역을 들은 이산이 사례하고는 여자를 보았다. 여자와 다시 시선이 마주쳤다.

주연은 흥겹게 계속되고 있다.

웃음소리와 떠들썩한 소음에 머리가 어지러울 정도다.

그때 옆에 앉아있던 스즈키가 말했다.

"분망하면서도 질서가 있습니다. 대족장 근처로는 아무도 접근하지 못합니다."

"나도 보았어."

이산이 고개를 끄덕였다.

"거칠지만 대족장에 대한 존경심이 드러난다. 강한 전사(戰士)들이다."

"전력(戰力)이 얼마나 되는지 궁금합니다."

"내일 상의를 해보지."

"주군께 형제의 의를 맺었지만 어떻게 대할지 알 수 없습니다."

경계심을 풀지 말라는 조언이다.

이산이 얼굴을 펴고 웃었다.

이미 달리는 호랑이 등에 올라탄 상황인 것이다.

그날 밤 숙소의 침소로 여자가 들어섰다.

이산은 곰 가죽이 깔린 바닥에 앉아있던 참이었다.

주연에서 누르하치가 밀어준 여자다.

다가선 여자가 고개를 들고 이산을 보았다. 주연에서 이산의 옆에 앉았지만 말 한마디 나누지 않았다.

그때 여자가 선 채로 말했다.

"대족장께서 저를 연락관으로 보내셨습니다."

순간 이산이 눈을 가늘게 떴다.

여자가 조선말을 한 것이다.

이산이 물었다.

"조선인이냐?"

"조선에서 명(明)으로 팔려왔다가 여진에 잡혔지요."

시선을 내린 여자가 말을 이었다.

"대족장 후궁이 되었다가 이제 장군의 연락관이 되었습니다."

"알았다. 하지만 겉으로는 내 수청을 드는 사이가 되겠군."

"예, 장군."

고개를 든 여자와 시선이 마주쳤다. 목소리도 또렷했고 눈동자도 흔들리지 않는다.

"주무시겠습니까?"

"그대, 누르하치 님의 후궁이라고 하지 않았는가?"

"예, 맞습니다."

"누르하치 님과 나는 형제의 의를 맺은 사이야. 아는가?"

"알고 있습니다."

"내가 형님의 처를 끼고 잘 수가 있단 말인가?"

"여진에서는 그럴 수 있습니다."

"이런."

이산이 어깨를 부풀렸을 때 여자가 말했다.

"우의의 표시입니다."

"나는 조선인이야. 형수하고 잘 수는 없어."

"저는 카리단한테도 상으로 던져진 적 있습니다."

이산이 쓴웃음을 지었다.

"그대 이름이 무엇인가?"

"김옥. 이곳에서는 파스나로 불립니다."

"좋아. 그럼 밤도 늦었으니 안쪽에서 자거라."

이산이 눈으로 침소 안쪽을 가리켰다.

"나는 위쪽에서 잘 테니까."

그러고는 이산이 쓴웃음을 지었다.

"내일 아침에는 같이 잔 시늉만 하면 돼."

다음 날 오전.

아침을 먹고 난 이산이 누르하치에게 불려갔다.

이산을 본 누르하치가 자리에서 일어서며 말했다.

"아우, 내 군대를 시찰하러 가세."

여진군(軍)을 보여준다는 것이다.

한 시진쯤이 지났을 때 누르하치와 이산이 말 머리를 나란히 하고 여진 기마군을 시찰하고 있다.

만추성 아래쪽 벌판에는 1만 기 가까운 기마군이 도열해 있었는데, 대단한 위용이다.

질서 있게 두 줄, 세 줄씩 늘어섰는데, 갖가지 깃발과 장식, 심지어는 말에 색칠까지 해놓아서 어지러울 정도였다.

그것이 1만 기가 모여 있었으니 말 울음소리까지 섞여서 시장바닥 같았다.

누르하치가 자랑스러운 표정으로 이산을 보았다.

"어떤가?"

"근위군은 어디에 있습니까?"

역관을 통해 물었더니 누르하치가 뒤쪽을 가리켰다.

"방금 지나왔네. 얼룩이를 타고 있는 장수가 근위대장 오타구네."

"……."

"휘하에 2천 기를 이끌고 있지."

"오타구의 부장(副將)은 몇 명입니까?"

"하나지. 바스란이야."

"바스란 대신으로 누가 있습니까?"

"아마 차이박이 되겠지. 그런데 왜 묻는가?"

"그 기마군 편성이 효율적인 것 같지가 않습니다."

그때 말을 멈춘 누르하치가 고개를 끄덕였다.

그러고는 말에 박차를 넣고 대열을 빠져나갔다.

뒤를 이산이 따른다.

잠시 후에 둘은 벌판 위쪽에 세워진 진막에 들어가 있다.

역관까지 내보낸 진막 안에는 누르하치와 이산 둘뿐이다.

그때 누르하치가 조선어로 말했다.

"아우, 카리단이 그대의 기마군을 보고 나서 나한테 보고를 했네."

정색한 누르하치가 말을 이었다.

"기마군이 여러 개 깃발로 나뉘어 제법 정연하게 보인다고 하더군."

"그것이 몽골군이 대륙을 정벌했을 때처럼 10인조를 기준으로 편성했습니다."

"10인조라."

"10인조는 10인장이 이끌고 10인조 10개를 1백인장이 이끕니다. 1백인장도 10인조를 이끌고 있으니 110명을 지휘하는 셈이지요."

"오, 그렇군."

"그 1백인대 10개를 1천인장이 이끕니다. 1천인대 2개에서 3개는 3천인장급 장수가, 3천인대 2개에서 3개는 1만인장이 이끌지요."

"그렇군."

천천히 고개를 끄덕인 누르하치가 이산을 보았다.

"그런데 그대 기마군은 몇 개 색깔의 깃발군으로 나뉘어 있다고 하더군."

"그렇습니다. 청, 백, 황, 적 4개 색입니다."

이산이 다시 8기군(軍)을 설명했을 때 누르하치가 고개를 들었다.

"아우, 여기 오신 길에 내 기마군을 재편성해주게."

"그러지요."

이산이 고개를 끄덕였다.

"제 군사(軍師)도 함께 왔으니 재편성해 드리지요."

"맡기겠네."

"그리고 기마군의 장식과 치장은 모두 떼도록 하겠습니다."

"아우가 내 대신 지시해주게."

누르하치가 허리에 찬 소도(小刀)를 꺼내 이산에게 내밀었다.

"거역하는 놈은 베어 죽이게. 내가 전군(全軍)에 지시하겠네."

저녁 무렵.

내궁에서 저녁을 먹던 누르하치가 고개를 들었다.

파스나가 들어섰기 때문이다.

파스나는 누르하치가 아끼는 후궁 중 하나다.

"무슨 일이냐?"

새끼돼지 다리를 들고 뜯어먹던 누르하치가 물었다. 파스나가 옆쪽에 앉아 말했다.

"저는 밤에 시중들지 않아도 된다고 합니다."

"어젯밤에는 시중들었지 않았느냐? 다른 여자가 필요하다는 거냐?"

누르하치가 건성으로 물었을 때 파스나가 고개를 저었다.

"어젯밤에도 따로 잤습니다. 이 장군은 저한테 손도 대지 않았습니다."

"네가 싫다고 하더냐?"

"아닙니다. 조선인은 형님 처하고 잠자리를 하지 않는다고 했습니다."

"음. 이상한 풍습이군."

혀를 찼던 누르하치가 돼지 다리를 내려놓았다.

눈이 흐려져 있다.

"네 생각은 어떠냐?"

누르하치가 묻자 파스나가 정색했다.

"조선인은 형님과 똑같이 형님의 처를 존중하기 때문입니다."

한동안 파스나를 응시하던 누르하치가 고개를 끄덕였다.

"예의가 바른 사람이군."

"난 5인장이 되었어."

어깨를 편 사르타이가 무크라에게 말했다.

기마군 진지 안.

진지는 떠들썩했지만 생기가 넘쳤다.

옆쪽 마장에는 말에 칠한 물감을 씻기느라고 떠들썩했고 한쪽에는 벗긴 장식, 헝겊 조각, 말 갑옷이 산더미처럼 쌓여 있다.

말에 부착한 장식물들을 다 뜯어내는 것이다.

무크라가 어깨를 부풀리며 말했다.

"난 10인장이야. 우리 부족에서 10인장이 160명, 1백인장이 12명, 1천인장이 2명 배정되었다는군."

"마흐타 부족은 1천인장이 셋이라는데, 왜 그렇지?"

"그쪽 군사가 몇백 명 많기는 해."

"대족장 부족과 가깝기 때문이겠지."

둘의 분위기는 밝다.

갑자기 편제가 만들어지고 지금까지 없던 5인장, 10인장, 1백인장 등 지휘관이 임명되는 변화를 모두 긍정적으로 받아들이는 것이다.

이곳은 대족장의 진막 안.

누르하치가 앞에 선 근위대장 오타구에게 말했다.

"넌 지금부터 적군(赤軍) 대장이고 3천인장이다. 머릿속에 꾹 박아놓아라."

"예, 대족장."

오타구가 둥근 눈으로 대족장을 보았다.

"적군(赤軍)이면 모두 붉은 옷을 입습니까?"

"아직 그럴 필요까지는 없고 붉은색 깃발을 달도록."

"예, 삼각으로 만들어 모두 등에 꽂도록 하겠습니다."

"적테군 1천도 네 휘하다. 알겠지?"

"예, 압니다. 적색(赤色) 바탕에 흰 선을 두른 부대지요."

"이해가 가느냐?"

"예, 저는 적군의 대장이면서 적테군까지 지휘하는 것이지요."

고개를 끄덕인 누르하치가 옆에 앉은 이산에게 말했다.

"아우 덕분에 내 부대가 제대로 된 기마군단이 된 것 같네."

정색한 누르하치가 말을 이었다.

"이제는 정식으로 8기군(八旗軍)의 전술을 만들어야겠어."

이산이 고개를 끄덕였다.

여진 부족을 결합하면 수십 만의 8기군이 조직될 것이다.

그 8기군이 이산이 대륙으로 데려온 일본군으로부터 이어졌다는 것을 후세는 모를 것이다.

그때 누르하치가 이산에게로 몸을 굽히더니 귀에 대고 귓속말을 했다.

"아우, 오늘 밤에는 내가 다른 여자를 보내겠네."

이산의 시선을 받은 누르하치가 빙그레 웃었다.

"이제는 사양하지 말게."

원균의 상소가 도착했을 때는 선조가 한양성으로 옮겨가는 것을 고려하고 있던 때다.

이산이 왜군을 이끌고 대륙에 상륙했다는 보고를 들은 후부터 선조는 머리 위 천장에서 늑대가 돌아다니는 꿈까지 꾸는 중이다.

원균의 상소는 이조참판 정선규가 읽었다.

평양성의 청 안이다.

"지난 10월 초, 삼도수군통제사 이순신이 전선을 포구에 묶어놓고 판옥선 1척만 끌고 순시를 나갔습니다. 그때 남쪽의 거문도 앞바다로 대함대가 지났다는 연락선의 보고가 있었습니다. 신(臣)은 함대를 출동시키려고 했으나 통제사가 출항 금지 명령을 내렸기 때문에 움직일 수 없었습니다. 이산이 이끈 왜군의 대함대는 이순신의 묵인하에 남해를 통과한 것입니다. 또한, 이산과 이순신이 남해상에서 만났다는 소문이 퍼지고 있습니다. 이것은 반역의 징후이니 전하께서 추궁하여 진실을 밝혀야 할 것입니다."

정선규의 목소리가 울리는 동안 청 안은 숨소리도 나지 않았다.

이윽고 정선규가 읽기를 마쳤을 때 선조가 고개를 들었다.

"이순신을 어찌할꼬?"

모두 입을 다물고 있다.

오늘은 유성룡도 한응인도 청에 있지 않았다.

유성룡은 의병단을 격려하려고 떠났고, 한응인은 어명을 받고 이여송에게 갔다.

이산이 지휘하는 왜군이 대륙에 상륙한 것에 대한 이여송의 반응을 들으려는 것이다.

그때 대제학 최유순이 나섰다.

"지금은 왜선 출몰이 드물어진 상황이니 이순신을 불러 추궁하시는 것이 옳습니다. 원균에게 통제사 직을 맡기고 선전관을 보내 이순신을 압송해 오도록 하소서."

"그렇습니다."

사간원 대사간 오경환이 말했다.

"이순신의 행적이 의심스럽습니다. 몇 번 공을 세웠다고 오만해져서 도원수의 명도 거역한 일이 한두 번이 아닙니다. 불러서 사실을 가리도록 하옵소서."

"옳습니다."

당하의 두어 명이 동의했을 때 좌의정 윤두수가 나섰다.

윤두수는 우의정에서 좌의정으로, 유성룡은 좌의정에서 우의정으로 직을 바꿨다.

"이순신을 압송해 오면 명(明)에서 놀랄 것입니다. 이 제독에게 먼저 묻는 것이 순서일 것 같습니다."

고개를 돌린 윤두수가 최유순을 보았다.

최유순은 이때 42세.

정여립의 옥사에 고변을 한 공으로 정난공신 2등에 봉해진 후에 직이 올라 4년 만에 종4품에서 종2품으로 4등급이나 올랐다.

"만일 이 제독이 노해서 그 책임을 묻는다면 대감이 주상전하 대신으로 목을 내놓으시겠소?"

과격한 표현이지만 최유순의 얼굴이 순식간에 새파랗게 변했다. 최유순이 입술만 달싹였을 때 윤두수가 말을 이었다.

"내가 알기로 지금 이 제독과 송 장군은 답보 상태인 전황에 대한 책임을 지지 않으려고 그 핑곗거리를 찾는 중이오."

윤두수가 청 안의 대신들을 둘러보았다.

"이때 이순신을 잡아 와 남해가 공백이 되었을 때 무슨 일이 일어난다면 이 제독은 그 책임을 묻게 될 것이오."

고개를 든 윤두수가 최유순을 보았다.

"대감이 그 책임을 지시겠소?"

최유순이 시선을 내렸을 때 윤두수가 고개를 끄덕였다.

"그럼 이순신을 압송해 옵시다. 그리고 그것을 대감이 주장했다고 이 제독께 말해줍시다."

청 안이 조용해졌다.

그때 그 정적을 깬 것이 선조다.

"이 제독에게 도순찰사가 갔으니 다녀온 후에 결정하도록 하지."

이렇게 결정이 되었다.

"조선은 저런 놈들이 있는 한 남의 속국에서 헤어나지를 못하네."

청에서 나온 윤두수가 마당을 건너면서 옆을 따르는 경기병사 김명준에게 말했다. 김명준은 듣기만 했고 윤두수가 말을 이었다.

"이여송이 눈만 치켜떠도 사지를 떠는 비겁자 놈들, 남을 모함해서 출세한 비열한 놈들이 정권을 장악하고 있는 한 조선은 희망이 없어."

"임금 때문이 아닙니까?"

불쑥 김명준이 되묻자 윤두수는 어깨를 부풀렸다가 내렸다.

윤두수가 입을 다물고 있었기 때문에 김명준이 말을 이었다.

"모두 임금 눈치를 보고 말하는 것입니다. 임금이 이순신을 시기하는 것을 다 알고 있기 때문이지요."

"……"

"임금이 없어져야 조선 백성이 삽니다."

"쉬잇!"

마침내 윤두수가 이맛살을 찌푸렸다.

둘은 마당을 가로질러 관영을 나오는 중이다.

윤두수가 목소리를 낮췄다.

"이 사람아, 목소리 낮추게."

"지금 임금이 임금 노릇을 합니까? 누가 발길질 한 번만 해도 넘어져 버릴 왕조 아닙니까?"

윤두수가 입맛만 다셨고 김명준이 말 잇는다.

"조선 양반 놈들도 다 없애야 할 놈들입니다. 그저 제 가족, 제 보신만 하려고 병신 같은 임금을 내세우고 살지 않습니까? 겁쟁이라 임금을 내몰지도 못하고 말입니다. 다 당해야 합니다."

"이 사람이 정여립 꼴이 되려고 하는군."

"오죽하면 천민들이 왜군에 동조하겠습니까? 천민으로 살 바에는 왜놈 세상에서 차별 없이 살겠다는 것 아닙니까?"

"……."

"임금이 한양성을 도망쳐 나갔을 때 천민, 상민들까지 호조로 쳐들어가 노비 문서를 태우고 만세를 불렀지 않습니까? 그런 임금이 지금은 이순신을 시기해서 잡아 죽이려고 합니다."

"그만."

마침내 윤두수가 눈을 부릅뜨고 말했다.

대문 앞에 관리들이 모여 있었기 때문에 김명준도 입을 다물었다.

유성룡이 먼저 이여송을 만났다.

이여송과는 절친한 사이이기 때문이다.

처음에는 거드름을 피우면서 함부로 유성룡을 대하던 이여송은 시간이 지나자 달라졌다.

유성룡의 학식과 품성에 감화된 것이다.

유성룡이 한어(漢語)에 유창하지는 못하지만 직접 소통할 수 있었던 것도 친밀하게 된 이유 중의 하나가 될 것이다.

"유 공(公), 무슨 일이시오?"

서로 마주 보고 앉았을 때 이여송이 먼저 물었다.

수원성의 관영 청 안.

이여송은 부장(副將)인 동생 이여백을 합석시켰다.

유성룡이 고개를 들었다.

"제독, 대륙에 왜군이 상륙했다는 소문을 들으셨습니까? 이산의 왜군 말입니다."

"소문이 아니오."

이여송이 고개를 저었다.

"기마군 수만이 상륙했습니다."

"그렇다면 왜군의 배가 이순신이 지키는 남해를 돌아간 것 아닙니까?"

"그럴 수도 있지."

"제독, 어떻게 하실 겁니까?"

"어떻게 하다니요?"

"그렇게 되면 이산을 선전관으로 임명한 세자와 이순신까지 연루됩니다."

"연루되다니?"

"조선 조정이 뒤집힐 것입니다."

그때 이여송이 눈을 가늘게 뜨고 유성룡을 보았다.

이여송은 이때 44세. 52세인 유성룡보다 8세 연하다.

이여송이 입을 열었다.

"어떻게 뒤집힌다는 말입니까?"

"주상이 세자와 이순신을 처벌하고 그들과 연루된 세력을 처벌할 것 같습니다."

이여송이 눈을 가늘게 떴고 유성룡이 말을 이었다.

"세자와 이순신을 싫어하는 세력이 있습니다."

"……."

"가만둘 수가 없는 상황이 되었습니다."

그때 이여송이 고개를 들었다.

"이 손바닥만 한 왕조가 참 한심하군요."

유성룡이 숨만 들이켰고 이여송이 말을 이었다.

"왜구의 외침까지 받는 상황에서 임금이란 자가 나라를 구한 장군을 어떻게 든 죽이려고 들다니. 이게 제대로 된 왕조입니까?"

"……."

"멀쩡한 세자를 역적으로 몰아대는 것도 그렇고."

"……."

"이산이 설령 왜군을 이끌고 대륙으로 진입했다고 합시다. 그것으로 법석을 떠는 이유가 조선 백성을 위하기 때문이오? 아니면 왕조 때문이오?"

"……."

"당사자인 명(明)의 사령관인 내가 가만있는데 조선 왕이 나서고 있단 말이지요?"

이제 이여송의 눈에 초점이 잡혔다.

"대감."

"예, 제독. 말씀하시오."

"임금을 교체해 버리는 것이 낫지 않겠소?"

"제독, 그것은……."

"저런 임금은 없는 것이 차라리 나을 것 같아서 하는 말이오."

"제독, 진정하시지요."

그때 이여송이 길게 숨을 뱉었다.

"조금 전에 한응인이란 자가 나한테 면담 신청을 했소. 임금이 내 의중을 알려고 보낸 것 같소."

"그런 것 같습니다."

"내가 그자에게 말할 것이오."

그러고는 이여송이 입을 다물었기 때문에 유성룡은 외면했다.

밤.

침소의 문이 열렸기 때문에 이산이 고개를 들었다.

여자 하나가 들어섰다. 붉은색 천을 몸에 두르고 머리에도 붉은 두건을 썼지만 불빛에 드러난 얼굴은 윤곽이 뚜렷한 미인이다.

다가온 여자가 이산의 다섯 걸음쯤 앞에서 멈춰 섰다.

방 안에 켜놓은 촛불 불꽃들이 흔들렸다.

그때 여자가 말했다.

"전 후사나라고 합니다."

조선어다.

눈을 크게 뜬 이산의 시선을 받은 여자가 입술 끝만 올리고 웃었다.

"조선어를 하니까 놀라셨나요?"

"여긴 조선어를 하는 사람이 좀 있군."

"많지는 않을 텐데요."

다가온 여자가 앞쪽 곰 가죽 위에 앉았다.

여유 있는 태도다.

그때 여자가 말을 이었다.

"이젠 눈치채지 못하셨나요?"

"그렇다면……."

이산이 정색하고 여자를 보았다.

"누르하치 님 가문인가?"

"동생입니다."

여자가 이산을 응시한 채 말을 이었다.

"이복동생이죠."

"그렇군."

"오늘 밤부터 당신의 처가 되는 것이지요. 받아들이실 겁니까?"

"난 아내가 있어."

"상관없습니다. 당신의 아내 중의 하나가 되는 것이니까."

여자가 몸에 두르고 있던 붉은색 천을 젖힌 순간 가슴과 아래쪽만 가린 몸이 드러났다.

여자가 몸을 일으키더니 기둥에 달린 양초의 불을 껐다.

여자가 일어나는 기척에 향내가 맡아졌다.

다음 날 아침.

눈을 뜬 이산이 가슴에 붙여진 후사나의 얼굴을 보았다.

고른 숨을 뱉으면서 자는 중이다.

긴 속눈썹이 가지런히 덮였고 더운 숨이 가슴을 훑고 지나갔다.

아직 해뜨기 전이어서 주위는 조용하다. 그때 후사나가 눈을 떴다.

눈동자의 초점이 잡혔고 곧 이산과 시선이 마주쳤다.

"깼어요?"

후사나가 눈웃음을 쳤다. 몸을 딱 붙인 후사나가 팔을 들어 이산의 허리를 감아 안았다.

"낭군, 지금 무슨 생각을 하세요?"

"그냥 보고 있었던 거요."

이산도 후사나의 어깨를 당겨 안았다. 후사나의 피부는 기름을 바른 것처럼 매끄럽고 윤기가 났다.

그때 후사나가 말했다.

"내가 당신의 아내로 이곳에 남아있는 겁니다. 아시죠?"

"난 아직 모르고 있었는데."

"인질인 셈이지요."

"그럴 리가 있나?"

"오빠는 당신을 신임하고 있어요."

후사나가 말을 이었다.

"난 동여진의 대족장 중 하나인 베이타의 아내가 될 예정이었어요."

"……"

"내가 베이타의 아내가 되면 오빠는 쉽게 동여진을 통합하게 되겠지요. 그런데 그것을 보류시키고 당신한테 보낸 것이지요."

"……"

"당신은 날이 밝으면 떠나게 돼요."

"오늘?"

놀란 이산이 고개를 들었다.

여진군 편성이 끝나가고 있지만, 아직 출발 일정을 정하지 않았던 것이다.

그때 후사나가 다시 이산을 당겨 안았다.

"내가 자주 이곳 소식을 전할게요. 당신은 인질을 두고 간 것이 아니라 정보원을 심은 셈이 될 겁니다."

이산이 후사나의 입술에 입을 붙였다.

대담하고 재치 있는 여자다. 그리고 상대에게 자신감을 불어넣어 준다.

과연 여진 대족장의 동생이다.

미시(오후 2시) 무렵이 되었을 때 만추성 밖 황야에 나가 있던 이산에게 누르하치가 다가왔다.

누르하치의 주변은 온통 적색(赤色)이다.

8기군(八旗軍)의 적색군이 누르하치의 근위군이 되었기 때문이다.

이산의 인사를 받은 누르하치가 어깨를 감아 안더니 수행원으로부터 멀찍이 떨어졌다.

누르하치와 이산은 황야가 내려다보이는 언덕 위에 나란히 섰다.

그때 누르하치가 말했다.

"아우, 오늘 산구벌로 돌아가야겠네."

누르하치가 말을 이었다.

"금오방어사 원일도의 군사가 이산군의 위치를 찾아낸 것 같네."

"그렇습니까?"

"내가 8기군(八旗軍) 중 청군(靑軍) 3천을 지원해 줄 테니까 데리고 가게."

"알겠습니다."

이산이 고개를 숙이고 사례했다.

"수시로 보고를 드리지요."

"그리고."

정색한 누르하치가 말을 이었다.

"아우, 그대는 내 아우이며 여진 대족장이네. 내 다음 서열이네."

그리고 누이동생의 남편인 것이다.

누르하치 가문의 일원이다.

신지가 보낸 전령을 만났을 때는 만추성을 떠난 다음 날 오후다.

전령은 다나카.

만추성에 다녀온 적이 있기 때문에 지리를 잘 안다.

이산이 그대로 말을 달리면서 다나카의 보고를 들었다.

"금오방어사 원일도가 서북면방어군 4만여 명을 이끌고 옵니다."

다나카가 나란히 달리면서 보고했다.

"기마군이 1만여 명, 보군이 3만여 명입니다."

4만이다.

정탐병이 파악했기 때문에 실제 병력보다 숫자가 부풀려 있을 것이다.

다나카가 말을 이었다.

"산구벌에서 8백여 리(400킬로) 거리에 있었는데 하루 70리(35킬로) 정도의 속도로 접근하고 있습니다."

이산군(軍)의 위치를 아는 것이다.

그렇다면 1백 리(50킬로)쯤 거리로 접근하면 기마군으로 빠르게 접근할 수 있다.

이산이 고개를 끄덕였다.

"내가 지금 여진 기마군 3천을 이끌고 있다. 본대와 협공하겠다."

"예, 주군."

다나카가 번들거리는 눈으로 이산을 보았다.

"네가 돌아가서 신지에게 전해라."

"예, 주군. 전장(戰場)은 어느 곳입니까?"

"여진 장수들하고 상의하겠다."

기마군은 대지를 울리며 서진(西進)하는 중이다.

고개를 돌린 다나카가 뒤를 보았다.

청군(靑軍)이다.

청색 깃발이 휘날렸고 군사들의 등에는 삼각형 청색(靑色) 깃발이 꽂혀 있어서 온통 청색으로 뒤덮여 있다.

여진의 청군(靑軍) 대장은 우라칸으로 청테군 대장 차로스를 휘하에 두고 있다.

둘 다 각각 1,500기의 기마군을 지휘하지만, 총지휘자는 우라칸이다.

유시(오후 6시) 무렵.

진막 안에서 이산을 중심으로 지휘관들이 둘러앉았다.

스즈키, 우라칸, 차로스, 그리고 위사장 곤도와 전령 다나카다.

이산이 서북면방어군의 행로를 말해주고 나서 우라칸과 차로스를 보았다.

"산구벌의 일본군과 협공을 할 작정이다. 위치는 어디가 좋겠는가?"

우라칸과 차로스의 눈빛이 강해졌다.

전사(戰士)들이다.

요동관찰사 휘하의 판관 조용이 이산군(軍)에게 패퇴하자 요동의 민심이 흉흉해졌다.

3년째 가뭄이 계속되는 바람에 수천 명의 아사자가 발생하는 상황이다.

금오방어사 겸 서북면방어사 원일도는 요동에 상륙한 왜군을 격파하라는 어명을 받았다. 요동총사령관이 된 것이다.

3만 가까운 병력을 이끈 원일도가 동진(東進)한 지 엿새째에야 산구벌에 주둔하고 있는 왜군을 찾아내었다.

그리고 지금 강행군을 하는 중이다.

"그놈들이 움직이기 전에 서둘러야 한다."

원일도가 선봉대장 주광에게 물었다.

"동여진의 반응은 어떠냐?"

"누르하치는 움직이지 않습니다."

주광이 말을 이었다.

"만추성에 박혀 있는데 군사들의 깃발을 만든다면서 옷감만 수백 동 사들였다고 합니다."

"미친놈이군."

쓴웃음을 지은 원일도가 주광을 보았다.

"이곳에서 산구벌까지는 열흘 거리다. 네가 기마군 3천을 이끌고 먼저 왜군의 퇴로를 막아야겠다."

"예, 대감."

주광이 고개를 끄덕였다.

원일도는 기마군 8천과 보군 2만을 이끌고 있다. 보군과 보조를 맞춰야 했기 때문에 하루 전진 속도가 100리(50킬로)도 되지 않는 것이다.

원일도가 지휘봉으로 진막 바닥에 놓인 지도를 가리켰다.

"그놈들도 우리들의 이동을 알게 될 것이니 이곳이 놈들을 맞는 장소로 적당하다."

산구벌에서 남서쪽 250리(125킬로) 거리의 황야다.

북쪽이 산맥으로 막힌 넓은 황무지인데 병력이 우세한 명군(明軍)에 유리한 것이다.

주광이 고개를 끄덕였다.

"예, 이쪽으로 왜군을 유인하겠습니다."

대륙은 넓다.

왜국이나 조선 땅과는 비교가 되지 않는다. 산이 많고 평야가 드문 왜국이나 조선 땅과는 다르다.

만추성을 떠난 지 나흘째 되는 날 오후.

이산군(軍)은 자선령 산줄기 중 하나인 만덕산 산기슭에 닿았다.

나흘 동안 7백여 리(350킬로)를 질주해왔기 때문에 이산은 이곳에서 전군(全軍)을 쉬게 하고 전령을 기다렸다.

그러고는 사방으로 수색병을 보내 적정을 탐지했다.

"장군, 이곳은 전(前)에 고구려와 당(唐)군의 전장(戰場)이었던 곳입니다. 이곳에서 고구려군이 패했지요."

청군(靑軍) 대장 우라칸이 이산에게 말했다.

"그랬다가 안시성 싸움에서 고구려군이 승리하는 바람에 당군(唐軍)이 물러간 것입니다."

"이곳이 그 전장이었단 말인가?"

이산이 묻자 이번에는 청테군 대장 차로스가 말했다.

"예, 대륙은 넓지만, 전장이 아닌 곳이 없습니다. 수천 년 동안 수없이 전쟁이 일어났으니까요."

통역의 말을 들은 이산이 고개를 끄덕였다.

그리고 수많은 전술이 펼쳐졌을 것이다.

이산이 옆에 앉은 스즈키를 보았다.

"이번 싸움으로 여진, 일본 연합군의 진면목이 드러나겠군."

"여진, 이산군(軍)이지만 역사에는 여진군으로 기록되겠지요."

스즈키가 말을 이었다.

"8기군(八旗軍)이 역사에 처음 등장하게 될 것입니다."

이산군(軍)이 먼저 8기군(八旗軍)을 편성했고 그것을 여진에 전파했다는 것은 묻히게 될 것이다.

이산군이 여진군에 흡수되었기 때문이다.

최경훈은 이산군의 청기군(靑旗軍) 대장으로 2천 기마군을 지휘하고 있다.

이산의 3천인장급 장수인 것이다.

최경훈이 마등령 아래쪽 황야에 도착했을 때는 술시(오후 8시) 무렵.

이곳은 산구벌에서 서남쪽 200여 리(100킬로) 지점이다.

"주군이 이끈 3천 병력이 만덕산 근처에 도착했습니다."

수색병의 보고를 받은 최경훈이 고개를 끄덕였다.

선봉군을 최경훈이 이끌고 있다.

본진은 적기군 대장인 신지가 백기군과 함께 거느렸고 황기군은 후위다.

이곳에서 만덕산까지는 3백여 리(150킬로), 신지의 본진과는 1백여 리(50킬로) 떨어져 있다.

"내일은 이곳에서 기다리기로 하지."

"전령을 보내지요."

혼다가 말하자 최경훈이 고개를 끄덕였다.

혼다하고는 손발이 맞는다.

"우리는 서부군의 꼬리를 칠 작정이야. 이 정도 거리가 적당하다."

이산이 이끈 여진군과의 사이로 요동서부군이 들어오기를 기다리는 것이다.

혼다가 서둘러 진막을 나갔을 때 최경훈이 길게 숨을 뱉었다.

이번 전쟁으로 이산의 입지가 굳혀질 것이었다.

그것을 최경훈이 절실하게 느끼고 있다.

같은 시간에 요동서부군의 선봉대장 주광은 수색병의 보고를 받는다.

"산구벌에서 떠난 왜군은 동쪽으로 이동하고 있습니다. 모두 기마군이어서 전진 속도가 빠릅니다."

수색대를 지휘한 군관이 말을 잇는다.

"아군과는 현재 2백여 리(100킬로) 간격이 있습니다."

선봉대인 주광과의 간격을 말한다.

바닥에 놓인 지도를 내려다본 주광이 고개를 들고 부장에게 물었다.

"놈들도 우리 위치를 알겠지?"

"물론입니다."

부장 양청이 대답했다.

"그래서 경계를 철저히 시켰습니다."

기습에 대비한 것이다.

주광이 번들거리는 눈으로 양청을 보았다.

"내일은 휴식이다. 본대와의 거리를 좁혀야 해."

"예, 계속해서 정탐군을 내보내도록 하지요."

대륙에서 서로 쫓고 쫓기는 싸움이다. 누가 먼저 유리한 위치를 차지하는가에 승패가 달린 것이다.

지금 양군은 동진(東進)하는 중이다.

산구벌에서 나온 왜군이 동진했기 때문이다.

"꼬리가 길다."

밤.

진막 안에서 땅바닥에 놓인 지도를 보면서 원일도가 말했다.

주위에는 장수들이 둘러서 있다.

원일도가 말채찍으로 지도를 가리켰다.

양가죽 지도에 5개의 돌이 놓였다.

검은색 3개, 흰색 2개다.

흰색은 요동서북군, 검은색은 왜군이다.

고개를 든 원일도가 장수들을 보았다.

"왜군이 만덕산으로 모이는군."

"그렇습니다. 만덕산의 왜군은 사흘 동안 움직이지 않았습니다."

장수 하나가 대답했다.

"만덕산과 가까운 곳은 청색 깃발을 꽂은 3천 남짓한 병력입니다. 선봉군 같습니다."

다른 장수가 말을 잇는다.

"만덕산은 청색 깃발의 기마군입니다. 그곳도 3천 남짓입니다."

그리고 청색군 뒤쪽 1백 리(50킬로) 거리에 적(赤), 황(黃), 백(白) 3색(色)의 깃발을 단 본대가 이어진다.

그래서 꼬리가 길다고 말한 것이다.

그때 부장(副將) 오연탁이 말했다.

"대감, 우리가 보군을 이끌고 있어서 우리 아군의 꼬리가 더 깁니다."

"그렇군."

원일도의 얼굴이 찌푸려졌다.

요동서북면방어사로 지금까지 대소 수십 번 전쟁을 치른 원일도다.

상대는 기마군단으로 흩어져 있는 반면에 이쪽은 보군 2만을 이끌고 다가가는 중인 것이다, 서로 노출된 상태로.

대륙을 이동하면서 이렇게 쫓고 쫓기는 상황이면 꼬리가 긴 쪽이 불리하다.

그때 원일도가 입을 열었다.

"보군이 있어야 돼. 그래야 마무리가 된다."

원일도가 결연한 표정으로 말을 이었다.

"기마군의 속도를 늦춰서 보군의 꼬리를 줄이도록 해라."

그러고는 덧붙였다.

"서둘 것 없다. 한 덩어리가 되어서 서서히 진군한다."

"명군(明軍)의 지휘관이 노련합니다."

스즈키가 이산에게 말했다.

"보군과 기마군을 연합시켜서 천천히 진군해오고 있습니다."

"전쟁을 많이 해본 놈입니다."

우라칸이 거들었다.

이곳은 만덕산 기슭의 본진 안.

장수들이 이산을 중심으로 둘러앉아 있다.

우라칸이 말을 이었다.

"지금까지 원일도는 서북면방어사로 서여진을 상대했는데 서여진족을 제압했지요. 우리 동여진과는 대적한 적이 없습니다."

"그렇군."

이산이 고개를 끄덕였다.

이쪽은 서여진 구역인 것이다.

만추성 근처가 요동동부방어사 왕준의 구역이다.

그때 스즈키가 말했다.

"주군, 전령을 보내 최 장군의 청기군(靑旗軍)을 부르시지요. 명군(明軍)이 뭉쳐있는 한 기마군 몇천으로 격파할 수는 없습니다."

꼬리를 길게 만들어서 각개격파하려던 계획은 무산되었다.

이산이 옆쪽에 앉은 전령 장수에게 말했다.

"최 장군에게 달려가 이곳으로 오라고 해라. 그리고 뒤쪽 본진도 부르도록 해라."

"예, 주군."

전령 장수가 벌떡 일어섰다.

이번 전략은 스즈키가 수립했다.

지금 본대와 함께 있는 사콘, 무라다, 그리고 스즈키가 군사(軍師) 역할이다.

진막에 이산과 위사장 곤도 둘이 남았을 때다.

곤도가 조심스러운 표정으로 이산을 보았다.

"주군, 여진족이 일본군을 무시하는 것 같습니다."

이산의 시선을 받은 곤도가 말을 이었다.

"우라칸 휘하의 1백인장 하나가 제 수하 요시다를 구타했습니다."

"……"

"앞을 가로막았다는 트집을 잡았는데, 요시다는 진막 앞에서 경비를 서고 있었을 뿐입니다."

"……"

"요시다는 무심류의 달인으로 한칼에 베어 죽일 수가 있었지만 얻어맞고도 참았습니다."

고개를 든 곤도가 이산을 보았다.

"본진 총사령의 위사를 구타한 것입니다. 가만둘 수는 없지 않겠습니까?"

그때 이산이 입을 열었다.

"그놈을 잡아오도록. 그리고 요시다도 부르고, 우라칸과 차로스를 데려오도록."

잠시 후에 진막 안이 수선스러워졌다.

물러나갔던 스즈키 등과 장수들이 다시 들어왔다.

우라칸과 차로스는 굳어진 얼굴이다. 내막을 들은 것이다.

곧 1백인장과 요시다가 들어섰을 때 진막 안은 조용해졌다.

1백인장은 염소수염에 건장한 체격이다. 눈을 치켜뜨고 이산을 보았는데 두려운 기색이 아니다.

요시다는 이마를 헝겊으로 동여매었는데 피가 배어 나왔다. 1백인장이 칼의 손잡이로 친 것이다.

그때 이산이 1백인장에게 물었고 역관이 통역했다.

"내 위사를 쳤느냐?"

통역을 들은 1백인장이 어깨를 폈다. 시선도 떼지 않았다.

"그렇소. 놈이 나를 가로막았기 때문이오."

목소리도 우렁찼다. 1백인장이 말을 잇는다.

"하지만 이놈이 사령관 위사인 줄은 몰랐소. 말도 통하지 않는 데다 앞을 가로막아 버리는 바람에 화가 났습니다."

"내 진막 앞인데도?"

"사령관 진막인지 몰랐습니다."

"넌 내 위사를 쳤다. 죽을 준비가 되었느냐?"

"예, 여기 오면서 듣고 죽을 때가 되었다고 생각했습니다."

"네 이름이 뭐냐?"

"호타이라고 합니다."

"가족은?"

"고향에 처와 아들 둘, 딸 하나가 있습니다."

"위사 요시다한테 모르고 쳤다는 사과를 하고 화해해라."

이산의 말을 들은 호타이가 숨을 들이켰다가 요시다를 향해 돌아앉았다. 그러고는 머리를 숙여 절을 했다.

"몰랐소. 사과합니다."

그러자 당황한 요시다가 일본어로 대답했다.

"이해하겠소. 난 요시다요."

요시다가 손을 내밀자 통역을 들은 호타이가 두 손으로 마주 쥐었다.

그때 이산이 말했다.

"호타이, 이제 네가 공을 세울 일만 남았다."

"예, 사령관."

호타이가 엎드리더니 이마를 땅에 붙였다.

"호타이가 보여드리지요."

먼저 최경훈이 이끈 청기군이 만덕산에 닿았고 이틀 후에 신지가 이끈 본대가 도착했다.

사콘과 무라다가 여진의 청군(靑軍)을 보더니 감동해서 번갈아 이산에게 말했다.

"여진의 청군(靑軍)도 규율이 잡혀 있습니다, 대감."

"청군(靑軍)이 2개 부대가 되었습니다."

이산이 누르하치와 동맹을 맺고 여진군을 이끌고 온 것을 기뻐하는 것이다.

이산이 고개를 들고 말했다.

"이제는 결전이야."

지금 원일도가 이끈 요동군이 다가오고 있다.

원일도는 보군과 보조를 맞춰 만덕산으로 진군하는 중이었다.

보(步), 기(騎) 2만 8천이 하루 80리(40킬로)의 속도로 동진(東進)하는 중이다.

앞장섰던 주광의 선봉군도 본대의 앞에 바짝 붙어선 진용이다.

꼬리를 줄여 병참대도 본군의 뒤로 당겼다.

목표는 만덕산.

이미 정탐군을 보내 왜군의 동정도 파악해 놓았다.

만덕산 앞쪽 황야에는 왜군 2만여 명이 포진하고 있다.

적, 백, 청, 황 4개의 깃발로 황야는 가득 덮여 있다.

"모두 기마군이지만 산기슭으로 몰아놓고 압박하면 된다."

원일도가 장수들에게 말했다.

"기마군이 산으로 올라갈 수는 없을 테니까."

"사흘 후에는 만덕산과 1백 리(50킬로) 거리로 접근합니다."

주광이 말했다.

"기마군의 선공(先攻)을 대비해야 될 것입니다."

"1백 리 거리에서 밀집 대형으로 전진한다."

원일도가 고개를 끄덕이며 말했다.

"대명(大明)의 위상을 왜구에게 보여야 한다."

적정을 살피고 돌아온 사콘이 말했다.

"보군이 기마군을 감싼 진용으로 전진하고 있습니다. 우리가 공격하기를 기다리는 것입니다."

사콘의 얼굴에 쓴웃음이 번졌다.

"대륙에서는 진용이 다릅니다."

그때 역관의 통역을 들은 우라칸이 웃음 띤 얼굴로 말했다.

"명군(明軍)과 우리 여진의 전법도 다르지요. 원일도는 병법을 따져서 갖가지 진을 친다는 소문이 났소."

우라칸이 말을 이었다.

"그래서 크게 패한 적도 없지만 크게 이긴 적도 없는 것 같소."

그때 이산이 말했다.

"명군(明軍)이 1백 리(50킬로) 거리로 접근해오기를 기다렸다가 곧장 기습한다."

이산이 둘러선 장수들을 보았다.

"기마군이 산기슭에서 기다릴 수는 없어. 기(旗)별로 기습공격을 한다."

고개를 든 이산이 각 기군(旗軍)의 대장들을 둘러보며 말했다.

"우리는 5개 군단이야. 지금부터 5개 군단은 각 군단별로 명군을 공격하라."

5개 군단이란 일본의 4개 군(軍), 그리고 여진군 1개 군단을 말한다.

이산은 곤도가 이끄는 근위군 5백 명을 이끌고 있었는데 모두 등에 검은색의 작은 삼각 깃발을 꽂았다.

진막을 나온 이산이 앞에 선 곤도에게 말했다.

"곤도, 이번 싸움에서 근위군은 뒤로 물러나 있지만 허점이 보이면 바로 투입될 거다."

"예, 주군."

곤도가 생기 띤 얼굴로 이산을 보았다.

"근위군은 최정예올시다. 이번 싸움에 투입되기를 고대하고 있습니다."

이산이 고개를 끄덕였다.

오늘 밤 1만 2천의 기마군은 5개로 쪼개져서 흩어지는 것이다.

적군(赤軍) 2천을 이끈 신지가 맡은 곳은 서쪽 방면이다.

밤길을 내달려 서쪽으로 달린 적군(赤軍)은 다음 날 날이 밝았을 때 작은 강가에 닿았다.

개울이라고 불러도 좋을 만한 물줄기다.

폭이 30자(9미터) 정도의 물줄기에 깊이는 무릎밖에 차지 않는다.

그러나 개울 좌우의 습지가 1백 자(30미터) 넓이인 데다 진창이다.

신지가 좌우를 둘러보면서 말했다.

"이곳을 명군(明軍)의 좌측 부대가 지날 거다."

신지의 얼굴에 웃음이 떠올랐다.

"개울가 전투에서 내가 패한 적이 없다."

최경훈은 청기군 2천여 명을 이끌고 동쪽으로 진출했는데, 무라다가 군사(軍師)로 수행했다. 자원한 것이다.

청기군은 전속력으로 동진했다.

직진해오고 있는 명군의 동쪽으로 진출해서 기습하려는 전략이었다.

최경훈의 부장 혼다는 사이토 가문의 중신이었다가 이산의 가신이 된 인물이며, 청기군(靑旗軍) 부장이 된 후에 일본어에 서툰 최경훈을 대신해서 부대를 관리했다. 경쟁심이 강해서 다른 부대에 뒤지고 싶지 않으려 했다.

부대원 대부분이 사이토 영지에서 데려온 군사여서 호흡도 맞았다.

동쪽으로 진출한 지 이틀째 되는 날 오후.

이제 명군(明軍)과의 거리는 50여 리(25킬로)로 가까워져 있다.

"대장, 지금쯤이면 다른 3개 군(軍)도 접근해 있을 것입니다."

그날 밤, 진막에서 혼다가 말했다. 물론 통역을 통해서다.

"서쪽 방면의 신지 님께 전령을 보내 동시에 공격을 하는 것이 낫지 않겠습니까? 신지 님은 그 옆쪽의 여진군이나 황군(黃軍)에 연락해줄 것입니다."

그때 최경훈이 쓴웃음을 지었다.

"이보게 부장(副將), 주군께서 우리를 1개 부대씩 쪼개어 내보낸 이유를 모르나?"

"압니다."

혼다가 고개를 끄덕였다.

"독자적으로 적을 치라는 지시였소. 그러나 우군(友軍)과 연락하는 것이 중요합니다. 자칫하면 우군끼리 접전이 일어날 수 있고 함정에 빠지지 않도록 도와줄 수도 있습니다."

이것이 일본군의 전술이다.

빈틈없이 연락하고 끊기면 당황한다.

혼다도 지금까지 그렇게 해왔고 신지도 그렇게 할 것이었다.

그때 최경훈이 고개를 저었다.

"주군은 나한테 다른 말씀을 안 하셨지만, 그 의도는 짐작하고 있네. 나는 청기군(靑旗軍)을 독자적으로 운용할 거네."

"어떻게 말씀입니까?"

"한 시진(2시간)쯤 쉬었다가 자시(밤 12시) 무렵에 적진 동쪽을 돌파, 북쪽으로 빠져나가겠네. 그러면 동쪽 부분이 떨어져 나가겠지."

최경훈이 번들거리는 눈으로 혼다와 무라다를 보았다.

"그러고 나서 적군의 동향을 살피겠네."

"아니, 그것은……."

"무모하다고 생각되나?"

"그것은 아닙니다."

"다른 우군(友軍)은 그들대로 행동하겠지. 하지만 우리가 방해는 안 될 거네."

최경훈이 말을 이었다.

"만일 나처럼 행동한다면 초전이 끝나고 나서 연락이 될 수도 있겠지. 적진의 균형이 무너지고 있을 테니까."

"……."

"그것이 주군의 의도라고 생각되는데, 어떤가?"

그때까지 듣기만 하던 무라다가 고개를 끄덕였다.

"내 생각도 그렇소."

최경훈의 시선을 받은 무라다가 말을 이었다.

"각 기군(旗軍)은 독자적으로 적을 격파하라는 지시를 듣고 모두 출동했지만, 일본군 장수들은 이런 지시에 익숙하지 않았을 것입니다."

"대륙에서는 대륙에 맞는 전술을 써야 할 것이오."

최경훈이 웃음 띤 얼굴로 말을 받는다.

"주장(主將)과 군사(軍師)의 지시만 일일이 받고 움직일 수는 없으니까 말이오."

그때 혼다가 고개를 들었다.

"알겠습니다, 대장."

혼다는 단순하고 솔직한 성품이다.

"저도 전술을 펴 보이겠소."

적기군(赤旗軍) 위쪽으로 25리(12.5킬로)쯤 떨어진 황무지에 여진족의 청기군(靑旗軍)이 주둔하고 있다.

이곳은 황무지 끝 쪽으로 여진군은 도착한 지 1시진(2시간)도 되지 않았다.

그래서 진막도 치지 않고 말을 쉬게 하면서 군사들은 쪼그리고 앉아서 늦은 저녁을 먹는다.

해시(오후 10시) 무렵.

청테군 대장 차로스가 우라칸에게 물었다.

"대장, 아래쪽의 적기군(赤旗軍)이 적에 접근했겠지요?"

"지금쯤 양군이 바짝 접근했을 거야."

우라칸이 들고 있던 말린 양고기를 내밀었다. 차로스가 받아들자 우라칸이 말을 이었다.

"적기군(赤旗軍)이 어떻게 하든 우리는 바로 기습한다."

"이제 시작이군."

양고기를 씹으면서 차로스가 다시 물었다.

"대장, 곧장 뚫고 나갑니까?"

"그렇다. 내가 앞장서지."

"아니. 내가 서지요. 대장은 뒤를 따라주시오."

"그렇다면 양보하지."

"곧장 적진을 관통해서 남쪽으로 빠져나가겠소."

"우리가 이걸 한두 번 해보나?"

"자, 그럼, 갑니다."

차로스가 몸을 돌렸을 때 우라칸이 등에 대고 소리쳤다.

"한 식경쯤 후다. 내가 전령을 보낼 테니까 준비해."

둘은 다른 부대하고는 연락할 생각도 하지 않는다.

일본군과는 전투 방식이 다르다.

이산군(軍)의 마지막 부대인 황기군(黃旗軍)의 대장 모리나가는 2천여 명을 이끌고 명군(明軍)의 뒤쪽까지 가 있었는데, 가장 멀리 떨어진 부대였다.

모리나가는 42세.

호소카와의 중신이었던 무장이다.

호소카와 가문이 멸망하자 산속에서 은거하다가 이번에 원정군에 가담한 것이다.

스즈키가 찾아가 설득했기 때문이다.

이곳은 모리나가의 진막 안.

모리나가가 황태군 대장 사사키에게 말했다.

사사키는 호소카와 가문에서부터 모리나가와 손발을 맞춰온 무장(武將)

이다.

"사사키, 명군(明軍)이 우리가 둘러싸고 있다는 걸 알까?"

"알 겁니다."

사사키가 바로 대답했다.

"이놈들의 첨병이 사방으로 진출하고 있습니다. 이젠 기다리고 있을 겁니다."

"위험한데."

깊은 밤.

진막 안의 불을 켜지 않았지만, 문의 휘장을 젖혀놓았기 때문에 얼굴 윤곽이 선명하게 드러났다.

모리나가의 두 눈이 번들거렸다.

"정상적으로 방어진을 치려면 적어도 3배 병력으로 공격해야 돼. 그런데 우리는 명군(明軍)의 3할도 안 돼."

"저도 이런 공격은 처음이오."

사사키가 말을 이었다.

"5개 군(軍)에 전략도 말해주지 않고 각개격파하라면서 내보다니요."

그렇다.

일본군의 적, 황, 백, 청의 4개 군과 여진의 1개 군. 각각 2천여 명씩 1만 1천 명의 기마군이 한 덩이가 된 명군(明軍)의 주위에 흩어져 있다.

그때 고개를 든 모리나가가 말했다.

"우리는 거대한 소를 물어뜯는 개떼야."

시선만 주는 사사키를 향해 모리나가가 이를 드러내고 웃었다.

"이제 분명해졌어, 사사키."

"뭘 말씀이오?"

"생각해봐라. 거대한 소 주위를 둘러싼 개떼들. 그중 하나가 우리다."

"……."

"하나가 뜯으면 옆쪽 하나가 소가 방심한 부분을 물어뜯는 거야."

"……."

"그때는 작전도, 전략도 필요 없어. 순간적으로 빈틈을 노리는 것이지."

"……."

"주군과 군사(軍師)들은 그것을 노리고 우리를 보낸 것 같군."

"왜 그것을 미리 군사(軍師)들이 말해주지 않았을까요?"

"대장들한테는 설명할 필요가 없다고 생각했겠지."

어깨를 부풀렸다가 내린 모리나가가 어둠 속에서 이를 드러내고 웃었다.

"대장들의 역량 시험이야."

"난전이 되겠습니다."

"치열해질 거야."

모리나가의 두 눈이 번들거렸다.

"대륙에서 죽다니 영광이다."

자시(밤 12시)가 되었을 때 진막 안으로 위사장 천도경이 들어섰다.

"대감, 전령들이 왔습니다."

곰 가죽 위에 누운 채 원일도가 보고를 듣는다.

"4군데에 기마군이 집결해 있습니다."

"3곳에서 한 곳이 늘어났군."

자리에서 일어선 원일도가 입맛을 다셨다.

"이놈들이 모기떼처럼 덤빌 모양이구나."

"군사(軍師)는 왜군이 정면승부를 피하고 지구전으로 갈 예정이라고 합니다."

초저녁부터 왜군 동향을 보고받고 있었던 터라 원일도가 고개를 끄덕였다.

"진시(오전 8시)에 장수들을 집합시켜라."

"예, 대감."

천도경이 돌아가자 원일도가 길게 숨을 뱉었다.

왜군이 만덕산에서 빠져나와 공세를 취할 것이라고 예상은 했다.

그러나 한 덩어리가 되어있는 아군에게 이런 식으로 나올 줄은 예상하지 못했다.

병법(兵法)에서도 찾아볼 수 없는 전술이다.

"미친놈들이군."

혼잣소리로 말한 원일도가 양털 이불을 당겨 덮으며 눈을 감았다.

전령을 통해 분산된 왜군의 병력이 이제는 확실하게 드러났다.

1개 집단이 2천여 명. 기껏해야 1만 가까운 병력이다.

그것이 4조각으로 쪼개져 있는 것이다.

자시(밤 12시)가 조금 지났을 무렵.

가장 먼저 명군(明軍)을 향해 진입한 부대는 여진의 청기군(靑旗軍)이다.

청태군은 선봉으로 먼저 1천이 일직선으로 명군(明軍)의 진지로 돌진했다.

그러나 명군(明軍)은 보군을 앞세워 대기하고 있던 참이다.

창을 겨눈 보군 앞에서 기마군은 사상자가 속출했다.

더구나 앞쪽에 함정과 덫을 설치해놓은 터라 말이 넘어지고 빠졌다.

명군의 북쪽 진지가 소란해졌지만 진은 흔들리지 않았다.

"견디고 있습니다."

부장(副將) 양기준이 보고하자 원일도가 고개를 끄덕였다.

"무모한 놈들이다."

이쪽은 본진이어서 서북쪽 전장의 소음은 들리지 않는다. 거리가 10리(5킬로) 정도나 떨어져 있었기 때문이다.

원일도가 옆에 선 전령에게 지시했다.

"공세(攻勢)가 줄어들면 즉각 반격하도록."

전령이 서둘러 몸을 돌렸다.

고개를 든 원일도가 양기준을 보았다.

"이놈들이 서북쪽만 칠 리는 없다. 모두 경계하도록."

양기준이 몸을 돌렸다.

원일도가 옆에 세워놓은 장검을 집어 들고 진막을 나왔다.

자시(밤 12시)가 지난 밤하늘은 별도 떠 있지 않았지만 주위는 수선거리고 있다.

그 시간에 여진군 아래쪽의 적기군(赤旗軍)이 명군(明軍)의 진영으로 진입했다.

신지가 이끄는 적기군, 적태군 2천여 명이 일제히 산기슭을 돌아 명(明)의 보군을 공격했는데, 그곳이 개울가다.

개울가는 군사들이 주둔하기에 적당한 곳이다.

개울가 양쪽에 숙영하고 있던 명군은 당황했다. 이쪽은 방어진이 제대로 갖춰지지 않았기 때문이다.

개울 앞쪽에서 기마군이 짓쳐들어오자 금세 무너졌다.

개울로 물러나던 보군이 마상에서 쏜 화살에 맞아 물속에 처박혔다.

개울 아래쪽 보군들도 개울을 건너려다가 서로 엉키는 바람에 수라장이 되었다.

신지가 개울 싸움에 능하다는 증거가 드러났다. 개울을 장애물로 이용한 것이다.

얕으나 깊으나 개울로 밀어 넣으면 행동이 둔해지는 것이다.

"밀고 나가라!"

신지가 악을 썼다.

지금 신지는 개울 앞쪽에서 밀고 들어가고 있다.

신지의 적기군(赤旗軍)이 앞장을 섰고 적태군이 뒤를 잇는다.

개울을 건너 습지를 통과하면서 신지의 가슴은 희열로 뛰었다.

돌파한 것이다.

명군의 서쪽 보군 기지가 본대에서 떨어졌다.

최경훈의 청기군(靑旗軍)은 조금 늦었기 때문에 앞쪽 명군(明軍) 진지에서 일어나는 소음과 움직임을 듣고 보았다.

"명군이 좌측으로 이동하고 있습니다."

척후가 달려와 보고했다.

"좌측에서 아군이 공격하는 것 같습니다."

"바로 이것이야."

최경훈이 웃음 띤 얼굴로 혼다를 보았다.

"혼다, 그대가 청태군을 이끌고 우측 공간으로 뛰어들게."

"옛, 대장."

펄쩍 뛰듯이 일어난 혼다가 최경훈을 보았다.

"제가 길을 트지요."

"곧장 뚫고 나가!"

"옛! 뚫고 나간 후에 뵙겠습니다."

청기군은 그렇게 출동했다.

"이런."

원일도가 전령의 세 번째 보고를 받은 후에 탄식했다.

이제 주위는 소음으로 가득 차 있다.

일대의 기마군이 옆을 스치고 지났는데 좌측 끝에 있던 정양현의 기마대. 적을 쫓아 이곳까지 온 것이다.

그때 전령이 또 달려와 보고했다.

"북쪽에서 일지군이 뚫고 들어왔습니다!"

이제 네 번째 기습이다.

"어느 부대 앞이냐?"

"예. 그것이……."

당황한 전령이 말을 더듬었다.

"본래는 부도독 고천의 보군 5천이 있던 곳이었으나 옆쪽 태위 소명선의 진이 기습을 받는 바람에 그쪽으로 지원을 갔습니다."

"……."

"그래서 비어있는 곳으로 들어왔기 때문에 중군(中軍)의 부사 모현경의 보군이 맞았습니다."

그때 선봉장 주광의 부장 양청이 달려왔다.

"대감! 중군(中軍)이 기습을 받았습니다!"

마침내 원일도가 벌떡 일어섰다.

"호각을 불어라! 불화살을 쏘아라!"

원일도의 목소리가 밤하늘을 울렸다.

"모두 본영을 향해 모여라!"

이 방법밖에 없다.

다섯 가닥의 칼날에 찢긴 괴수가 불화살과 호각의 신호로 일사불란하게 움직이기 시작했다.

천하의 대명군(大明軍)이다.

이것은 마치 상처받은 괴수가 사지를 활짝 폈다가 품 안에 들어온 들개 떼를 잡는 형국이다.

밖으로 향해 있던 칼날을 안으로 돌리면서 본진을 향해 모이는 것이다.

그러니 안으로 뛰어든 기습군을 따라잡는 모양새가 되었다.

기습군이 그물 안에 든 것이다.

이산의 근위군이 한 덩이가 되어서 달리고 있다.

깊은 밤.

이미 명군의 진용 안은 수라장이 되어있다.

그러나 불화살이 솟아오른 후에 전군(全軍)이 중심을 향해 사방에서 내달리고 있다.

잘 훈련된 군사다.

이쪽저쪽에서 뚫고 들어간 기습군이 안을 휘저었을 때 사방팔방으로 흩어졌던 명군이 모두 진영 안의 핵을 향해 모이는 것이다.

이제는 기습군이 쫓기는 상황이 되었다. 밤이어서 나란히 달리는 경우도 있다.

구분이 안 되었기 때문에 부딪치는 소음도 줄어들었다.

이산이 말에 박차를 넣자 말은 네 굽을 모으면서 달렸다.

이산의 근위군 5백은 가장 늦게 명군(明軍)의 진 안으로 뛰어든 셈이다.

빈 곳이 많았기 때문에 침투할 때 저항도 받지 않았다.

그리고 침투하고 나서 명군이 일제히 중심을 향해 되돌아 달렸기 때문에 같이 달리는 중이다.

"재배치다!"

주광이 소리쳤다.

"빈틈없이 막아라!"

지금까지 10여 리(5킬로)에 걸쳐서 넓게 퍼져 있던 보군, 기마군 2만 8천여 명이 좁고 단단하게 뭉쳐지는 것이다.

그것을 일일이 지시하지 않아도 된다. 본래의 위치에서 축소된 자리로 돌아가기 때문이다.

진의 사방에서 침투했던 기습군은 밤하늘을 가르면서 떨어지는 유성처럼 지나가게 될 것이다.

근위군 선두가 앞쪽 기마군의 꼬리를 보고 달린다.

거리는 1백 자(30미터) 정도.

모두 입을 딱 다물고 따르고 있었기 때문에 앞쪽 기마군의 일행으로 보인다. 그래서 앞쪽 기마군도 뒤도 돌아보지 않는다.

이산과 곤도가 나란히 달리고 있다.

앞에는 10여 기의 근위군을 내세웠고 뒤를 4백 기가 따른다.

군사 스즈키는 문관(文官)이었기 때문에 30여 기와 함께 남겨놓았다.

"주장(主將)의 진막을 알아볼 수 있을 거다."

이산이 옆에 붙은 곤도에게 말했다.

"곧장 주장(主將)의 진막으로 돌입한다."

"예, 주군."

곤도가 잇새로 말했다.

고개를 든 이산이 주위를 둘러보았다.

어둠 속에서 함성이 울렸다.

명군(明軍)의 함성이다.

이산군(軍)은 함성을 지르지 않는다.

그때 이산이 혼잣소리로 말했지만 곤도는 들었다.

"아군 중에서 빠져나가지 않고 우리처럼 중심으로 돌진하는 부대가 있을지도 모른다."

그러나 아직 표시가 나지 않는다.

진막 밖으로 나와 선 원일도가 앞에 선 전령에게 소리쳤다.

"기마군은 조금 더 벌리도록. 본진에서 3리(1.5킬로) 거리로 떨어져라."

"옛."

"내 진막의 깃대에 등을 매달아 놓겠다. 그것을 표식으로 삼으라고 해라."

전령의 등에 대고 원일도가 소리쳤다.

신지의 적기군(赤旗軍)과 적태군은 명군(明軍)의 서쪽 보군을 깨뜨리고 나서 진영을 빠져나갔다.

개울가 전투에서 수천의 사상자를 낸 명군의 서쪽 진영은 무너졌다.

이산군(軍) 중 명군(明軍)에 가장 큰 피해를 입힌 부대가 적기군(赤旗軍)이다.

남쪽으로 빠져나간 신지가 부대를 재정비했다.

2천2백여 명의 적기군(赤旗軍)에서 3백여 명의 사상자가 발생했다.

현재 말에 탄 기수는 1천9백여 명이다.

"기다려라."

명군(明軍)과 2리(1킬로) 거리에서 신지가 소리쳤다.

이제 적의 동향을 보고 다시 2차 돌진을 하느냐 마느냐는 각 기군(旗軍) 지휘관의 재량인 것이다.

주군은 그렇게 맡겼다.

여진 청기군(靑旗軍)과 청태군은 명군(明軍)의 진영을 세로로 뚫고 나왔기 때문에 가장 피해가 컸다.

3천 병력에서 7백여 명의 손실을 입었다.

그러나 여진군은 명군(明軍)에 손실 이상의 충격을 주었다.

기마군이 본진 옆을 훑고 지났기 때문에 원일도가 불화살을 쏘아올린 동기가 되었다.

"명군(明軍)이 모이고 있습니다!"

부장(副將)이 소리쳤지만 청기군(靑旗軍) 대장 우루칸은 어깨만 부풀린 채 대답하지 않았다.

청태군의 지휘관이며 동료였던 차로스가 보이지 않는 것이다.

차로스를 호위했던 1백인장 야스말도 보이지 않았다.

차로스가 창에 찔려 말에서 떨어지자 야스말도 말에서 뛰어내려 어둠 속에 묻혔다는 것이다.

적진을 일직선으로 돌파하라는 명령이 있었기 때문에 멈춰서 구해낼 수는 없었기 때문이다.

"저쪽에 등이 보입니다!"

뒤를 따르던 1백인장이 소리쳤을 때 최경훈이 고개를 들었다.

역관이 통역하기도 전에 최경훈은 알아들었다.

순간 최경훈이 숨을 들이켰다.

주위의 명군(明軍)이 안쪽으로 내달리고 있는 이유를 안 것이다.

어둠 속에서 깃발 위에 매단 등 하나가 선명했다.

거리는 3리(1.5킬로) 정도였는데도 그렇다.

그 순간 최경훈이 말 머리를 그쪽으로 돌렸다.

"따르라!"

역관이 통역했고 1백인장이 따라서 소리쳤다.

거리가 2리(1킬로)로 가까워졌을 때 주위의 군사들이 많아졌다.

이제는 뛰지 않고 걷거나 부르는 소리에 소란스럽다.

부대 배치를 하는 것이다.

이산은 말에 박차를 넣으면서 소리쳤다.

"직진하라!"

그러자 앞쪽의 선봉대가 더 속력을 내었다.

놀란 보군들이 비켜섰지만 가로막지는 않는다.

"목표는 저 등이다!"

이산이 다시 소리치자 곤도가 이어서 소리쳤다.

"저 등이 목표다!"

잘 훈련된 기마군이어서 아직 함성도, 외침도 뱉지 않는다. 명군(明軍) 시늉을 하는 것이다.

"아앗!"

앞쪽에서 비명이 울린 것은 선봉대의 말발굽에 보군이 차였기 때문이다.

"어디 소속이냐?"

원일도가 짜증난 목소리로 물었을 때는 기마군의 말굽 소리가 1리(500미터) 정도로 가까워진 상황이다.

옆에 선 도위 주광이 고개를 들더니 말했다.

"판관 하동모의 좌측 기마군인 것 같습니다."

"하동모의 위치가 그쪽인가?"

"예, 그런데 가깝습니다."

기마군 말굽 소리는 더 가까워졌다.

전장에 익숙한 원일도의 귀에도 수천 기다.

그때 주광이 발을 떼며 말했다.

"제가 가보지요."

깃발 끝의 등을 향해 동쪽에서 달려오는 기마군은 바로 황기군(黃旗軍)이다.

대장 모리나가가 진을 뚫고 지나다가 깃발 끝에 등이 달린 것을 보고 말 머리를 돌린 것이다.

거리는 이제 2리(1킬로).

깃발의 등이 선명하게 보인다.

최경훈의 청기군은 서쪽에서 달려오고 있었는데 거리가 1리(500미터)가 되어 있다.

그러나 앞에 보군에 가로막혀서 달리는 속도가 늦어졌다.

그때다.

옆쪽에서 외침이 일어났다.

"적이다! 왜군이다!"

달려오던 명군(明軍) 기마군과 마주친 것이다.

"쳐라!"

어쩔 수 없다.

최경훈이 소리치며 말 머리를 돌렸다.

"앗! 서쪽에서!"

기마군을 이끌고 동쪽으로 내달리던 주광도 서쪽의 함성을 들었다.

옆에서 부장(副將) 양청이 소리치자 바로 지시했다.

"네가 절반을 떼어가!"

"옛!"

말 머리를 든 양청이 뒤를 향해 소리쳤다.

"영 도독, 조 현령의 기마군은 나를 따르라!"

주광의 2천 기마군이 둘로 나뉘었다.

이산의 근위군은 황기군(黃旗軍)과 청기군(靑旗軍)의 중간 부분에서 달려오는 중이었다.

기마군은 4백여 기.

아직 접전을 하지 않아서 온전했다.

이제 깃대의 등까지는 1리(500미터) 정도.

순식간에 가까워지고 있다.

그때 좌측에서 함성이 울리더니 요란한 소음이 울렸다.

어둠을 깨뜨리는 것 같은 소음이다.

기마군끼리 부딪친 것이다.

청기군과 주광의 기마군이 부딪쳤지만, 이산은 아직 모른다.

그때 아래쪽에서 달려오던 모리나가의 황기군이 엄습해왔다.

보군을 뚫고 원일도의 진막 2백 보 근처까지 난입해온 것이다.

원일도는 그것이 청기군의 소음에 묻혀 아군으로 착각하고 있었다가 허를 찔렸다.

"기습이다!"

원일도 주변의 근위대가 일제히 아래쪽으로 내달렸다.

근위대는 기마군 1천이다.

맹렬한 기세로 황기군을 덮쳤다.

"에익!"

주광의 첫 칼이 날아가 달려오던 적병을 쳤다.

엄청난 기세다.

선봉의 첨병이 칼을 들어 막았지만 칼날이 부서졌다.

다음 순간 주광이 지나면서 후려친 칼날이 적병의 몸통을 베었다.

적병이 신음도 뱉지 않고 말에서 떨어졌다.

"죽여라!"

칼을 치켜든 주광이 악을 썼다.

이제는 기마군끼리 부딪쳐 난전이다.

말들이 뒤엉켜버리는 바람에 앞으로 나가지 못하고 사방이 혼전 상태다.

말들의 울음과 군사들의 외침, 비명 소리까지 겹쳐 순식간에 아수라장으로 변했다.

"청기군, 황기군입니다!"

전장 옆을 빠져나가면서 곤도가 소리쳤다.

목소리가 떨렸다.

"여기까지 왔군요!"

7장 여진 통일

"무엇이냐!"

원일도가 버럭 소리친 것은 바로 지척에서 함성이 울렸기 때문이다.

50보도 안 되는 거리다.

"다 죽여라!"

왜말과 함께 함성이 일어났다.

순간 왜말을 알아들은 원일도의 머리칼이 곤두섰다.

"이런!"

허리에 찬 칼을 빼든 원일도가 다시 소리쳤다.

"왜놈이다! 막아라!"

그 순간이다.

기마군이 엄습했다.

3기의 기마군이 칼을 휘두르며 원일도를 덮쳤다.

주위에 선 위사 10여 명이 달려들어 말을 찌르고 기수에게 칼질을 했다. 기수가 말 위에서 칼을 휘둘러 위사를 쳤다.

그러다 기수 셋은 순식간에 땅바닥에 쓰러졌고 위사 셋도 어둠 속에 가라앉았다.

그러나 이번에는 양쪽에서 기마군 10여 기가 덮쳤다.

"대감을 보호해라!"

위사장 만성이 벽력같이 소리치며 원일도 앞을 막아섰지만 다음 순간 창에 가슴이 뚫려 뒤로 벌떡 넘어졌다.

다급해진 원일도가 몸을 돌렸을 때다.

위사들 사이를 뚫고 다가온 기마군 하나가 창을 치켜들더니 원일도를 향해 던졌다.

원일도와는 다섯 보쯤의 거리다.

손에서 떠난 창이 원일도의 등을 뚫고 가슴으로 뚫고 나왔다.

원일도를 꼬치에 꿰인 고기로 만든 사내는 근위대의 10인장 모리다.

"적장을 죽였다!"

말에서 뛰어내린 모리가 격정을 참지 못하고 소리쳤다.

"대장! 빨리 목을 떼어!"

모리의 부하 다카시가 소리쳤다.

"빨리 목을!"

모리가 원일도에게 달려들어 시체의 머리를 떼는 동안 다카시가 보호했다.

뒤쪽에서 그 소리를 들은 이산이 소리쳤다.

"적장을 죽였다! 철수다!"

"철수다!"

곤도가 고래고래 소리쳤다.

"대장을 죽였으니 철수다!"

"철수다! 적장을 죽였다!"

황기군(黃旗軍)의 대장 모리나가는 그 소리를 듣고 소리쳤다.

"철수다! 적장을 죽였다!"

최경훈도 원일도와 1백 보 거리에서 그 외침을 듣고 소리쳤다.

"철수다!"

최경훈은 가차 없이 말 머리를 돌렸다.

"돌아간다!"

두 시진이 지난 인시(오전 4시) 무렵.

전장(戰場)에서 15리(7.5킬로) 정도 떨어진 구릉 위에 이산군(軍)이 집결했다.

동녘 하늘이 부옇게 변해 있지만 아직 주위는 어둑하다.

본진의 진막 안.

스즈키가 이산에게 보고했다.

"서북면 방어군은 사방으로 흩어졌습니다. 방어사 원일도가 전사했고 도위 주광 등 장수들도 보이지 않습니다."

둘러앉은 지휘관들의 표정은 밝지만 떠들썩한 분위기는 아니다.

기습전술로 승리를 했지만 이산군(軍)도 2할 정도의 손실을 입었다.

1천인장급 지휘관 1명과 1백인장 4명, 10인장 9명이 전사한 것이다.

고개를 끄덕인 이산이 지휘관들을 둘러보았다.

"공을 세운 군사들을 포상하라."

이산이 고개를 돌려 호타이를 보았다.

"죽은 차로스 대신으로 호타이를 청태군 대장으로 임명한다."

호타이가 차로스를 대신하여 청태군을 이끌고 적진을 빠져나온 것이다.

원일도의 목을 뗀 10인장 모리는 1백인장이 되었다.

그때 이산이 말했다.

"동진(東進)이다. 조(朝), 명(明) 국경으로 동진(東進)한다."

"무엇이? 서북군이 패퇴했어?"

펄쩍 뛰듯이 놀란 요동관찰사 양우현이 버럭 소리쳤다. 거침없이 소리쳤지만 목소리가 떨렸다.

미시(오후 2시) 무렵.

청 아래쪽에는 전장에서 달려온 교위 직위의 사내 하나가 엎드려 있다.

청에 모인 관리들이 술렁거렸고 교위가 고개를 들었다.

"예, 기습을 받아서 방어사 대감이 전사했습니다."

"무어? 태사가?"

"예, 대감."

"어, 어쩌다 그렇게 되었단 말이냐?"

"밤에 기습을 받았습니다."

"이런."

양우현이 가쁜 숨만 뱉었을 때 참다못한 판관 유영장이 물었다.

"군사들 피해는 어떤가?"

"그, 그건 잘 모르겠습니다만."

"말해."

"사방으로 흩어져서 알 수가 없습니다."

"장수들은 어떻게 되었는가?"

"도사 강규, 부장 양청이 죽었다는 것은 들었습니다."

그때 정신을 차린 양우현이 소리쳤다.

"황제께 상소를! 전령을 보내야 한다!"

양우현의 목소리가 청을 울렸다.

"요동성이 위험하다!"

누르하치가 승전 소식을 들었을 때는 요동관찰사 양우현과 같은 날 저녁이다.

현장에서 거리가 두 배나 더 멀었는데도 그렇다.

만추성의 성채 안.

청 안에는 수십 명의 부족장, 원로, 1천인장, 3천인장급 장수들로 가득 차 있다.

전령은 우라칸이 보낸 1백인장 가주타다.

"대족장, 이산 님께서 명(明)의 서북면군을 격파하고 방어사 원일도의 머리를 베었습니다."

"오오!"

여진족의 반응은 격렬하다.

대번에 환호성이 올랐다.

누르하치의 얼굴에도 웃음이 떠올랐다.

"잘했다. 전과는 어떠냐?"

"서북면군은 6천여 명의 사상자를 남기고 사방으로 흩어졌습니다."

"아군 피해는?"

"청태군 지휘관 차로스가 전사했습니다."

"이런."

"사상자는 2천여 명입니다. 이산 님이 논공행상으로 군사를 격려하고 있습니다."

"장하다."

고개를 끄덕인 누르하치가 주위를 둘러보았다.

"과연 이산이다."

베이징 황궁의 만력제는 이번에 제대로 보고를 받았다.

보름 만에 청으로 나왔다가 요동서북면군이 이산군(軍)에 대패했다는 보고를 받은 것이다.

보고는 병부상서 석성이 했다.

"폐하, 요동의 서북면방어군이 왜군의 공격을 받고 패퇴했습니다."

만력제는 눈만 가늘게 떴고 석성이 말을 이었다.

"방어사 원일도는 전사했으며 방어군 3만은 흩어져서 현재 서북면의 방어 상태가 불안합니다."

그때 만력제가 입을 떼었다.

"요동관찰사가 누군고?"

"예, 양우현입니다."

"그자는 살았나?"

"예, 폐하."

"그자더러 막으라고 해라."

"예, 폐하. 하오나."

석성이 어깨를 부풀렸다가 내렸다.

"요동관찰사 소속의 군병 3천5백도 왜군에 패퇴했습니다."

"……."

"이번 원일도의 군사가 패퇴하기 전입니다."

"그럼 다른 군사는 없나?"

"예, 동북면방어사군(軍)이 있습니다만."

"그럼 그 군사를 내라."

"예, 전하."

"그런데 왜군 대장이 누구라고 했지?"

"조선인 이산입니다."

"조선인이 왜군 대장이란 말이냐?"

만력제의 흐려있던 눈에 조금 생기가 떠올랐다.

"예, 폐하."

"어떻게 그렇게 됐단 말인가?"

"그자가 왜국에 투항해서 영주가 되었다가 이번에 왜군을 이끌고 온 것입니다."

"조선인이 왜국 영주가 되었다고?"

만력제는 한때 영명해서 장거정(張居正)과 함께 정력적으로 개혁을 추진했던 군주다.

그러나 10여 년 전에 장거정이 죽고 나서 만력제는 의욕을 잃었다.

지금은 대신들의 접견도 피하고 관리 임명도 거부하는 데다 지방에서 올라온 상소도 읽지 않았다. 그것을 환관과 대신들이 처리하는 상황이다.

대신들이 눈치만 보았고 석성이 다시 대답했다.

"예, 폐하."

"그자가 어떤 놈인지 궁금하구나."

고개를 든 만력제가 다시 흐려진 눈으로 석성을 보았다.

"데려올 수 없느냐?"

"곧 생포해서 어전에 꿇리도록 하겠습니다."

"사신을 보내라."

"예?"

"내가 요동관찰사 직임을 주겠다고 해라. 요동 서북면방어사 직임까지 겸하도록 하지."

순간 청 안이 조용해졌고 석성은 손등으로 이마의 땀을 닦았다.

그때 이부상서 조장선이 말했다.

"예, 폐하. 하오나 일단 요동동북면방어사로 하여금 왜군을 막도록 하시옵소서."

"그러든지."

만력제가 건성으로 대답했기 때문에 조장선과 석성이 동시에 허리를 굽히면서 소리쳤다.

"하명을 받겠사옵니다."

이것으로 위기는 넘겼다.

하마터면 이산이 요동관찰사 겸 서북면방어사로 임명될 뻔한 것이다.

물론 이산은 받아들이지 않겠지만.

이로부터 사흘쯤이 지났을 때다.

조선의 평양성에서 선조가 앞에 선 유성룡과 한응인을 번갈아 보면서 물었다.

신시(오후 4시) 무렵.

청에는 대신들이 둘러서 있다.

"요동에서 이산이 이끄는 왜군이 명군(明軍)을 격파했다는 말이오?"

"예, 전하."

고개를 든 유성룡이 선조를 보았다.

"요동서북면방어사인 태사 원일도가 전장에서 참수되었다고 합니다."

"참, 참수?"

"예, 3만 병력이 궤멸되어 산산이 흩어졌다고 합니다."

"허어, 이런."

선조의 얼굴이 하얗게 굳어졌다. 그때 한응인이 헛기침을 했다.

"하오나 대명(大明)은 아직 동북면방어사 휘하의 5만 군사가 있는 데다 북경에서 황제 폐하의 어림군이 출동할 것입니다."

"하오나."

유성룡이 말을 이었다.

"이산이 이끈 왜군이 곧장 동진(東進)하고 있다는 것입니다. 그래서 조선 국경을 돌파하여 남쪽의 왜군과 협공할까 우려됩니다."

순간 숨을 들이켠 선조가 흐려진 눈으로 한응인을 보았다.

"그것이 사실인가?"

"예, 명군 장수한테서 들었습니다."

"그렇다면 큰일 아닌가?"

선조의 얼굴이 이제는 노랗게 되었다.

"평양성 북쪽은 비었지 않은가?"

"의주에 수비군 5백여 명이 있습니다."

유성룡이 정색하고 말을 잇는다.

"정주에는 관군 2백여 명이 있습지요."

"이산의 왜군은 얼마나 되나?"

"소문입니다만 기마군으로 3만 가깝게 된다고 합니다."

순간 숨을 들이켠 선조가 한동안 입술 끝만 떨더니 자리에서 일어섰다.

선조가 청을 나갔을 때 뒷모습에 대고 절을 한 유성룡이 허리를 폈다.

그때 대신들이 청을 나갔고 안에는 윤두수와 둘이 남았다. 윤두수가 모두 나가기를 기다리고 있었다.

다가온 윤두수가 유성룡을 보았다.

"대감, 다시 이씨 천하가 될 것 같소?"

윤두수가 낮게 물었을 때 유성룡이 쓴웃음을 지었다.

"그렇게 되지는 않을 것 같습니다."

"이산이 여진과 연합했다는 소문도 있소. 아시오?"

"들었습니다."

"그 이야기까지 해주시지 그랬소?"

"그럴 필요는 없지요. 이산 하나만 갖고도 벌벌 떠는 분이신데."

"이산이 위에서 내려오면 조선 왕조는 사흘도 안 되어서 망하오."

"이산은 내려오지 않을 것입니다."

주위를 둘러본 유성룡이 말을 이었다.

"이산은 이징옥과 같은 인물이오."

"이징옥이라."

고개를 든 윤두수가 길게 숨을 쉬었다.

"그때 이징옥이 말 머리를 돌려 조선으로 내려왔다면 이씨 왕조는 진즉 끝났을 테지."

"이런 꼴도 당하지 않았을지도 모릅니다."

윤두수가 입을 다물었기 때문에 청 안은 조용해졌다.

이징옥은 단종 때 함경도 병마절도사를 지낸 무장이다.

김종서와 함께 북방을 안정시킨 이징옥은 세조가 조카인 단종을 몰아내고 왕위를 찬탈하자 함경도군을 이끌고 반란을 일으켰다.

이징옥은 군사를 모아 여진 땅으로 향했다. 여진족까지 규합, '후금황제'라고 칭하면서 대륙으로 향했다.

그러나 곧 세조가 충동질한 부하 장수들의 모반으로 살해당함으로써 대야망은 끝이 났다.

그때 유성룡이 말했다.

"대감, 우습지 않습니까?"

"뭐가 말이오?"

"내가 이산의 승전 소식을 듣고 가슴이 뛰었습니다."

윤두수가 시선만 주었고 유성룡이 번들거리는 눈을 껌뻑였다.

"이산이, 왜군을 이끌고 명(明)의 대군을 격파하다니."

"……."

"지금까지 왜군과 되놈들한테 억눌려있던 가슴이 확 터진 것 같더란 말씀이오."

유성룡의 눈에서 눈물이 주르르 흘러내렸다.

"이산이 내려와 저 임금도 발로 짓밟아주었으면 좋겠소."

"대감, 그만두시오."

윤두수의 눈에도 눈물이 가득 고여 있다.

조선에 진주한 왜장 중에서 가토 기요마사가 이산의 승전을 가장 기뻐했다.

고니시는 이맛살부터 찌푸렸고 그다음에 득실을 따졌다.

다른 왜장들은 연합작전을 예측하거나 히데요시의 지시를 기다리는 등 서로 연락하고 부산만 떨었다.

그러나 가토는 단순했다.

"이산이 명의 요동군을 격파하다니, 장하다. 일본군의 위상이 단번에 솟았다."

부채로 청 바닥을 치면서 소리쳤다.

"내 대신 명성을 날렸구나. 명 조정에서도 이산이 한때 내 가신이었다는 것을 알겠지?"

그러나 앞에 둘러앉은 가신들 중 대답하는 사람이 없었기 때문에 가토가 혀를 찼다.

"모두 입이 붙은 모양이다."

가토의 시선이 말석에 앉은 기노에게 옮겨졌다.

"오, 기노. 거기 있구나."

"예, 주군."

"기노만 남고 모두 나가라."

가토가 말하자 청 안이 순식간에 비워졌고 기노만 남았다. 가토가 손짓으로 기노를 불렀다.

"가까이 오라."

기노가 다가가 앞쪽에 앉았을 때 가토가 눈을 가늘게 떴다.

"이산하고 연락이 되느냐?"

"안 됩니다."

고개를 든 기노가 정색했다.

"연락이 끊긴 지 오래되었습니다."

"이산이 조·명(朝·明) 국경으로 동진(東進)한다는구나. 아느냐?"

"들었습니다."

"네가 가서 만나보아라."

가토가 목소리를 낮췄다.

"남북(南北) 협공을 할 계획이라면 남쪽의 일본군 주장(主將)은 내가 되어야 옳다. 그렇지 않으냐?"

"옳습니다."

"관백 전하의 지시가 있는지 모르지만 나한테 연락하라고 전해라."

"그러지요."

"이산과 나는 한때 주군, 가신 관계였고 지금은 형제나 같다. 그렇게 전해라."

"알겠습니다."

"고니시는 변절자, 반역자다. 그놈한테 연락하면 배신당한다."

가토의 눈이 번들거렸다.

명군보다 더 증오하는 대상이 고니시인 것이다.

요동동북면방어사 왕준이 청에 모인 장수들을 둘러보았다.

"서북면군(軍)이 와해되었으니 요동에 남은 명군(明軍)은 우리뿐이야. 어명을 받들어서 일본군을 친다."

왕준이 말을 이었다.

"일본군이 조선 국경 쪽으로 동진하고 있다니 우리는 먼저 기마군을 남진(南進)시켜야겠어."

"대감."

부장 조관이 나섰다.

"우리가 남진하면 위쪽의 여진군이 움직일 가능성이 있습니다."

"누르하치는 지금 에즈카이 부족과 전쟁 준비 중이야. 우리를 칠 여력이 없다."

"그렇습니다."

도사 서윤장이 말했다.

"누르하치를 대비해서 보군 1만 정도만 이수르강 진지에 보충시키고 본대가 남진(南進)하면 됩니다."

"그럼 결정했다."

왕준이 손바닥으로 탁자를 쳤다.

"준비는 내일까지 갖출 것. 고석신이 보군 1만을 이끌고 이수르강 진지로 출동. 나머지 기마군 1만 5천, 보군 3만은 남진한다."

왕준은 47세.

요동 땅에서만 15년을 지낸 무장(武將)이다.

지금 조선에 내려간 이여송을 부하로도 거느렸던 전력이 있는 맹장으로 결단력이 빠르고 부하들의 존경을 받는다.

다만 왕준은 죽은 장거정이 아끼던 장수였다.

그래서 장거정이 죽은 후에 그동안 핍박을 받았던 환관의 우두머리 하선에게 보복을 당했다. 10년 동안 승진을 하지 못한 데다 부하였던 이여송보다도 직급이 낮은 처지다.

자리에서 일어선 왕준의 얼굴에 쓴웃음이 번졌다.

"하선도 어쩔 수가 없는 모양이군. 나를 전장으로 보내다니."

장수들은 하선과의 불화를 알기 때문에 모두 입을 다물었다.

"이곳에서 조선까지는 150리(75킬로)입니다."

스즈키가 손으로 아래쪽을 가리켰다.

아래쪽은 광대한 평원이다.

10월의 대평원은 이미 서리가 내려 마른 풀로 뒤덮였다. 찬바람이 휘몰고 가면서 잡초가 노란 파도처럼 누웠다.

그때 옆으로 무라다와 사콘이 다가왔다.

"송화강 강가의 오금성이 비었습니다. 그곳을 거성(居城)으로 삼기에 적당합니다."

사콘이 말했다.

"성병(城兵) 2, 3백이 지키고 있다가 아군 수색대를 보더니 성벽을 넘어 도망쳐 버렸습니다."

이산이 고개를 끄덕였다.

무라다와 사콘은 이산군(軍)의 거성(居城)을 물색하고 온 것이다.

이곳에서 남쪽으로 150리(75킬로) 지점이 조선 국경이다.

동여진의 누르하치는 동북방 5백여 리(250킬로) 지점에 있다.

이산군(軍)은 조선 국경 북쪽에서 거성(居城)을 만들고 당분간 기반을 굳히기로 한 것이다.

오금성 주변의 광대한 황야와 마을까지 이제 이산의 영지가 되었다.

동여진 누르하치와 동맹을 맺은 터라 동여진의 영지나 같다.

왕준이 보낸 기마군 척후대가 발견되었을 때는 오금성에 자리 잡은 지 사흘 후다.

"동북면군 척후입니다."

사콘이 올 것이 왔다는 표정을 짓고 말했다.

"왕준은 먼저 기마군을 보냈을 것입니다. 그리고 나서 뒤를 보군이 잇게 하겠지요."

무라다가 말을 이었다.

"위쪽 누르하치 님을 막기 위해서 보군을 배치했겠지요."

"우리가 누르하치 님과 동맹을 맺었다는 사실은 이제 알고 있겠지?"

이산이 묻자 사콘이 고개를 끄덕였다.

"지금쯤 알려졌을 것입니다."

"이제는 왕준의 4만군(軍)을 대적해야겠군."

그때 스즈키가 말했다.

"누르하치 님의 지원이 필요합니다. 바로 전령을 보내지요."

예상하고 있었기 때문에 둘러선 장수들 중 당황하는 사람은 없다.

이산이 장수들을 둘러보았다.

"이번에 동북면군만 물리치면 요동은 우리 차지가 된다."

"요동뿐만이 아닙니다."

스즈키가 말을 받았다.

"요동 땅 아래쪽에 매달린 조선도 차지하게 되겠지요."

그러고는 스즈키가 서둘러 일어섰다.

누르하치에게 전령을 보내려는 것이다.

그러나 누르하치는 그 시간에 요동동북면군의 움직임을 보고 받고 장수들을 모아 회의를 하는 중이었다.

첩자가 재빠르게 보고를 했기 때문이다.

"이수르강 수비대에 증원군을 보내는 건 우리를 막아서 이산군(軍)을 고립시키려는 의도입니다."

동생 카리단이 말하자 누르하치가 쓴웃음을 지었다.

"멍청한 놈들. 우리가 이수르강으로만 건넌단 말이냐? 상류로 돌아서 내려가면 된다."

"동북면군은 4만 가깝게 됩니다. 우리도 전군(全軍)을 동원해야 하지 않겠습니까?"

"에즈카이 놈들은 왕준이 부추길 테니 2만은 남겨둬야 한다."

"그럼 2만여 명밖에 되지 않습니다."

"1만 명만 데려간다."

주위를 둘러본 누르하치가 말을 이었다.

"기마군으로 1만이다. 그리고 내가 직접 인솔한다."

이여송이 고개를 돌려 송응창을 보았다.

송응창은 병부우시랑으로 이여송과 함께 조선에 주둔한 명군(明軍)을 지휘하고 있다.

이때 명군(明軍)은 4만여 명.

송응창은 평양을 수복한 공을 인정받아 우도어사(右都御史)로 가직(加職)이 되어있다.

"송 공(公), 이산이 조선으로 내려올 것 같소?"

"동북면군(軍)에 달려있지요."

송응창이 말을 이었다.

"왕 방어사가 막지 못하면 이산이 내려올 것이오."

그때 옆쪽에 앉아있던 심유경이 헛기침을 했다.

"제가 고니시한테서 들었는데 이산은 조선의 왜군과 전혀 연락도 하지 않고 있답니다. 남북에서 우리를 협공한다는 작전은 없다는 것입니다."

그때 이여송이 고개를 끄덕였다.

"그 말이 일리가 있어."

"고니시가 정전회담에 적극적인 것이 그 증거입니다."

"잠깐만."

송응창이 손을 들어 심유경의 말을 막았다.

눈을 가늘게 뜬 송응창이 심유경을 보았다.

"내가 듣기로는 귀하가 고니시와 짜고 히데요시한테 가짜 사신을 보냈다던데, 그 사신들은 왜국 내해를 건너다가 잡혀 죽고 말이야."

"아니, 그런."

당황한 심유경의 얼굴이 새파랗게 질렸다.

이여송은 눈만 치켜떴고 심유경이 말을 더듬었다.

"그런 일 없습니다. 조선인들이 꾸며낸 소문입니다. 조선인들이 거짓말을 잘 꾸며낸다는 것을 아시지 않습니까?"

"처음 듣는 말인데."

송응창이 고개를 저었다.

"내 생각에는 대명인(大明人)이 더 거짓말을 잘하는 것 같네."

"저는 그런 적이 없습니다."

"이게 사실이라면 대역죄야. 삼족은 물론 연루된 자의 마을까지 폐허로 만들어도 남을 죄야."

그때 이여송이 헛기침을 했다.

"송 공(公), 오늘은 그만합시다."

회의를 끝내자는 말이다. 외면한 이여송이 말을 이었다.

"전장(戰場)에는 별 소문이 다 떠도는 법이오."

왕준이 먼저 보낸 기마군 1만은 이틀간 250리(125킬로)를 달려 대동산 기슭에 닿았다.

지휘관은 도위 변석주.

대동산은 오금성에서 4백여 리(200킬로) 떨어진 곳으로 앞쪽에 넓은 황무지가 펼쳐져 있다.

술시(오후 8시) 무렵.

본진의 진막에서 변석주가 부장들에게 지시했다.

"이산은 기습의 명수다. 경비를 철저히 하도록."

"정탐을 보냈는데, 사방 50여 리에 적정은 없습니다."

부장 한도가 대답했다.

"하지만 정보는 들었을 것입니다."

"들었겠지."

"문제는 북쪽의 누르하치군 동향입니다."

"에르카이 부족이 공세를 취할 예정이야. 누르하치는 움직이지 못해."

왕준이 에르카이 부족장 오르진에게 밀사를 보낸 것이다.

오르진은 왕준에게 의지하고 있는 사이다.

변석주가 말을 이었다.

"이번에 이산을 치면, 우리 동부군의 명성이 천하에 솟구칠 것이다."

깊은 밤.

자시(밤 12시)가 넘었다.

진영은 조용했고 드문드문 켜진 모닥불 주위에 선 초병들도 침묵을 지키고 있다.

가끔 산기슭의 마장(馬場)에 매어놓은 말 떼 울음소리가 들릴 뿐이다.

이곳은 본진 서쪽의 근위대 막사 앞.

화톳불 앞에 서 있던 초병 화봉과 악진은 옆쪽의 인기척에 고개를 들었다.

어둠 속에서 군관 둘이 다가왔다.

"누구야?"

화봉이 낮게 묻자 앞장선 군관이 대답했다.

"선봉대야. 대장께 드릴 것이 있어."

"뭡니까?"

군관들이 세 발짝쯤 거리로 다가오자 얼굴 윤곽이 드러났다. 처음 보는 얼굴이다.

"이거야."

앞장선 군관이 허리춤에 손을 대는 순간이다.

칼 빛이 번쩍하면서 화봉이 머리를 젖히고 쓰러졌다. 목이 베였기 때문이다.

이어서 달려든 군관 하나가 악진의 목을 쳤다.

둘 다 검술이 뛰어났다.

목을 쳐서 성대를 잘랐기 때문에 신음도 지르지 못한 것이다.

다음 순간이다.

둘의 뒤로 수십 명의 검은 형체가 드러났다.

기습군이다.

수십 명의 뒤로 또 일대의 사내들이 뒤를 따른다.

진막 안에서 누워있던 변석주가 눈을 떴다.

밖의 기척을 들었기 때문이다.

본진의 주장(主將) 진막에는 사방에 초병이 서 있고 위사대의 진막도 거쳐야 한다.

그런데 기척은 가깝다.

30보쯤 아래쪽 위사대장 진막 근처에서 들리는 소음이다.

그러나 목소리는 들리지 않았기 때문에 변석주는 다시 눈을 감았다.

위사대장 감현이 부하들을 모은 것 같기도 하다.

위사대장 감현을 베어 죽인 진세키가 피 묻은 칼을 허공에 후려쳐 피를 닦았다.

진막을 나온 진세키가 앞쪽의 진막을 보았다.

30보 거리의 주장 진막 앞에 서 있는 초병 둘이 보였다. 반대쪽에도 있을 것이다.

아직 이쪽을 눈치채지 못한 초병들은 석상처럼 서 있기만 했다.

진세키가 발을 떼자 뒤를 10인장 요시무라가 따른다.

요시무라도 검객(劍客)이다.

진세키와 요시무라가 앞장을 섰고 추리고 추린 기습대 2백 명이 뒤를 따르고 있다.

대동산 중턱에 매복하고 있다가 이곳까지 내려왔는데 모두 검은색 옷에 눈만 내놓고 얼굴도 감싸고 있어서 엎드리면 보이지 않는다.

암살대다.

진세키가 다가가자 초병 하나가 15보 거리에서 수하했다.

"누구냐!"

낮지만 울림이 강한 목소리다.

그 순간 진세키가 손을 치켜들었다가 내려쳤다.

빈손을 뿌린 것 같지만 소매 속에 감춰둔 비수가 날아가 초병의 목에 박혔다.

"컥!"

초병이 목을 감싸 쥐고 주저앉았을 때 진세키의 손이 다시 뿌려졌다.

이번에는 뒤쪽 초병의 머리가 뒤로 젖혀졌다.

이마에 비수가 박힌 것이다.

15보 거리에서 맞춘 것이다.

초병의 외침을 들은 순간 변석주는 튕겨나듯이 일어나 머리맡에 세워둔 장검을 집었다.

진막 안의 불은 꺼 놓았지만 어둠에 익숙해진 눈이다.

장검을 칼집에서 빼낸 변석주가 숨을 고를 때다.

진막 밖에서 둔탁한 충격음과 함께 컥 소리가 울렸다.

이어서 또 한 번의 진동음.

습격이다.

변석주는 무장(武將)이지만 이런 경우는 처음이다.

"기습이다!"

변석주가 목청껏 소리쳤을 때다.

"좌악!"

옆쪽 진막이 세로로 갈라지면서 사내 하나가 뛰어들었다.

"에익!"

사내를 향해 변석주가 치켜든 칼을 내려쳤지만 빗나갔다.

몸을 튼 사내가 휘두른 칼날이 번쩍였을 때 변석주는 숨을 들이켰다. 피할 수 없다는 것을 느낀 것이다.

"윽!"

비스듬히 배가 갈라진 변석주가 허리를 굽혔을 때 다시 날아온 칼이 목을 쳤다.

"가자!"

진막 안에서 뛰쳐나온 진세키가 소리쳤다.

한 손에는 변석주의 머리통이 쥐어져 있다.

진세키가 옆쪽 어둠 속을 향해 뛰었고 뒤를 검은 그림자들이 따른다.

주위 진막이 술렁거리고 있지만 아직 소동은 일어나지 않았다.

부장 한도가 변석주의 머리 없는 몸통 앞에 섰을 때는 한 식경 후다.

주위에는 장수들이 둘러서 있다.

"자객단입니다."

장수 하나가 외면한 채 말했다.

"초병, 위사대만 죽이고 접근했습니다."

그리고 자객단은 흔적도 찾지 못한 것이다.

마치 어둠 속에 묻힌 것 같다.

그래서 제대로 추격대를 보내지도 못했다. 모두 깨어나 주변만 경계하고 있을 뿐이다.

그때 한도가 고개를 들었다.

"대감께 전령을."

우선 지시를 받아야 한다.

위사장 곤도의 사촌 진세키의 진면목이 드러났다.

백기군(白旗軍) 소속의 1백인장이었던 진세키가 기습군을 이끌고 동북면군의 선봉대장 변석주를 베어 죽인 것이다.

위사장 곤도가 이산에게 진세키의 경력을 말해주고 추천했기 때문이다.

진세키는 암살대 대장이었다.

항상 암살대를 이끌고 음지(陰地)에서 활동해 왔던 것이다.

"네 가치가 증명되었다."

진세키가 가져온 변석주의 머리를 내려다보면서 이산이 말했다.

오금성 동북방 2백여 리(100킬로) 지점의 황야에 이산의 본진이 주둔하고 있다.

이산이 옆에 선 스즈키에게 고개를 돌렸다.

"진세키를 본진의 별동대장으로 임명하도록."

"5백인장으로 승급시키지요."

스즈키가 말을 이었다.

"별동대는 주군께서 직접 운용하셔야 합니다."

고개를 끄덕인 이산이 진세키를 보았다.

"너는 지금부터 5백인장으로 내 직속의 별동대장이다."

진세키가 고개를 숙였다.

주군으로 모신 이산에게 인정을 받는 것이다.

"본대와 합류하도록 해라."

전령의 보고를 들은 동북면방어사 왕준이 말했다.

"한도에게 선봉을 이끌고 돌아오라고 해라."

진막 안의 술렁거림이 멈췄고 전령이 고개를 들었다.

"예, 대감. 지금 즉시 돌아가겠습니다."

"만용을 부리면 안 된다고도 전해라."

"예, 대감."

전령이 몸을 돌려 진막을 나갔을 때 부장 조광이 왕준에게 물었다.

"대감, 이산이 아군의 기를 꺾긴 했지만 전력(戰力)에 큰 손상은 없었습니다. 본대가 그대로 내려가 선봉대와 합류하는 것이 낫지 않겠습니까?"

"지금 우리 위치가 누르하치와 이산군(軍)의 가운데야."

왕준의 시선이 진막 안의 장수들을 훑고 지나갔다.

술시(오후 8시) 무렵.

어젯밤 변석주가 야습을 받아 참살된 지 만 하루가 지났다.

"누르하치가 기마군을 이끌고 만추성을 떠났다는 첩자의 보고가 왔다. 선봉대를 끌어들여 서쪽으로 이동하는 것이 낫다."

서쪽이란 요동성 쪽을 말한다.

황제가 있는 북경으로 외적이 접근하지 못하도록 해야 한다.

그것이 동북면, 서북면 방어군의 임무다.

조광이 두말하지 못하고 입을 다물었다.

그것에 반대 의견을 내었다가 반역자로 몰릴 수도 있는 것이다.

둘러선 장수 중에 환관과 내통하는 자가 있을지도 모른다.

누르하치는 빠르게 서진(西進)하는 중이어서 이산이 보낸 전령을 왕준보다 늦게 만났다.

미시(오후 2시) 무렵.

마상에서 누르하치가 앞에 꿇어앉은 이산군(軍)의 전령을 보았다.

여진어에 능통한 전령이라 소리쳐 여진어로 보고했다.

"대족장 전하, 이산군(軍)의 암살대가 왕준의 선봉대장 변석주를 베어 죽였습니다."

"오, 장하다."

마상의 누르하치가 말채찍으로 자신의 허벅지를 내려쳤다.

"그래서 선봉대는 어떻게 되었는가?"

"그것은 모르겠습니다."

고개를 끄덕인 누르하치가 소리쳐 말했다.

"나는 그대로 동북군의 주력(主力)을 향해 전진할 테니, 그렇게 전하라."

"예, 전하."

전령이 일어나 다시 말고삐를 잡았다.

넓은 요동 대륙에 3개의 군단이 흩어져 있다.

첫째는 요동동북면방어군으로 약 4만.

방어사령관 왕준이 직접 지휘하고 이제는 송화강 지류인 화금강 상류에 주둔하고 있다.

그곳에서 2백 리(100킬로) 서쪽으로 누르하치군 1만여 명이 나타났다.

그러나 이동하기 때문에 위치는 불분명하다.

매일 1백여 리(50킬로) 정도의 거리를 이동하기 때문이다.

기회를 노리는 것처럼 보이기도 한다.

그리고 이산군 1만여 명은 동북면군 남쪽 1백여 리(50킬로) 지점에서 주둔하고 있다.

이렇게 닷새가 지나가면서 양군(兩軍) 수뇌부는 상대의 의중(意中)을 알 수가 있었다.

서로 결전을 바라지 않는다는 것이다.

이곳은 이산군의 진영.

고청현 청사를 본진의 청으로 삼고 있어서 청 안에는 군사(軍師), 장수들이 모여 앉았다.

먼저 무라다가 말했다.

"시간이 지날수록 아군에게 유리한 상황입니다. 이제 아군은 대민 공작을 시작했습니다."

무라다가 민정(民情)의 전문가다.

고개를 든 무라다가 이산을 보았다.

"요동 동쪽은 아군이 남북으로 점령한 셈이 되었으니까요."

그렇다.

아군이란 누르하치군을 말한다. 이산군도 누르하치 형제군인 것이다.

누르하치의 여진군이 동북면을, 이산군이 동남면을 차지한 형국이다.

그러나 서쪽은 왕준의 동북면방어군이 가로막고 뒤쪽에 요동성이 있다. 그리고 만리장성 아래쪽으로 명(明)의 황성 북경이 자리 잡고 있다.

그때 사콘이 고개를 들고 이산을 보았다.

"대감, 왕준이 싸울 의사가 없는 것 같습니다."

"무슨 말인가?"

이산이 묻자 사콘이 목소리를 낮췄다.

"왕준이 지금 조선에 가 있는 이여송, 송응창보다 고관(高官)이었다가 동북면 방어사로 10년 가깝게 박혀 있던 자입니다. 환관 하선의 미움을 받아 5년 전에는 옥에 갇혀서 처형당할 뻔하다가 뇌물을 쓰고 겨우 석방되었다고 합니다."

"……"

"싸워서 공을 세워도 인정을 받을 가능성이 없고 황제에 대한 충성심도 있을 것 같지 않습니다."

"……"

"대감, 왕준에게 밀사를 보내는 것이 어떻겠습니까?"

"투항시키려는 것인가?"

"아닙니다. 내통자로 만드는 것입니다."

사콘이 말을 이었다.

"내통하는 것이 더 도움이 됩니다."

"밀사로 갈 사람이 있나?"

"목숨을 걸고 갈 용사가 필요합니다."

사콘이 번들거리는 눈으로 이산을 보았다.

"적임자가 있습니다."

그날 저녁.

청 뒤쪽의 밀실로 사콘과 사내 하나가 들어섰다.

기다리고 있던 이산이 둘을 맞는다.

그때 사콘이 데려온 사내가 무릎을 꿇고 엎드렸다.

"조선인 양인석입니다."

조선말이었기 때문에 이산이 깜짝 놀랐다.

"조선인이냐?"

"예, 주군."

둘이 조선말을 하는 동안 사콘은 듣기만 했다.

고개를 든 이산이 사콘에게 왜어로 묻는다.

"어떻게 된 일인가?"

"이자 이름은 오쿠치. 조선에서 포로로 잡혔다가 제 수하가 된 인물입니다. 이자는 장사를 했기 때문에 한어(漢語)에도 능하지요."

사콘이 말을 이었다.

"미쓰나리 님 영지에서 2백 석 녹봉을 받는 집사를 지냈기 때문에 이곳 만주 땅을 경작할 때 요긴할 것 같아서 동행했습니다."

왜말이 이어지는 동안 양인석은 듣기만 한다. 왜말도 알아듣는 것이다.

"오쿠치는 배운 것도 많고 뱃심이 있기 때문에 이번 일에 적합합니다."

그때 이산이 양인석에게 조선말로 물었다.

"처자식이 있느냐?"

"예, 왜국에 처와 세 자식이 있습니다."

양인석이 바로 대답했다.

이산이 쓴웃음을 지었다.

"왜국이라고 하는구나."

"예, 주군."

"네가 싫다면 보내지 않겠다."

"가겠습니다."

"안 간다고 해도 벌은 내리지 않는다. 내 측근으로 둘 것이고 네 처자식도 보호해주마."

"이번 임무에 선발되어서 영광입니다."

입을 다문 이산이 지그시 양인석을 보았다.

40대 중반쯤의 나이에 건장한 체격이다.

이산이 다시 물었다.

"조선에서는 뭘 했느냐?"

"회령에서 명(明)의 물건을 받아 왜국에 팔았습니다. 10배 이윤이 남는 장사였지요. 그러다가 22살 때 왜구에게 잡혀 오사카로 갔다가 미쓰나리 님에게 종사하게 된 것입니다."

"회령에 네 친척이 있느냐?"

"잡힐 때 미혼이었고 조실부모한 고아였습니다. 이제 가족은 왜국에 있습니다."

"너는 아직도 왜구, 왜국으로 부르는구나."

웃음 띤 얼굴로 말한 이산이 고개를 끄덕였다.

"네 뱃심이 마음에 든다. 다녀오면 너를 중용할 것이다."

그랬더니 양인석이 이마를 방바닥에 붙이고 말했다.

"조선인으로 태어나 대륙의 땅을 먹고 한인(漢人)을 부리게 되다니요. 왜인의 가신이 된 보람이 있습니다."

"허. 말을 잘하는구나. 네가 적격이다."

이산이 마침내 이를 드러내고 웃었다.

"이산이 동북면방어군과 대치하고 있는데, 장기전이 될 것 같소."

이여송이 앞에 앉은 광해와 유성룡을 번갈아 바라보며 웃었다.

이곳은 수원성 안.

이여송이 이곳으로 옮겨와 있다.

청 안에는 이여송의 동생 이여백과 장수 10여 명이 둘러서 있었는데 부드러운 분위기다.

이여송은 광해와 유성룡에게는 호의적이다.

그러나 이산의 문제에 광해와 유성룡이 웃을 수는 없는 노릇이다.

여전히 정색한 둘을 향해 이여송이 말을 이었다.

"아시오? 동북면방어사 왕준의 선봉장 변석주를 기습해서 머리를 떼어 갔다는군. 1만여 명의 진중에서 말이오."

"……."

"그래서 왕준이 허겁지겁 선봉군을 본진으로 끌어들이고는 움직이지 않는다는 거요. 왕준이 겁에 질린 것이지."

이여송의 시선이 광해에게로 옮겨졌다.

"세자께서 이산을 선전관으로 거느리고 계실 적에도 그랬소?"

역관의 통역을 들은 광해가 고개를 들고 이여송을 보았다.

"용맹한 무장(武將)이었소."

역관이 말하자 이여송이 고개를 끄덕였다.

"그런 무장을 버린 것은 조선 조정의 실책 아니오?"

광해가 입을 다물자 이여송이 다시 물었다.

"이산을 조선 왕께서 부르실 수 없소?"

그때 유성룡이 대신 대답했다.

"그럴 수는 없습니다. 이산은 이미 조선을 떠나 왜국 영주가 되어있는 상황이오."

"안타깝군."

정색한 이여송이 광해와 유성룡을 보았다.

"왜란 때 가장 필요한 이산 같은 장수는 반역자로 내몰고. 그리고."

고개부터 저은 이여송이 말을 이었다.

"왜군을 막아 왕조를 구해낸 이순신 같은 영웅을 죽이지 못해서 안달하니 말이오."

광해와 유성룡은 이여송의 시선을 피해 제각기 외면했다.

안달하는 주모자가 바로 임금이었기 때문이다.

이여송과 헤어져 청을 나왔을 때 광해가 옆을 따르는 유성룡에게 물었다.

"대감, 요즘 이 통제사는 시달리지 않으시오?"

유성룡이 고개를 들었다.

요즘 광해는 이여송의 본영에서 조달관 역할을 하면서 지낸다. 이여송의 배려 때문이다.

광해가 임금 옆에 있었다면 진즉 사달이 일어났을 것이다.

폐세자되었거나 이산과 연루된 죄를 물어 귀양까지 가게 되었을 것이다.

"이 통제사도 이 제독이 살려준 셈이 되겠지요. 하지만 마음을 놓을 수가 없습니다."

유성룡이 말을 이었다.

"이산의 함선이 이 통제사의 묵인하에 남해를 건넜다는 증인이 또 나왔습니다. 원균이 판옥선의 수부(水夫) 하나를 매수해서 주상께 끌고 간다고 하니까요."

"역적."

짧게 말을 뱉은 광해가 길게 숨을 뱉었다.

유성룡은 외면한 채 말을 잇지 않는다.

오금성 동북방의 본진 안.

겨울바람이 마른 잡초를 흔들고 지나가는 미시(오후 2시) 무렵.

이산의 진막으로 기노가 찾아왔다.

남장 차림.

수행원 둘을 대동했는데 이산을 보더니 금세 눈이 흐려졌다. 눈물이 가득 고였기 때문이다.

"오, 왔구나."

이산도 눈을 크게 뜨고 맞았다.

진막 안에는 기노를 데려온 위사장 곤도와 기노 일행뿐이다.

곤도가 누군가?

이산이 가토의 가신이 되었을 때 부하가 된 인물이다.

기노를 안내해온 곤도의 눈도 번들거리고 있다.

"대감."

무릎을 꿇고 앉은 기노가 이산을 그렇게 불렀다. 고개를 든 기노가 말을 이었다.

"주군의 심부름을 왔습니다."

"먼 길을 왔구나."

"대감께서도 먼 곳에 와 계십니다."

"이곳은 내 먼 조상의 땅이야."

그때 마음을 가라앉힌 기노가 이산을 보았다.

"주군께서 대감과의 직접 교류를 바라고 계십니다."

"네가 왔다는 말을 듣고 짐작했다."

"주군은 고니시 님을 명과 내통하는 반역자로 보십니다."

"그래서 내가 가짜 사신들을 베어 죽였지 않느냐?"

이산이 지그시 기노를 보았다.

"그러나 이곳에는 관백님, 이에야스 님이 보낸 군사(軍師)까지 뒤섞여 있어. 네 신분을 밝힐 수는 없다."

"알고 있습니다."

"넌 영지에서 보낸 사람이야."

"네, 대감."

기노가 시선을 내렸다.

내연녀 행세를 하는 것이다.

그날 밤.

이산의 진막 안이다.

곰 가죽이 깔린 자리에서 이산이 기노의 허리를 당겨 안았다. 불을 껐지만 어둠에 익숙해진 둘에게는 사물 윤곽이 선명하게 드러났다.

이산이 물었다.

"기노, 조선은 어떻게 될 것 같으냐?"

"망하지는 않을 것 같습니다."

기노가 바로 대답하더니 고개를 들고 이산을 보았다.

숨결이 이산의 턱에 닿고 어둠 속에서 두 눈이 반짝였다.

"왕조와 신하들은 없어질 수도 있겠지만 조선인은 남아있을 것입니다."

"어떻게 말인가?"

"조선인은 끈질기게 살아남을 것 같습니다. 조선에서 일어난 의병을 보면 알 수가 있어요. 관(官)이나 왕(王)을 의지하지 않아도 제 가족을 위해서 죽습니다."

기노가 이산의 가슴에 뺨을 붙였다.

"죽여도, 죽여도 또 기어 나옵니다. 우리 일본에서는 그런 일이 없어요. 금세 지배자에게 복종해왔으니까요."

"……."

"그리고 영웅들이 민심을 이끌지요. 이순신이나 나리 같은 영웅이 말입니다."

이산이 잠자코 기노의 허리를 당겨 안았다.

그러나 조선인은 너무 눌려 살아왔다.

그렇게 수천 년을 살아왔기 때문에 스스로 일어나서 뭉치고, 새로운 지도자를 세우지 못했는가?

대륙의 중국은 수시로 농민의 반란이 일어나 왕조가 2백 년 전후로 바뀌었다.

그러나 조선인은 고구려, 백제가 각각 700년, 신라 1천 년, 고려 5백 년, 그리고 조선이 지금 3백 년이 넘어간다.

이산이 혼잣소리처럼 말했다.

"조선인이 외세에는 반발하지만, 내부 왕조에 대해서는 관심이 없는 것 같다. 그것이 조선인 민족성인가?"

기노는 대답하지 않았고 이산도 더 묻지 않았다. 대신 뜨거워진 기노의 몸을 다시 안았다.

왕준이 앞에 선 사내를 보았다.

신시(오후 4시) 무렵.

왕준의 본진이 위치한 내양현의 청사 안.

이제 이곳은 선봉장 변석주의 기마군까지 합류했기 때문에 4만여 병력이 집결한 동북면군(軍)의 근거지가 되었다.

청 안에는 10여 명의 무장들이 모여 있었는데, 모두의 시선이 사내에게 향해 있다.

사내는 이산군(軍)의 사신이다.

바로 오쿠치, 조선명은 양인석이다.

그때 왕준이 말했다.

"말해라."

그때 양인석이 유창한 한어(漢語)로 말했다.

"제 주군께서는 휴전을 원하고 계십니다. 모든 군사행동을 중지하고 당분간 현 위치에서 휴전상태로 머물다가 철수하시겠다는 것입니다."

"철수한다고 했는가?"

"예, 그렇습니다."

"언제 말인가?"

"본국에 전령을 보냈으니 관백의 지시가 곧 올 것입니다."

"믿을 수가 없어."

고개를 저은 왕준이 눈을 가늘게 떴다.

"갑자기 철수한다는 이유는 뭔가?"

"그것은 이렇게 공개석상에서 말씀드릴 수가 없습니다."

주위를 둘러본 양인석이 말을 이었다.

"이것 한 가지만 말씀드리지요. 주군께선 조선인입니다."

왕준이 시선을 주었지만 다시 묻지는 않았다.

그날 밤.

숙소에 있던 양인석이 문밖의 인기척에 고개를 들었다.

자시(밤 12시)가 넘은 시간이다.

"주무시오?"

낮은 목소리에 양인석이 되물었다.

"누구시오?"

"방어사께서 오셨소."

긴장한 양인석이 몸을 일으켰을 때 문이 열리더니 왕준이 들어섰다.

왕준은 미복 차림이다.

허리에 칼만 찼고 두건을 써서 하급관리처럼 보였다.

방으로 들어선 왕준이 먼저 의자에 앉으면서 말했다.

"내가 올 줄 예상하고 있었지?"

"예, 기다리고 있었습니다."

고개를 끄덕인 왕준이 앞쪽 의자를 가리켰다.

"앉으라."

"예, 감사합니다."

절을 한 양인석이 자리에 앉았을 때 왕준이 물었다.

"네 주군의 전갈을 말하라."

"철수한다는 말은 거짓입니다. 모두를 방심시키려고 포장했을 뿐입니다."

"짐작하고 있었다."

"제 주군은 방어사께서 명(明)의 타도에 동참해주시기를 바라고 있습니다."

양인석이 말을 이었다.

"명(明)은 썩었습니다. 새 왕조가 세워질 때가 되었습니다."

왕준이 입술 끝을 비틀고 웃었으나 말을 막지는 않았다.

그때 양인석이 물었다.

"장군, 우리 주군은 조선인입니다. 알고 계시지요?"

"소문은 들었다."

"조선 세자 광해의 선전관이 되었다가 왜국 영주가 되었고 이제 대륙 원정군 사령관이 된 영웅입니다."

"영웅이라고 했느냐?"

"예, 이제는 누르하치와 형제의 의를 맺고 여진과도 제휴했습니다."

"그래서 지금부터는 한족(漢族)과도 인연을 맺겠다는 말인가?"

"그렇습니다."

고개까지 끄덕인 양인석이 왕준을 보았다.

"주군께선 장군을 형님으로 모시겠다고 하셨습니다."

"허, 나를 형님으로?"

"대족장 누르하치 님과 함께 셋이 의형제가 되시는 것입니다."

양인석의 두 눈이 번들거렸다.

"장군, 제 주군은 왜군을 이끌고 왔으나 조선인입니다. 따라서 조선, 왜국을 대표하는 영웅이시고 누르하치 대족장은 여진의 대영웅입니다. 이제 장군께서 한족(漢族)의 주장(主將)이시니 세 분이 연합하면 천하를 장악하실 수 있지 않습니까?"

"허, 말은 잘한다."

왕준이 쓴웃음을 지었다.

고개를 든 왕준이 양인석을 보았다.

"대업(大業)은 때와 능력만으로는 이루어지지 않아."

양인석의 시선을 받은 왕준이 말을 이었다.

"운(運)이 닿아야 돼."

누르하치는 이산의 기습대가 왕준의 선봉장 변석주를 참살한 후에 즉각 관심을 동북방으로 집중했다.

마치 등에 붙은 거머리 같은 존재, 에르카이 부족 때문이다.

에르카이 부족장 오르진은 누르하치의 숙적이다.

부족의 전력(戰力)도 비슷한 데다 오르진의 능력도 빼어나서 무시할 수가 없는 존재다.

2년 전만 해도 오르진의 에르카이 부족이 누르하치 부족보다 우세했다.

"에르카이 기마군 5천이 만추성에서 1백50리(75킬로) 지점까지 출몰하고 있습니다."

카리단이 보낸 전령이 누르하치에게 보고했다.

이곳은 누르하치 숙영지인 골짜기 안.

술시(오후 8시)가 되어가고 있다.

전령이 말을 이었다.

"첩자의 보고에 의하면 에르카이 부족은 총동원령을 내렸다고 합니다."

"그놈들이 총동원령 내린 적이 어디 한두 번이냐?"

누르하치가 시큰둥한 표정으로 전령을 보았다.

전령은 1천인장급으로 누르하치의 중신이다.

진막 안에는 10여 명의 장수들이 둘러서 있다.

그때 전령이 말했다.

"왕준이 지원해준다고 약속을 했다는 것입니다. 만일 동북면방어군과 에르카이군이 협공을 하면 곤란해집니다."

맞는 말이다.

지금 누르하치는 기마군 1만을 이끌고 서남쪽으로 400여 리(200킬로)나 내려온 상황이다.

그때 누르하치가 말했다.

"오르진 이놈은 언제나 빈틈만 노려온 쥐새끼다."

누르하치가 웃음 띤 얼굴로 전령을, 그리고 장수들을 둘러보았다.

"그 쥐새끼가 또 빈틈에 코를 집어넣는구나."

기노가 고개를 들고 이산을 보았다.

깊은 밤.

이곳은 산기슭의 바위 밑.

옆에 말이 매여 있고 뒤쪽 50보쯤 떨어진 어둠 속에 기수 둘과 말 대여섯 필이 모여 있다.

기노의 일행이다.

"너무 멀어."

기노가 가라앉은 목소리로 말했다.

바람이 휘몰아 오더니 마른 나뭇가지를 훑고 지나면서 휘파람 소리를 내었다.

한 걸음 다가선 기노의 눈이 어둠 속에서 번들거렸다.

"당신과 헤어질 때는 항상 이것이 마지막일지 모른다는 생각이 들어."

이산이 잠자코 기노의 어깨에 두 손을 올려놓았다.

기노가 말을 잇는다.

"당신의 아이를 갖지 못한 것도 운명이겠지."

바람 소리가 더 깊고 길게 울렸다.

이곳은 진영에서 1리(500미터)쯤 떨어진 곳이다.

위쪽 산기슭에는 위사장 곤도가 서 있었지만 일부러 등을 돌린 채 기다리고 있다.

기노가 이산의 허리를 감아 안고 얼굴을 가슴에 묻었다.

"당신은 내 주인(主人)이야. 항상 내 가슴속에 당신이 있다는 것만 알아줘."

"고맙다, 기노."

이산이 기노의 머리를 감싸 안고 말을 이었다.

"너는 내게 희망을 준 여자였다. 내세(來世)에서도 잊지 않을 거다."

그때 기노가 몸을 떼었다.

이제는 마른 풀들이 흔들리면서 파도 소리를 내었다.

양인석이 돌아왔을 때는 떠난 지 열흘 만이었다.

이산의 측근 중신들은 죽은 사람이 돌아온 것처럼 기뻐했지만 정작 본인은 옆집 다녀온 것처럼 차분했다.

"살아 돌아온 것만으로도 다행이야."

사콘이 겨우 그렇게 칭찬했다.

곧 이산의 진막 안에 중신들만 모아놓고 양인석의 보고를 듣는다.

양인석이 정색하고 이산을 보았다.

"왕준은 주군과 연합하기로 합의했습니다."

"오오!"

중신 서너 명이 환성을 질렀지만 곧 조용해졌다.

양인석이 말을 이었다.

"먼저 왕준과 심복 무장 4명의 가족을 피신시켜야 합니다. 명(明)은 변경에 나간 장수들의 가족을 북경성에 인질로 잡고 있다고 합니다. 그래서 비밀리에 가족들을 피신시켜 달라고 했습니다."

"그렇군."

이산이 고개를 끄덕이자 사콘이 물었다.

"왕준과 심복 무장들의 가족 주소는 알아 왔는가?"

"예, 여기 가져왔습니다."

양인석이 가슴에서 기름종이에 싼 종이를 꺼내 놓았다.

고개를 든 양인석이 이산을 보았다.

"가족의 피신이 완료되면 바로 동북면군 지휘부 장수들을 숙청한 후에 군을 동원하겠다는 것입니다."

이산이 종이를 사콘에게 내밀었다.

"즉시 처리하도록."

"예, 대감."

사콘의 얼굴은 활기에 차 있다.

중신들의 분위기도 마찬가지다.

동북면군이 투항한 것이나 같은 것이다.

그때 양인석이 말을 이었다.

"그동안 동북면군은 현 위치에서 이동하지 않겠다고 했습니다. 아군의 휴전 제의를 받아들인 척하는 것입니다."

"수고했다."

이산이 고개를 들고 양인석을 보았다.

"너는 5백인장으로 내 곁에 남아라."

양인석이 숨을 들이켰을 때 사콘이 말했다.

"오쿠치는 특사역 직임을 주시지요."

이산이 고개를 끄덕였다.

히데요시 휘하에서 천하(天下)를 논의하던 사콘이다.

직임도 잘 만들어낸다.

이산의 본진에서 내달린 전령이 누르하치에게 닿은 것은 양인석이 돌아온 지 나흘 후다.

전령의 보고를 들은 누르하치가 이를 드러내고 웃었다.

"기가 막히는군."

진막 안에는 누르하치와 측근 서너 명뿐이다.

전령이 극비보고라고 했기 때문이다.

누르하치가 번들거리는 눈으로 측근들을 보았다.

"이제야말로 우리가 에르카이 부족을 몰사시킬 때다."

어깨를 부풀린 누르하치가 말을 이었다.

"하늘이 나한테 이산을 내려주신 것이야."

이산 덕분이다.

이산 덕분에 8기군(八旗軍)을 편성했으며 요동 서북면방어군에 이어서 동북면군도 주저앉았다.

여진을 통일할 절호의 기회다.

<2권에 계속>

삼국지 1권

초판1쇄 인쇄 | 2025년 4월 10일
초판1쇄 발행 | 2025년 4월 15일

지은이 | 이원호
펴낸이 | 박연
펴낸곳 | 한결미디어

등록 | 2006년 7월 24일(제313-2006-000152호)
주소 | 서울시 마포구 모래내로 83 한올빌딩 6층
전화 | 02-704-3331
팩스 | 02-704-3360
이메일 | okpk@hanmail.net

ISBN 979-11-5916-226-8(04810) 979-11-5916-225-1 (세트)

ⓒ한결미디어

- 책값은 뒤표지에 있습니다. 잘못 만들어진 책은 구입처나 본사에서 교환해드립니다.
- 이 책은 저작권법에 의해 보호받는 저작물이므로 무단전재와 복제를 금합니다.